Contemporánea

Michael Ondaatje (Colombo, Sri Lanka, 1943) estudió en Inglaterra y actualmente trabaja como profesor universitario en Canadá. Ha cultivado diversos géneros literarios con un estilo siempre innovador. Fascinado por el Oeste americano escribió *Las obras completas de Billy el Niño* (1970), una original combinación de poesía, prosa e imágenes. Entre su obra narrativa destacan novelas como *En una piel de león* (1987), *El fantasma de Anil* (2000, Premio Médicis, Irish Times International Fiction Prize y Premio Giller), *Divisadero* (2008) y *El viaje de Mina* (2011). Sin embargo, la obra que le otorgó reconocimiento internacional fue *El paciente inglés* (1992, Premio Booker), adaptada al cine por Anthony Minghella en 1996. Su aclamada obra poética, con títulos como *The Man with Seven Toes* (1969), *The Cinnamon Peeler: Selected Poems* (1991) o *Escrito a mano* (1999), se caracteriza por la profusión de sorprendentes imágenes y metáforas. También ha escrito sus memorias, recogidas en el libro *Cosas de familia* (1998).

Michael Ondaatje

El fantasma de Anil

Traducción de
Isabel Ferrer Marrades

DEBOLS!LLO

Título original: *Anil's Ghost*

Primera edición en Debolsillo: noviembre, 2016

© 2000, Michael Ondaatje
Publicado por acuerdo con Random House, un sello de
The Random House Publishing Group, una división de Random House, Inc.
© 2016, Penguin Random House Grupo Editorial, S. A. U.
Travessera de Gràcia, 47-49. 08021 Barcelona
© Isabel Ferrer Marrades, por la traducción

Printed in Spain – Impreso en España

ISBN: 978-84-663-3610-9
Depósito legal: B-19.706-2016

Compuesto en Arca Edinet, S. L.
Impreso en Liberdúplex
Sant Llorenç d'Hortons (Barcelona)

P 3 3 6 1 0 9

Penguin
Random House
Grupo Editorial

Nota del autor

Desde mediados de los años ochenta hasta principios de los noventa, Sri Lanka vivió una crisis en la que intervinieron tres grupos fundamentales: el Gobierno, los rebeldes antigubernamentales en el sur y las guerrillas separatistas en el norte. Tanto los rebeldes como los separatistas le habían declarado la guerra al Gobierno. Al final, el Gobierno respondió enviando cuerpos militares y paramilitares a dar caza a ambos grupos.

El fantasma de Anil es una obra de ficción cuya acción transcurre en ese contexto político y en ese momento histórico. Y aunque existieron organizaciones similares a las de esta historia, y también tuvieron lugar acontecimientos semejantes, los personajes y los incidentes de la novela han sido inventados.

En la actualidad, la guerra en Sri Lanka prosigue de una manera diferente.

M. O.
1999

Buscando trabajo llegué a Bogala
Bajé por pozos de setenta y dos palmos de profundidad
Invisible como una mosca, no se me veía desde la entrada

Sólo cuando vuelvo a la supeficie
Mi vida no corre peligro...

Bendito sea el andamiaje al final del tiro
Bendita sea la rueda de la vida en la boca de la mina
Bendita sea la cadena atada a la rueda de la vida...

Canción de mineros, Sri Lanka

Cuando el equipo llegaba a la excavación a las cinco y media de la mañana, siempre lo esperaba un par de miembros de la familia. Y estaban allí todo el día mientras Anil y los demás trabajaban; no se marchaban nunca; se relevaban para que siempre hubiera alguien, como si quisieran asegurarse de que nunca más se volverían a perder las pruebas. Un velatorio para los muertos, para esas formas reveladas a medias.

Por la noche, cubrían la excavación con láminas de plástico que sujetaban con piedras o trozos de hierro. Las familias ya sabían a qué hora solían llegar los científicos. Retiraban los plásticos y se acercaban a los huesos enterrados hasta que oían el gemido del cuatro por cuatro a lo lejos. Una mañana Anil encontró la huella de un pie descalzo en el barro. Otro día, un pétalo.

Hervían agua y hacían té para el equipo forense. En las horas en que el sol guatemalteco apretaba, colgaban un sarape o una hoja de plátano para hacer sombra.

Siempre tenían el miedo, de doble filo, de que el que estaba en el pozo fuera su hijo, o bien de que no fuera su hijo, lo que significaba que tendrían que seguir buscando. Si se comprobaba que el cuerpo pertenecía a un desconocido, entonces, tras semanas de espera, las familias se levantaban y se marchaban. Se iban a otras excavaciones en las montañas del sur. La posibilidad de encontrar al hijo perdido estaba en todas partes.

Un día Anil y el resto del equipo fueron a un río cercano a refrescarse a la hora de comer. A su regreso vieron a una mujer dentro de la tumba. En cuclillas, sentada sobre las piernas como si rezara, los codos apoyados en el regazo, contemplaba los restos de los dos cuerpos. Había perdido a un marido y un hermano después de que los secuestraran en esa región un año antes. Ahora parecía que los hombres dormían la siesta uno al lado del otro, tumbados sobre una estera. Ella había sido el hilo femenino entre los dos, la que los había unido. Los dos hombres regresaban a la choza tras trabajar en el campo, comían lo que ella les había preparado y se echaban una siesta de una hora. Ella había formado parte de eso todas las tardes de la semana.

Anil no conocía palabras para describir, aunque sólo fuera para ella, el rostro de la mujer. Sin embargo, no olvidaría nunca el dolor del amor en ese hombre, todavía hoy lo recuerda. Cuando la mujer los oyó acercarse, se puso en pie y se apartó, dejándoles sitio para que pudieran trabajar.

Sarath

Anil llegó a principios de marzo, aterrizó en el aeropuerto de Katunayake antes del amanecer. Tras sobrevolar la costa oeste de la India, el avión incrementó la velocidad de modo que todavía era de noche cuando los pasajeros pisaron el asfalto.

Al salir de la terminal ya había amanecido. En una ocasión, en Occidente, leyó: «El amanecer llega como un trueno» y supo que ella era la única de toda la clase capaz de reconocer la frase físicamente. Aunque para ella un trueno nunca era abrupto. Era ante todo el ruido de gallinas y carros y la modesta lluvia de la mañana o el sonido que hacía un hombre cuando limpiaba los cristales con papel de periódico en otra habitación.

Después de que le examinaran el pasaporte con la barra azul celeste de las Naciones Unidas, un joven funcionario se le acercó y se puso a caminar a su lado. A pesar de que ella arrastraba las maletas, no se ofreció a ayudarla.

—¿Hace cuánto tiempo? ¿Verdad que usted nació aquí?
—Quince años.
—¿Todavía habla cingalés?

—Un poco. Oiga, ¿le importa si no hablo en el coche de camino a Colombo? Tengo *jet lag* y sólo quiero mirar. Quizá beber un *toddy* antes de que se haga demasiado tarde. ¿Existe todavía el Salón de Gabriel, donde hacen masajes en la cabeza?

—Sí, en Kollupitiya. Yo conocía al padre.

—Mi padre también lo conocía.

Sin tocar una maleta, el funcionario dio órdenes para que las subieran al coche.

—¡Un *toddy*! —Se rió, prosiguiendo con la conversación—. Lo primero que hace después de quince años. El retorno de la hija pródiga.

—No soy una hija pródiga.

Una hora después, el hombre le daba la mano con energía en la puerta de la casita que habían alquilado para ella.

—Mañana tiene una reunión con el señor Diyasena.

—Gracias.

—Tiene amigos aquí, ¿verdad?

—No, en realidad, no.

Anil se alegraba de estar sola. Tenía unos cuantos familiares en Colombo, pero no les había avisado de su regreso. Sacó un somnífero del bolso, encendió el ventilador, eligió un *sarong* y se acostó. Lo que más había añorado eran los ventiladores. Tras marcharse de Sri Lanka a los dieciocho años, el único lazo verdadero que había mantenido había sido el *sarong* nuevo que le enviaban sus padres cada Navidad (y que se ponía religiosamente), y los recortes de prensa sobre las carreras de natación. De adolescente Anil había sido una nadadora excepcional, y la familia nunca lo olvidó; la condenaron a tener ese talento toda su vida. Para las familias de Sri Lanka, un jugador de críquet famoso podía introducirse sin problemas en el mundo de los negocios valiéndose únicamente de las consecuencias de un lanzamiento o de una entrada célebre en un partido del Royal contra el Thomian. A los dieciséis años, Anil había ganado la carrera de natación de los tres mil metros organizada por el Hotel Mount Lavinia.

Cada año, cien personas se tiraban al agua, nadaban un kilómetro y medio hasta llegar a una boya y luego volvían a la orilla; después durante un día o dos agasajaban al hombre y a la mujer más veloz en la página de los deportes. A Anil le sacaron una foto cuando salía del agua esa mañana de enero; *The Observer* la publicó con el titular «¡Anil gana!» y su padre la tenía en su despacho. Todos y cada uno de los miembros de la familia (no sólo los de la isla, también los de Australia, Malaysia e Inglaterra) habían visto esa foto, no tanto por el éxito de Anil sino por su posible belleza, la de entonces y la futura. ¿Quizá era demasiado ancha de caderas?

El fotógrafo había captado en la foto la sonrisa cansada de Anil, el brazo derecho levantado para quitarse el gorro de goma y a unos cuantos rezagados que salieron desenfocados (en su día Anil había sabido quiénes eran). La foto en blanco y negro había sido un icono familiar durante demasiado tiempo.

Apartó la sábana hasta el pie de la cama y se acostó en la habitación a oscuras, bajo las olas de aire. La isla ya no la tenía atrapada por el pasado. En los últimos quince años había prescindido de esa fama de la juventud. Anil había leído documentos y artículos de prensa, llenos de tragedia, y había vivido en el extranjero el tiempo suficiente como para poder analizar Sri Lanka con cierta distancia. Pero aquí el mundo era moralmente más complicado. Las calles seguían siendo calles, los ciudadanos seguían siendo ciudadanos. Iban de compras, cambiaban de trabajo, reían. Sin embargo, incluso las más oscuras tragedias griegas resultaban inocentes en comparación con lo que estaba ocurriendo allí. Cabezas clavadas en estacas. Esqueletos desenterrados en un pozo de cacao en Matale. En la universidad Anil había traducido unos versos de Arquíloco: «En la hospitalidad de la guerra les dejamos a sus muertos para que nos recordaran». Pero aquí nadie tenía esa clase de gestos con las familias de los muertos, ni siquiera les comunicaban quién era el enemigo.

En su día, la cueva 14 fue la más hermosa de una serie de templos budistas situados en unas cuevas de la provincia de Shanxi. Al entrar, parecía que habían extraído de ella enormes bloques de sal. Las imágenes de los bodhisattvas —sus veinticuatro renacimientos— fueron recortadas de las paredes con hachas y sierras, los bordes quedaron rojos, insinuando la incisión de la herida.

«Nada dura —les dijo Palipana—. Es un viejo sueño. El arte se quema, se disuelve. Y ser amado con la ironía de la historia, eso no es nada.» Lo dijo en su primera clase a los estudiantes de Arqueología. Les había estado hablando de libros y de arte, de que a menudo la «supremacía de la idea» es lo único que perdura.

Aquí tuvo lugar un gran crimen. Cabezas separadas de los cuerpos. Manos mutiladas. No quedaba ningún cuerpo: los arqueólogos japoneses se habían llevado todas las estatuas poco después de su descubrimiento en 1918, y los museos occidentales adquirieron rápidamente los bodhisattvas. Tres torsos en un museo de California. Una cabeza perdida en un río al sur del desierto Sind, cerca de las rutas de los peregrinos.

El Majestuoso Más Allá.

La segunda mañana le pidieron a Anil que se reuniera con unos estudiantes de Medicina Forense en el Hospital Kynsey Road. Aunque no había ido a Sri Lanka para eso, aceptó. Todavía no había conocido al señor Diyasena, el arqueólogo designado por el Gobierno para trabajar con ella en la investigación de la Comisión de Derechos Humanos. Le había dejado un mensaje diciéndole que estaba fuera y que se pondría en contacto con ella en cuanto regresara a Colombo.

El primer cadáver que trajeron había muerto hacía poco tiempo, el hombre había sido asesinado cuando ella ya había llegado al país. Calculó que habría ocurrido mientras se paseaba por el mercado de Pettah a última hora de la tarde, y tuvo que contener el temblor de las manos. Los dos estudiantes se miraron. Ella no solía relacionar la hora de una muerte con su vida personal, pero seguía calculando qué hora era en Londres, en San Diego. Cinco horas y media. Trece horas y media.

—¿O sea que éste es su primer cadáver? —preguntó uno de ellos.

Ella meneó la cabeza.

—Tiene los brazos rotos.

Allí estaba, ya lo tenía ante ella.

Miró a los chicos. Eran estudiantes, lo suficientemente jóvenes como para horrorizarse. Por la frescura del cuerpo. Todavía era alguien. En general, las víctimas de un asesinato político solían aparecer mucho después. Mojó cada uno de los dedos en una cubeta con una solución azul para buscar cortes y rozaduras.

—Tendría unos veinte años. Murió hará doce horas. ¿Estáis de acuerdo?

—Sí.

—Sí.

Parecían nerviosos, hasta asustados.

—¿Cómo habéis dicho que os llamabais?

Se lo dijeron.

—Antes de nada, decid vuestras primeras impresiones en voz alta. Después os las pensáis, sin olvidar que podéis equivocaros. —¿Debía sermonearles?—. Si os equivocáis la primera vez, volved a repasarlo todo otra vez. A lo mejor encontráis algo que antes habíais pasado por alto... ¿Cómo pudieron romperle los brazos sin lastimarle los dedos? Qué raro. Uno siempre levanta las manos para protegerse y, al hacerlo, se lastima los dedos.

—A lo mejor estaba rezando.

Anil calló y miró al estudiante que había hablado.

El siguiente cadáver que trajeron tenía múltiples fracturas en el tórax. Eso significaba que había recorrido una distancia considerable —al menos ciento cincuenta metros— antes de caer al agua de barriga. El cuerpo se había quedado sin aire bruscamente. Eso significaba que lo habían arrojado desde un helicóptero.

A la mañana siguiente despertó temprano en su casa alquilada en Ward Place y paseó en la oscuridad del jardín siguiendo el sonido de los pájaros *koha*, atareados con sus reclamos y anuncios. Se quedó allí de pie, bebiendo té. Después, cuando empezó a lloviznar, se fue caminando hacia la carretera principal. Un taxi de tres ruedas se detuvo a su lado y ella se subió. El taxi se alejó rápidamente, se metió por cada resquicio del denso tráfico. Anil se cogió con fuerza a las correas, mientras la lluvia que entraba por los lados le mojaba los tobillos. En el *bajaj* hacía menos calor que en un coche con aire acondicionado, y le gustaba el sonido gutural de las bocinas, parecido al graznido de un pato.

En esos primeros días en Colombo, tuvo la impresión de que siempre estaba sola cuando cambiaba el tiempo. El tacto de la lluvia en su camisa, el olor a polvo en la humedad. De pronto las nubes se distendían y la ciudad se convertía en una aldea familiar, llena de habitantes que agradecían la lluvia y que se chillaban los unos a los otros. O bien aceptaban la lluvia con recelo por si se trataba de un simple chubasco.

Muchos años antes sus padres habían dado una cena. Habían puesto la mesa larga en el jardín agostado y reseco. Era finales de mayo, pero la sequía persistía, tanto que parecía que el monzón no iba a llegar nunca. De pronto, hacia el final de la cena, empezó a llover. Anil despertó en su habitación por el cambio en el aire, corrió a la ventana y miró al exterior. Los invitados entraban a toda prisa las sillas antiguas en la casa bajo la espesa cortina de lluvia. Pero su padre y una mujer sentada a su lado se quedaron allí, celebrando el cambio de estación, mientras a su alrededor la tierra se convertía en barro. Siguieron charlando, cinco minutos, diez minutos, pensó Anil, sólo para asegurarse de que no era un chubasco pasajero, de que no pararía de llover.

Bocinas como el graznido de un pato.

La lluvia azotaba Colombo mientras el *bajaj* cogía un atajo para ir a las Dependencias Arqueológicas. Las luces empezaban a encenderse aquí y allá en las pequeñas tiendas. Anil se inclinó hacia delante. «Tabaco, por favor.» Se pararon en seco junto a la acera y el conductor gritó algo en dirección a una tienda. Un hombre salió bajo la lluvia con tres marcas de cigarrillos y ella eligió un paquete de Gold Leaf y pagó. Reanudaron la marcha.

De pronto Anil se alegró de haber vuelto, las sensaciones enterradas de la infancia seguían vivas dentro de ella. Al principio, cuando salió la convocatoria pidiendo un antropólogo forense para Sri Lanka, había presentado sin mucho entusiasmo la solicitud a la Comisión de Derechos Humanos de Ginebra. No creía que la eligieran porque había nacido en la isla, a pesar de que ahora tenía pasaporte británico. Y dudaba que siquiera dejaran entrar en el país a expertos en derechos humanos. A lo largo de los años, Amnistía Internacional y otros grupos de derechos civiles habían enviado denuncias a Suiza y éstas se habían quedado allí, petrificadas como un glaciar. El presidente Katugala declaró que no tenía conocimiento de que se cometieran matanzas colectivas en la isla. Pero debido a las presiones, y para apaciguar a sus socios comerciales en Occidente, al final el Gobierno tuvo el gesto de poner funcionarios locales a disposición de consultores externos, y eligieron a Anil Tissera como especialista forense de la organización de Ginebra para que trabajara junto con un arqueólogo de Colombo. El proyecto duraría siete semanas. Los de la Comisión de Derechos Humanos no se hacían muchas ilusiones en cuanto a los resultados.

Al entrar en las Dependencias Arqueológicas, Anil oyó su voz.

—*¡Vaya! ¡Así que usted es la nadadora!* —Un hombre ancho de pecho que rebasaba la cuarentena se acercó a ella con naturalidad y le tendió la mano. Anil deseó que ése no fuera el señor Sarath Diyasena, pero lo era.

—Eso ocurrió hace mucho tiempo.

—Es igual... Es posible que la haya visto en Mount Lavinia.

—¿Cómo?

—Fui a la escuela de Saint Thomas, que estaba justo al lado. Aunque soy un poco mayor que usted.

—Señor Diyasena..., ¿le importa que no volvamos a hablar de natación? Desde entonces ha corrido mucha sangre bajo el puente.

—Por supuesto, por supuesto —dijo arrastrando las palabras de un modo con el que Anil acabaría familiarizándose. Se trataba de una peculiaridad de él, con la que parecía querer detener el tiempo. Era como el gesto de asentimiento asiático, que en su movimiento casi circular incluía la posibilidad de un no. El «por supuesto» de Sarath Diyasena, repetido dos veces, expresaba con cordialidad una anuencia oficial y vacilante, pero también sugería que las cosas podían estar en compás de espera.

Ella le sonrió, deseando pasar por alto el hecho de que se las habían arreglado para chocar nada más intercambiar las primeras palabras.

—Es un auténtico placer conocerlo. He leído varios de sus artículos.

—Aunque para usted me he equivocado de era. Pero al menos conozco la mayoría de los yacimientos...

—¿Cree que podemos desayunar? —preguntó Anil mientras se dirigían hacia el coche.

—¿Está casada? ¿Tiene familia?

—No estoy casada. Y no nado.

—Por supuesto.

—Ahora aparecen cadáveres cada semana. Los años de mayor terror fueron el ochenta y ocho y el ochenta y nueve, pero la cosa empezó mucho antes. Todos los bandos mataban y escondían las pruebas. Repito: *todos los bandos.* Ésta no es una guerra oficial, nadie quiere perder el apoyo de las potencias extranjeras. Así que tanto las bandas como las brigadas son secretas, no como en América Central. El Gobierno no era el único responsable de las matanzas. Había y sigue habiendo tres bandos enemigos —uno en el norte y dos en el sur— que recurren a las armas, a la propaganda, al miedo, a los carteles con eslóganes sutiles, a la censura. Importan los últimos modelos de armas de Occidente, o fabrican sus propias armas caseras. De repente, hace un par de años, empezó a desaparecer gente, así, sin más. O bien aparecían cadáveres tan quemados que resultaban irreconocibles. Es imposible saber quiénes son los culpables. Y nadie sabe quiénes son las víctimas. Yo sólo soy arqueólogo. Eso de juntar tu comisión con mi Gobierno no fue idea mía; y, si quieres que te diga mi opinión, una patóloga forense y un arqueólogo forman una pareja muy extraña. Aquí lo más frecuente son las ejecuciones extrajudiciales anónimas, no se sabe si son obra de los rebeldes, del Gobierno o de los guerrilleros separatistas. Todos cometen asesinatos.

—No sabría decir quiénes son los peores. Los informes son terribles.

Él pidió otro té y miró la comida que les habían servido. Ella había pedido expresamente cuajada con azúcar de palmera. Cuando acabaron, él le dijo:

—Vamos, voy a llevarte al barco. Quiero enseñarte el lugar donde trabajaremos.

El *Oronsay* era un buque de pasajeros de los tiempos de la Orient Line al que habían despojado de la maquinaria más valiosa y el mobiliario de lujo. En su día había hecho la ruta de Asia a Inglaterra, desde Colombo hasta Port Said, surcando las estrechas aguas del canal de Suez hasta llegar al muelle de Tilbury. A partir de los años setenta, se limitó a las rutas locales. Tiraron abajo los camarotes de la clase turista y los convirtieron en una bodega para carga. El té, el agua dulce, los artículos de caucho y el arroz sustituyeron a los pasajeros difíciles, a excepción de unas cuantas almas, como los sobrinos de los accionistas de la compañía naviera que buscaban trabajo y aventuras. El buque siguió en manos de la Orient Line, resistiendo el calor de Asia y conservando en su bodega el olor a agua salada, herrumbre y aceite, junto con los efluvios del té.

El *Oronsay* había permanecido los últimos tres años atracado en un muelle desierto en el extremo norte del puerto de Colombo. El gran buque acabó formando parte de la tierra cuando el Hospital Kynsey Road lo incorporó como almacén y zona de trabajo. Como los hospitales de Colombo tenían poco espacio para los laboratorios, una parte del buque reconvertido iba a ser el centro de operaciones de Sarath y Anil.

Dejaron la calle Reclamation y subieron por la pasarela.

Ella encendió una cerilla, y en la bodega oscura la luz resplandeció y se derramó por su brazo. Pudo ver el hilo de algodón del amuleto protector en su muñeca izquierda y se apagó la cerilla. Llevaba un *raksha bandhana* que se había puesto en una ceremonia *pirith* de una amiga un mes antes y ya se le había desteñido el color rosa. Cuando estaba en el laboratorio, el hilo se veía todavía más pálido por debajo del guante de goma, como si estuviera dentro de un cubo de hielo.

Sarath encendió una linterna que había localizado a la luz de la cerilla, y los dos avanzaron tras el haz de luz parpadeante hacia la pared de metal. Al acercarse, él aporreó la pared con la palma de la mano y oyeron algo que se movía en la habitación de al lado: el correteo de ratas. Volvió a golpear, y de nuevo se oyó algo que se movía. Anil murmuró: «Igual que un hombre y una mujer que se levantan corriendo de la cama cuando la esposa de él vuelve a casa...», y calló. No lo conocía lo suficiente como para burlarse de la estructura del matrimonio en su presencia. Estuvo a punto de añadir: «Cariño, ya estoy en casa».

«Cariño, ya estoy en casa», decía Anil, agachada junto a un cadáver para determinar la hora de la muerte. Decía la frase de un modo cáustico o tierno, según de qué humor estuviera; en general en un susurro mientras acercaba la palma de la mano a la piel para comprobar el calor del cuerpo. Del cuerpo, porque ya no *él* o *ella* nunca más.

—Dale otro golpe —le pidió Anil.

—Usaré el martillo.

Esta vez el ruido metálico resonó en la oscuridad, y cuando se extinguió no oyeron nada más.

—Cierra los ojos —dijo Sarath—. Voy a encender una lámpara de azufre.

Pero Anil había trabajado de noche en canteras bajo el brillo del azufre, o en sótanos despojados por su luz. La luminosidad porosa les mostró una gran habitación, los restos de la barra inclinada de un bar en una esquina, detrás de la cual Anil más tarde encontraría una lámpara de techo. Ése iba a ser su almacén y su laboratorio, un lugar claustrofóbico donde el olor a desinfectante flotaba en el aire.

Vio que Sarath ya había empezado a guardar algunos de sus hallazgos arqueológicos en la habitación. El suelo estaba lleno de fragmentos de rocas y de huesos envueltos en plástico transparente y de cajas bien atadas con cuerdas. En fin, ella tampoco había ido allí para estudiar la Edad Media.

Él le decía algo que ella no podía oír, mientras abría cajas y sacaba los resultados de una excavación reciente.

—... la mayoría del siglo vi. Creemos que era una tumba sagrada para monjes, cerca de Bandarawela.

—¿Encontraron esqueletos?

—De momento, tres. Y unas cuantas vasijas de madera fosilizada del mismo período. Todo pertenece a la misma época.

Anil se puso los guantes y cogió un hueso antiguo para calcular el peso. La fecha parecía correcta.

—Los esqueletos estaban envueltos en hojas y luego en telas —le explicó—. Después pusieron una piedra encima de cada uno, que se deslizó por el tórax hasta caer en la zona del pecho.

Varios años después de enterrar un cuerpo, se producía un ligero movimiento en la superficie de la tierra, y la piedra caía en el espacio que dejaba la carne descompuesta, como si anunciara que un espíritu se había marchado. Era una ceremonia de la naturaleza que siempre había impresionado a Anil. En una ocasión, de pequeña, en Kuttapitiya, había pisado un pollo recién enterrado a escasa profundidad del suelo y, con su peso, hizo salir por el pico el aire del cuerpo muerto; se oyó un graznido amortiguado y ella retrocedió asustada, con el alma sobrecogida, y apartó la tierra con las manos, temiendo encontrarse con la criatura parpadeando. Anil seguía obsesionada con lo ocurrido esa tarde. Había vuelto a enterrar el pollo y después se había alejado de la tumba caminando de espaldas.

Ahora cogió un trozo de hueso de la pila de desechos y lo frotó.

—¿Éste estaba en el mismo lugar? No parece del siglo VI.

—Todo este material procede de la necrópolis de los monjes, en la reserva arqueológica gubernamental. Nadie más puede entrar.

—Pero este hueso no es de la misma época.

Él había interrumpido lo que estaba haciendo y la miraba fijamente.

—Es una zona protegida por el Gobierno. Los esqueletos estaban sepultados en los huecos naturales de las cuevas de Bandarawela. Los esqueletos y los huesos sueltos. Sería difícil encontrar algo de otro período.

—¿Podemos ir?

—Supongo. Intentaré conseguir un permiso.

Subieron a la cubierta del barco, a la luz del día y al ruido. Se oían las lanchas en el canal principal del puerto de Colombo, los megáfonos que chillaban por encima de las concurridas vías de navegación.

En su primer fin de semana Anil pidió un coche prestado y se fue a un pueblo a un kilómetro y medio de Rajagiriya. Aparcó junto a un solar oculto tras unos árboles, tan pequeño que Anil no se podía creer que allí hubiera una casa. El patio se hallaba cubierto de grandes hojas moteadas de crotones. No parecía haber nadie en casa.

Al día siguiente de llegar a Colombo, Anil había enviado una carta pero no había recibido respuesta. Así que no sabía si había ido hasta allí en balde, si el silencio significaba una aceptación o si la dirección que tenía ya no servía. Llamó a la puerta, después miró entre los barrotes de la ventana y se volvió rápidamente cuando oyó a alguien en el porche. Anil apenas si reconoció a la mujer anciana y menuda. Se quedaron un momento mirándose y Anil dio un paso adelante para abrazarla. En ese momento salió una joven que las miró sin sonreír. Anil percibió la severidad con que la mujer observó ese momento sentimental.

Cuando Anil se apartó, la anciana sollozaba; extendió las manos y las deslizó por el pelo de Anil. Anil la cogió por los brazos. Entre las dos había un lenguaje perdido. Besó a Lalitha en las dos mejillas, inclinándose porque era pequeña y frágil. Cuando la soltó, la anciana parecía perdida y la joven —¿*quién era*?— se acercó, la condujo a una silla y se marchó. Anil se sentó al lado de Lalitha, le cogió la mano en silencio, sintiendo que algo le dolía en su interior. Vio una gran foto enmarcada a su lado en la mesa. Lalitha la cogió y se la dio a Anil. Lalitha a los cincuenta años, el desastre de su marido y su hija con dos bebés en brazos. Señaló con el dedo a uno de los bebés y después la oscuridad de la casa. Así que esa joven era su nieta.

La joven trajo una bandeja con galletas dulces y té, y se puso a hablar con Lalitha en tamil. Anil sólo entendía alguna que otra palabra cuando lo oía hablar, y para ello se fijaba sobre todo en la entonación. En una ocasión le dijo algo a un extraño y éste le contestó con una mirada de perplejidad; después le explicaron que su interlocutor no la había entendido por la falta de inflexión. El hombre no sabía si lo que le había dicho era una pregunta, una afirmación o una orden. Lalitha parecía avergonzarse de hablar en tamil y lo hacía en un susurro. La nieta, que apenas miró a Anil tras estrecharle la mano, conversaba en voz alta. Miró a Anil y dijo en inglés:

—Mi abuela quiere que os saque una foto a las dos. Como recuerdo de tu visita.

Se marchó otra vez, regresó con una Nikon y les pidió que se acercaran. Dijo algo en tamil y sacó la foto antes de que Anil estuviera lista. Al parecer, con una ya era suficiente. Desde luego, esa mujer estaba muy segura de sí misma.

—¿Vives aquí? —preguntó Anil.

—No. Ésta es la casa de mi hermano. Trabajo en los campos de refugiados en el norte. Intento venir los fines de semana alternos, para que mi hermano y su mujer puedan salir. ¿Qué edad tenías la última vez que viste a mi abuela?

—Dieciocho. He estado fuera desde entonces.

—¿Tus padres viven aquí?

—Han muerto. Y mi hermano se ha ido. Sólo siguen aquí los amigos de mi padre.

—¿Entonces no tienes ningún pariente?

—Sólo a Lalitha. En cierto modo, ella me crió.

Anil quería decir más cosas, quería explicar que Lalitha había sido la única persona que de niña le enseñara cosas de verdad.

—Nos crió a todos —dijo la nieta.

—Y tu hermano ¿a qué se...?

—¡Es un cantante pop muy famoso!

—Y tú trabajas en los campos...

—Desde hace cuatro años.

Cuando se volvieron hacia Lalitha, ésta se había dormido.

Entró en el Hospital Kynsey Road y en el vestíbulo se vio rodeada de martillazos y gritos. Estaban levantando el suelo de cemento para poner baldosas. Estudiantes y profesores pasaban corriendo a su lado. A nadie parecía preocuparle que esos ruidos pudieran aterrorizar o agotar a los pacientes que habían ido para que les curaran las heridas o para recibir tratamientos. Lo peor era la voz del director médico, el doctor Perera, que chillaba a médicos y ayudantes, los llamaba demonios porque no mantenían limpio el edificio. Esos gritos eran tan continuos que la mayoría de los que trabajaban allí ya parecía no oírlos.

Era un hombre bajo y delgado, y en todo el edificio sólo debía de tener un aliado, una joven patóloga que en una ocasión, como no conocía su fama, había recurrido a él para pedirle un favor, y así, sorprendiéndolo, se habían hecho amigos. El resto de sus colegas del hospital se desvinculaban de él con una oleada de notas y carteles anónimos. (En uno de los carteles ponía que en Glasgow lo buscaban por asesinato.) Perera se defendía diciendo que el personal era poco disciplinado, perezoso, insensato, sucio y obstinado. Sólo cuando hablaba en público se permitía esgrimir argumentos intelectuales y sutiles sobre la actualidad política y sobre la relación entre la política y la patología forense. Entonces parecía que su hermano gemelo más afable se había subido furtivamente al escenario.

Anil había asistido a una de sus conferencias la segunda noche que pasó en Colombo y se sorprendió de que personas con opiniones como las suyas ocuparan cargos de autoridad. Pero ahora, en el hospital, adonde había ido para usar el equipo, tuvo ocasión de ver al perro rabioso que constituía la otra faceta de su personalidad. Se quedó allí de pie, atónita, viendo cómo los médicos agotados, los empleados, los obreros y los pacientes que paseaban tranquilamente evitaban a Perera, dejando un espacio vacío entre ellos y ese Cerbero.

Se le acercó un joven.

—Usted es Anil Tissera, ¿verdad?

—Sí.

—Es la que consiguió la beca para Estados Unidos.

Anil no dijo nada. Estaban acosando a la extranjera famosa.

—¿Nos podría dar una pequeña charla, de unos treinta minutos, sobre los venenos y las mordeduras de serpiente?

Seguro que esa gente sabía tanto de las mordeduras de serpiente como ella y que habían elegido ese tema a propósito: para poner a los que estudiaron en el extranjero a la misma altura que a los que se formaron allí.

—Sí, de acuerdo. ¿Cuándo?

—¿Esta noche? —preguntó el joven.

Anil asintió.

—Ven a verme a la hora de comer para decirme el sitio. —En ese momento, pasó al lado del doctor Perera.

—¡Tú!

Anil se volvió hacia el infame director médico.

—Tú eres la nueva, ¿no? ¿Tissera?

—Sí, doctor. Asistí a su conferencia hace un par de noches. Lamento que...

—Tu padre era..., eso..., ¿verdad?

—¿Qué...?

—¿Tu padre era Nelson K. Tissera?

—Sí.

—Trabajé con él en el Hospital Spittel.

—Sí...

—Fíjate en esos *padayas*. Y mira la basura que hay en los pasillos. ¿Acaso esto no es un hospital? Malditos cabrones. Parece una letrina. ¿Qué haces ahora?

Aunque estaba ocupada, habría podido cambiar de planes. Le apetecía hablar con el doctor Perera y recordar a su padre, pero quería hacerlo cuando él estuviera más sereno, tranquilo y solo, no presa de un ataque de ira.

—Lo siento, pero tengo una cita oficial, doctor. Aunque me quedaré un tiempo en Colombo. Espero que podamos vernos.

—Veo que te vistes al estilo occidental.

—Es una costumbre.

—Tú eres la nadadora, ¿verdad?

Ella se alejó, asintiendo de un modo exagerado.

Sentado al escritorio enfrente de ella, Sarath leía la postal de Anil al revés. Lo hacía por una curiosidad inconsciente. Era un hombre acostumbrado a ver textos deslucidos y escritos con caracteres cuneiformes en las piedras. Incluso a la sombría luz de las Dependencias Arqueológicas, para él era una traducción fácil.

El ruido que predominaba en las oficinas era el de los picotazos precisos de las máquinas de escribir. A Anil le habían asignado una mesa junto a la fotocopiadora, en torno a la cual se oían quejas continuas porque nunca iba bien.

—Gopal —dijo Sarath, en voz algo más alta de lo habitual, y uno de sus ayudantes se acercó a su escritorio—. Trae dos tés. Con leche condensada.

—Sí, señor.

Anil rió.

—Hoy es miércoles. Te toca la pastilla para la malaria.

—Ya la tomé —contestó ella, sorprendida de que Sarath se preocupara.

Les sirvieron el té con la leche condensada. Anil cogió su taza y decidió provocar a Sarath.

—Por el bienestar de los servidores. Por un Gobierno vanidoso. Por que cada opinión política reciba el apoyo de su propio ejército.

—Hablas como un periodista extranjero.

—No puedo pasar esas cosas por alto.

Él dejó la taza en la mesa.

—Mira, yo no estoy del lado de nadie. Si es a eso a lo que te refieres. Como tú misma has dicho, todo el mundo tiene un ejército.

Ella cogió la postal y le dio vueltas sujetándola con los pulgares.

—Lo siento. Estoy cansada. Me he pasado toda la mañana leyendo informes en la oficina del Movimiento de Derechos Civiles. No encontré nada muy prometedor. ¿Quieres que cenemos juntos?

—No puedo.

Anil esperó una explicación, pero él no dijo nada más. Sólo miró un mapa en la pared y después la foto del pájaro en la postal de Anil, sin dejar de dar golpecitos en la mesa con el lápiz.

—¿De dónde es ese pájaro?

—Ah..., qué sé yo. —También ella podía cerrarse en banda.

Una hora después los dos corrían bajo la lluvia y cuando por fin subieron al coche estaban calados hasta los huesos. Él la llevó a Ward Place y se detuvo bajo el pórtico sin apagar el motor mientras ella cogía sus cosas del asiento trasero. «Hasta mañana», dijo, y cerró la puerta.

En su casa, Anil vació el bolso en la mesa para encontrar la postal. Al releer el mensaje de su amiga de Arizona se sintió mejor. Al menos tenía algún tipo de contacto con Occidente. Se fue a la cocina pensando otra vez en Sarath. Llevaba varios días trabajando con él y aún no sabía cómo catalogarlo. Teniendo en cuenta que ocupaba un cargo importante en el Departamento de Arqueología, un departamento que dependía del Estado, ¿hasta qué punto formaba parte del Gobierno? Cuando le encargaron que la ayudara en la investigación y la redacción del informe de la Comisión de Derechos Humanos, ¿también le ordenaron que la espiara? En ese caso, ¿ella para quién estaba trabajando?

Sabía que en una crisis política el trabajo forense se caracterizaba por las jugadas de ajedrez tridimensionales, los acuerdos a escondidas y las declaraciones silenciadas por «el bien de la nación». En una ocasión, un grupo de la Comisión de Derechos Humanos en el Congo había ido demasiado lejos y la información que había reunido desapareció de la noche a la mañana, les quemaron todos los papeles. Como si hubieran vuelto a enterrar una ciudad del pasado. El equipo de investigación, al que pertenecía Anil con el modesto cargo de ayudante del programa, tuvo que coger el primer avión y marcharse. Para que después hablen de la autoridad internacional de Ginebra. Los magníficos logos de los membretes y las puertas de las oficinas europeas no significaban nada cuando estallaba una crisis. Cuando o si un gobierno les pedía que se fueran, no les quedaba más remedio que irse. Y no podían llevarse nada. Ni una bandeja de diapositivas, ni un carrete de película. En el aeropuerto, mientras le registraban la ropa, Anil había tenido que sentarse en un taburete prácticamente desnuda.

Una postal de Leaf. Un pájaro norteamericano. Sacó unas chuletas y una cerveza de la nevera. Podía leer un libro, ducharse. Después a lo mejor se iba a Galle Face Green a tomar una copa en uno de los hoteles más nuevos y ver cómo cantaban karaoke los jugadores borrachos de un equipo de críquet inglés que estaba allí de gira.

Se preguntó si el compañero que le habían asignado era neutral en esta guerra, si sólo era un arqueólogo que amaba su trabajo. El día anterior, mientras iban en coche por la carretera, él le había enseñado unos cuantos templos y, después, al pasar por donde estaban algunos de sus estudiantes trabajando en una zona histórica, se había reunido con ellos, encantado de la vida, y se había puesto a recoger esquirlas de mica al tiempo que les decía dónde podían encontrar trozos de hierro en el suelo, como si tuviera un don especial para encontrar cosas. Casi todo lo que Sarath quería saber estaba de algún modo relacionado con la tierra. Anil sospechaba que el mundo social que lo rodeaba le era indiferente. Le había explicado que lo que quería era escribir algún día un libro sobre una ciudad en el sur de la isla que ya no existía. No quedaba ni una pared, pero él quería contar la historia de ese lugar. Surgiría a partir de ese oscuro intercambio con la tierra, a partir de su conocimiento de la región en forma de crónicas: las rutas comerciales medievales, su existencia como ciudad favorita de determinado rey para pasar la temporada del monzón, tal y como la muestran los poemas que celebraban la vida cotidiana de la ciudad. Le había recitado unos cuantos versos de uno de los poemas que le había enseñado su maestro, un hombre llamado Palipana.

Así era Sarath en sus momentos de mayor expresividad, en los que casi se entusiasmaba, como ocurrió una noche tras cenar cangrejo en Mount Lavinia. Junto a la orilla trazó la forma de la ciudad con las manos, la esbozó en el aire oscuro. Más allá de las líneas imaginarias, Anil pudo ver las olas, cómo se hinchaban y se encrespaban, igual que la repentina agitación de Sarath avanzaba hacia ella.

El tren estaba lleno de policías. El hombre se subió con una pajarera en que llevaba un mainato. Recorrió los vagones, observando a los demás pasajeros. Como no quedaban asientos libres, se sentó en el suelo. Llevaba un sarong, *sandalias y una camiseta de Galle Road. Era un tren lento, que pasaba entre desfiladeros de rocas hasta que de repente irrumpía en una pradera. El hombre sabía que a un kilómetro o dos de Kurunegala llegarían a un túnel y que el tren se internaría en su oscuridad claustrofóbica. Unas cuantas ventanas se quedarían abiertas; necesitaban el aire fresco, aunque eso significara que el ruido se volvería ensordecedor. Después de pasar por el túnel, al volver a la luz del sol, se prepararían para apearse.*

En cuanto el tren se sumió en la oscuridad, se puso en pie. Durante un instante las bombillas emitieron una luz turbia y débil y después se apagaron. Oyó hablar al pájaro. Tres minutos de oscuridad.

El hombre avanzó rápidamente hacia donde recordaba que estaba el funcionario, del lado del pasillo. En la penumbra lo cogió por el pelo, le puso la cadena alrededor del cuello y empezó a estrangularlo. Contó los segundos para sus adentros. Cuando sintió que el peso del hombre se apoyaba contra él, no se atrevió a soltar la cadena.

Le quedaba un minuto. Se incorporó y cogió al hombre en brazos. Sosteniéndolo recto, lo llevó hasta la ventana abierta. Las luces amarillas parpadearon y se encendieron un segundo. El hombre habría podido ser un cuadro vivo en el sueño de alguien.

Levantó al funcionario y lo sacó por la ventana. Fuera el embate del viento empujó la cabeza y los hombros hacia atrás. El hombre siguió sacándolo hasta soltarlo y el cuerpo desapareció en el estruendo del túnel.

Cuando Anil trabajaba con el equipo forense en Guatemala, se fue a Miami a encontrarse con Cullis. Llegó extenuada, con la cara demacrada y el cuerpo desfallecido. Había epidemias de disentería, hepatitis, dengue. Su equipo y ella se quedaban a comer en la aldea donde exhumaban los cadáveres; tenían que hacerlo porque la única manera de que las aldeas pudieran participar era preparándoles la comida. «Esperas que te den judías —le murmuró a Cullis, mientras se quitaba la ropa de trabajo que todavía llevaba puesta (había tenido que salir corriendo para poder coger el último avión) y después se metió en la bañera donde se daría el primer baño en un hotel desde hacía meses—. Evitas el ceviche. Si no te queda más remedio y tienes que comerlo, después lo vomitas en algún lugar a solas, lo antes posible.» Se desperezó en el milagro del baño de espuma y lo miró con una sonrisa cansada, alegrándose de estar con él. Él conocía esa mirada agotada y fija, la voz cansina mientras le contaba sus historias.

—De hecho, yo nunca había excavado. Suelo estar en los laboratorios. Pero estábamos haciendo las exhumaciones sobre el terreno. Manuel me dio un cepillo y un palillo y me dijo que escarbara la tierra y la apartara con el cepillo. El primer día encontramos cinco esqueletos.

Sentado en el borde de la bañera, Cullis la miraba: con los ojos cerrados, lejos del mundo. Se había cortado el pelo muy corto. Estaba bastante más delgada. Cullis se dio cuenta de que Anil se había enamorado todavía más de su trabajo. Aunque venía exhausta, también se sentía renovada.

Ella se inclinó hacia delante y quitó el tapón; volvió a reclinarse para sentir cómo el agua desaparecía a su alrededor. Después, se puso de pie en el suelo de baldosas y su cuerpo permaneció pasivo mientras él le apretaba la toalla contra los hombros oscuros.

—Sé cómo se llaman varios huesos en español —alardeó ella—. Sé un poco de español. Éste es el omóplato. Y aquí está el maxilar, y el occipital es el hueso que está en la parte posterior de la cabeza. —Arrastraba las palabras, como si contara hacia atrás después de la anestesia—. En esas excavaciones te puedes encontrar toda clase de personajes. Eminentes patólogos de Estados Unidos incapaces de coger un salero sin meterle mano a una mujer. Y luego está Manuel. Como es de allí, no goza de tanta protección como los demás. Una vez me dijo: «Cuando me canso de excavar y no quiero seguir, imagino que podría ser yo el de la tumba en la que estoy trabajando. Yo no querría que alguien parara de excavar mi tumba...». Siempre lo pienso cuando quiero dejarlo. Tengo sueño, Cullis. No puedo ni hablar. Léeme algo.

—He escrito algo sobre las serpientes noruegas.

—No.

—Entonces un poema.

—Sí. Eso siempre.

Pero Anil ya se había dormido, con una sonrisa en la cara.

Cúbito. Omóplato. Occipital. Cullis se sentó a la mesa frente a ella y escribió las palabras en su libreta. Hundida en las sábanas blancas de la cama, Anil no paraba de mover la mano, como si apartara tierra.

Despertó a las siete de la mañana, la habitación estaba a oscuras y hacía calor, y se levantó desnuda de la gran cama donde Cullis seguía soñando. Ya añoraba los laboratorios. Añoraba la emoción que la embargaba cuando se encendían las luces encima de las mesas de aluminio.

La habitación de Miami parecía una tienda de decoración, con sus cojines bordados y las alfombras. Entró en el cuarto de baño y se lavó la cara, se mojó el pelo con agua fría, totalmente despierta. Se metió en la ducha y abrió el grifo, pero al cabo de un minuto salió con una idea. Sin molestarse en secarse, se acercó a su bolsa de viaje y sacó una gran cámara de vídeo algo anticuada que había llevado a Miami para que le cambiaran el micrófono. Era una cámara de televisión de segunda mano que empleaba el equipo forense, una reliquia de principios de los años ochenta. La usaba en las excavaciones y se había acostumbrado a su peso y sus debilidades. Insertó una cinta y apoyó la cámara en el hombro mojado. La encendió.

Empezó por la habitación, después volvió al cuarto de baño y se filmó a sí misma agitando brevemente la mano frente al espejo. Un primer plano de la textura de las toallas, otro del agua de la ducha que seguía corriendo. De pie en la cama, enfocó la cabeza dormida de Cullis, el brazo izquierdo extendido hacia el lugar donde ella había estado toda la noche a su lado. La almohada de ella. Vuelta a Cullis, su boca, sus hermosas costillas; se bajó de la cama y, de nuevo en el suelo, sujetando la cámara con firmeza, recorrió todo el cuerpo hasta los tobillos. Retrocedió para mostrar la ropa en el suelo y después se acercó a la mesa y a la libreta de él. Un primer plano de su escritura.

Quitó la cinta y la escondió en la maleta de Cullis, debajo de la ropa. Guardó la cámara en su bolsa y volvió a acostarse a su lado.

Era de día y estaban en la cama.

—No te imagino de niña —dijo Cullis—. Eres como una extraña para mí. Colombo. ¿Es un lugar lánguido?

—Es lánguido en el interior, pero a la intemperie es frenético.

—No has vuelto.

—No.

—Un amigo mío que estuvo en Singapur se quejó del aire acondicionado. Dijo que era como pasarse una semana encerrado en unos grandes almacenes.

—Sospecho que a la gente de Colombo le encantaría que la ciudad entera fuera unos grandes almacenes.

Los mejores momentos de su vida en común eran esos instantes breves y tranquilos, cuando conversaban perezosamente tras hacer el amor. Para él, ella era transparente y divertida y hermosa; para ella, él estaba casado, siempre era interesante y estaba permanentemente a la defensiva. De las tres cualidades, sólo se quedaba con una.

Se habían conocido en otra ocasión, en Montreal. Anil había ido a un congreso, y Cullis se había topado con ella por casualidad en el vestíbulo de un hotel.

—Me estoy escabullendo —dijo Anil—. ¡Ya estoy harta!

—Ven a cenar conmigo.

—No puedo. Esta noche me he comprometido con un grupo de amigos. Ven con nosotros. Hace varios días que no hacemos otra cosa más que asistir a presentaciones de trabajos. Te prometo que si vienes conmigo comerás lo peor de todo Montreal.

Atravesaron los suburbios en coche.

—¿Hablas francés? —le preguntó él.

—No. Sólo inglés. Sé escribir un poco en cingalés.

—¿Eres de por allí?

Se acercaron a una plaza sin nombre a un lado de la autopista y ella aparcó bajo las luces parpadeantes de una bolera.

—Vivo aquí —respondió—. En Occidente.

Anil presentó a Cullis a otros siete antropólogos que lo miraron de arriba abajo y examinaron su postura para decidir si les convenía tenerlo en su equipo. Habían venido de todas partes del mundo. Tras llegar a Montreal de Europa y América Central, se habían escapado de una sesión de diapositivas y estaban, al igual que Anil, listos para una partida de bolos. Consumieron a gran velocidad patatas con sabor a vinagre y humus en lata, junto con un vino tinto de pésima calidad que caía a chorros de una máquina en pequeños vasos de plástico como los de los dentistas. Un paleontólogo se encargó de los tableros informáticos para llevar la puntuación, y a los diez minutos estos famosos patólogos forenses, seguramente las únicas personas que no hablaban francés en toda la bolera, se habían convertido en una suerte de duendes traviesos con sus zapatillas de bowling, y desde luego armaron un buen jaleo. Hacían trampas para ganar. Tiraban la bola por las pistas de parquet. Cullis pensó que cuando muriera no quería que lo tocaran semejantes incompetentes, que cometían tantas faltas. A medida que avanzaba la partida, él y Anil corrían el uno hacia el otro cada vez más a menudo para felicitarse con un abrazo. Sintiéndose ligero con las zapatillas moteadas, Cullis lanzó la bola sin apuntar y derribó algo que sonó a un cubo lleno de clavos. Ella se acercó a él y le dio un beso, con timidez pero justo en la nuca. Salieron de la bolera abrazados.

—Debe de haber algo en el humus. ¿Era humus de verdad?

—Sí. —Anil se rió.

—Es un famoso afrodisíaco...

—Nunca me acostaré contigo si me dices que no te gusta El Artista Antes Llamado... Bésame aquí. ¿Tienes un apellido que me cueste aprender?

—Biggles.

—¿Biggles? ¿Como en *Biggles vuela al este* y *Biggles se moja la cama*?

—Sí, el mismo. Mi padre se crió leyendo sus libros.

—Nunca quise casarme con un Biggles. Siempre quise casarme con un calderero. Me encanta esa palabra...

—Los caldereros no se casan. Al menos los de verdad.

—Tú estás casado, ¿verdad?

*

Una noche, cuando trabajaba sola en el laboratorio del barco en el puerto, Anil se cortó con un bisturí, abriéndose un tajo a lo largo de todo el pulgar. Se puso desinfectante y se lo vendó, después decidió pasar por el hospital de camino a casa pues no quería que se le infectara: esas ratas seguían en la bodega y a lo mejor correteaban por encima de los instrumentos cuando Sarath y ella no estaban. Cansada, paró un *bajaj* nocturno que la llevó a la sala de urgencias.

Aproximadamente unas quince personas estaban sentadas o tumbadas en los largos bancos. De vez en cuando aparecía un médico, hacía una señal para que pasara el siguiente paciente y se iba con él. Tras esperar más de una hora, Anil desistió, porque cada vez llegaban más heridos de la calle y, en comparación, su corte empezó a parecerle insignificante. Pero en realidad no fue por eso por lo que se marchó. De pronto apareció un hombre con un abrigo negro y se sentó con ellos, tenía toda la ropa manchada de sangre. Se quedó allí callado, esperando que alguien lo ayudara, sin molestarse en coger un número como los demás. Cuando al cabo de un rato quedaron tres asientos vacíos en el banco, el hombre se tumbó, se quitó el abrigo negro y se lo puso de almohada pero, como no podía dormir, se quedó con los ojos abiertos mirando a Anil, sentada en la otra punta de la habitación.

Tenía la cara mojada y manchada con la sangre del abrigo. Se sentó, sacó un libro que llevaba en el bolsillo y se puso a leer muy rápido: pasaba las páginas, lo asimilaba todo velozmente. Se tomó una pastilla, volvió a tumbarse y esta vez se durmió, abstrayéndose de sus circunstancias y de su entorno. Una enfermera se acercó a él y lo tocó en el hombro; como no se movió la mujer no apartó la mano. Anil lo recordaría perfectamente. Al final él se levantó, guardó el libro en el bolsillo, tocó a otro paciente y se fue con él. Era un médico. La enfermera cogió el abrigo y se lo llevó. Fue entonces cuando Anil se marchó. Si no podía saber quién era quién en un hospital, ¿qué posibilidades tenía?

En el *Atlas Nacional de Sri Lanka* hay setenta y tres versiones de la isla; cada plantilla representa un solo aspecto, una obsesión: las lluvias, los vientos, la superficie del agua en los lagos, las masas de agua más extrañas atrapadas en las profundidades de la tierra.

Los dibujos antiguos muestran la producción y los antiguos reinos del país; los dibujos contemporáneos muestran los niveles de riqueza, de pobreza y de alfabetismo.

El mapa geológico incluye la turba en las marismas de Muthurajawela, al sur de Negombo, el coral por toda la costa desde Ambalangoda hasta Dondra Head, los bancos de perlas en el golfo de Mannar. Bajo la piel de la tierra hay yacimientos todavía más antiguos de mica, circón, torianita, pegmatita, arcosa, topacio, piedra caliza terra rossa, mármol dolomita. Grafito cerca de Paragoda, mármol verde en Katupita y Ginigalpelessa. Esquisto negro en Andigama. Caolín, o arcilla china, en Boralesgamuwa. Grafito o plombagina —venas y escamas—, un grafito de la mayor pureza (noventa y siete por ciento de carbono), que se extraería en Sri Lanka durante ciento sesenta años, sobre todo durante las guerras mundiales, con sus seis mil pozos por todo el país, las principales minas en Bogala, Kahatagaha y Kolongaha.

En otra página sólo se ven las aves. Veinte especies de aves de las cuatrocientas autóctonas de Sri Lanka, como la cotorra azul, la curruca india, las seis familias del bulbul, el zorzal moteado con su grito que se pierde, la cerceta, la espátula común, los «falsos vampiros», las agachadizas de cola larga, las corredoras indias, halcones claros en las nubes. El mapa de los reptiles muestra los lugares donde se encuentra la víbora pala-polanga, que de día, como no ve bien, ataca a ciegas, salta hacia donde cree que hay seres humanos, sacando los colmillos como un perro, salta una y otra vez hacia una quietud que se ha vuelto temerosa y pacífica.

Rodeado de mar, el país está sometido a dos sistemas bási-cos de monzones: el alto siberiano durante el invierno del he-misferio norte y el alto mascarene durante el invierno del hemis-ferio sur. Así, los vientos alisios del noreste soplan entre diciembre y marzo, mientras que los del sudeste llegan entre mayo y sep-tiembre. Los demás meses, los suaves vientos marinos se acercan a la tierra de día y por la noche regresan al mar.

Hay páginas de isóbaras y altitudes. No figuran los nom-bres de las ciudades. Sólo a veces se incluye la ciudad desconocida y jamás visitada de Maha Illupalama, donde el departamento de meteorología, en los años treinta, en lo que ahora parece la Edad Media, recopiló y registró los vientos y las lluvias y la pre-sión barométrica. No hay nombres de ríos. Ni la menor des-cripción de vida humana.

Kumara Wijetunga, 17.6 de noviembre de 1989. En torno a las 23:30 en su casa.

Prabath Kumara, 16.17 de noviembre de 1989. A las 3:20 de la noche en la casa de un amigo.

Kumara Arachchi, 16.17 de noviembre de 1989. A eso de las doce de la noche en su cosa.

Manelka da Silva, 17.1 de diciembre de 1989. Cuando jugaba al críquet, en el campo del Embilipitiya Central College.

Jatunga Gunesena, 23.11 de diciembre de 1989. A eso de las 10:30 cuando hablaba con un amigo cerca de su casa.

Prasantha Handuwela, 17.17 de diciembre de 1989. A eso de las 10:15 cerca del taller de neumáticos, Embilipitiya.

Prasanna Jayawarna, 17.18 de diciembre de 1989. A las 15:30 cerca del embalse de Chandrinka.

Podi Wickramage, 49.19 de diciembre de 1989. A las 7:30 cuando caminaba por la carretera hacia el centro de la ciudad de Embilipitiya.

Narlin Gooneratne, 17.26 de diciembre de 1989. A eso de las 17:00 en un salón de té a 15 metros del campamento militar Serena.

Weeratunga Samaraweera, 30.7 de enero de 1990. A las 17:00 cuando iba a darse un baño en Hulandawa Panamura.

El color de una camisa. El estampado del *sarong*. La hora de la desaparición.

En las oficinas del Movimiento de los Derechos Civiles en el Centro Nadesan se hallaban reunidos los fragmentos de la información recopilada sobre la última vez que alguien vio a un hijo, un hermano pequeño, a un padre. Las cartas angustiadas de los familiares incluían los detalles de la hora, el lugar, la ropa, la actividad... Iba a darse un baño. Cuando hablaba con un amigo...

A la sombra de la guerra y la política llegaron a darse giros surrealistas de causas y efectos. En una fosa común descubierta en Naipattimunai en 1985, un padre identificó unas prendas manchadas de sangre como las que llevaba su hijo cuando desapareció tras su detención. Al encontrar un carnet de identidad en un bolsillo de la camisa, la policía dio orden de interrumpir de inmediato las excavaciones y al día siguiente detuvo al presidente de la Comisión de Ciudadanos, que fue quien había conducido a la policía a ese lugar. Nunca llegó a saberse la identidad de las demás personas enterradas en la fosa de la Provincia Oriental: cómo murieron, quiénes eran. El director de un orfanato que denunció matanzas colectivas acabó en la cárcel. Un abogado defensor de los derechos humanos murió acribillado a tiros y su cuerpo fue retirado por personal militar.

Antes de marcharse de Estados Unidos, Anil había recibido varios informes recabados por los distintos grupos de derechos humanos. Las investigaciones iniciales no dieron lugar a detenciones, y las protestas de las organizaciones ni siquiera llegaron a los mandos intermedios de la policía o el Gobierno. Los padres que buscaban a sus hijos adolescentes pedían ayuda en vano. Aun así, se aprovechaba y recababa todo lo que pudiera emplearse como prueba, y se copiaba y enviaba a extraños en Ginebra cualquier cosa que pudiera servir en el vendaval de noticias.

Anil reunió informes y abrió carpetas con listas de desapariciones y matanzas. Era lo último a lo que quería regresar todos los días. Y cada día regresaba a lo mismo.

A partir de 1983 el país estuvo en estado de emergencia, los atentados por motivos raciales y los asesinatos políticos eran continuos. El terrorismo de la guerrilla separatista, que luchaba por sus tierras en el norte. La insurrección de los rebeldes en el sur, enemistados con el Gobierno. El contraterrorismo de las fuerzas especiales, enemistadas con los dos. Cuerpos incinerados. Cuerpos arrojados a los ríos o al mar. Cadáveres escondidos y después enterrados por segunda vez.

Era una guerra de Cien Años con armas modernas, y con partidarios que observaban sanos y salvos desde sus países, una guerra patrocinada por traficantes de drogas y de armas. Pronto se hizo evidente que los enemigos políticos se reunían en secreto y llegaban a acuerdos económicos para comprar armas. *«La razón de la guerra era la guerra.»*

Sarath conducía hacia las elevadas altitudes, subía hacia el este y hacia Bandarawela, donde se habían encontrado los tres esqueletos. Anil y él habían salido de Colombo varias horas antes, y ahora estaban en las montañas.

—Verás, me sería más fácil creer lo que dices si vivieras aquí —dijo Sarath—. No puedes presentarte aquí, descubrir algo y después marcharte.

—Quieres que me censure a mí misma.

—Lo que quiero es que entiendas el entorno arqueológico de un hecho. Porque de lo contrario serás como uno de esos periodistas que se alojan en el Hotel Galle Face y que en sus artículos hablan de las moscas y la roña. Con esa empatía y culpa falsas.

—¿Tienes algo en contra de los periodistas?

—Así es como nos ven en Occidente. Aquí las cosas son diferentes, peligrosas. A veces la ley está del lado del poder y no de la verdad.

—Tengo la sensación de que desde que llegué aquí sólo he hecho antesala. Las puertas que deberían estar abiertas están cerradas. Se supone que tenemos que investigar las desapariciones. Pero, cuando voy a los despachos, no me dejan entrar. Es como si nuestra función en este lugar sólo fuera el resultado de un gesto. —Y después añadió—: Ese pequeño trozo de hueso que encontré, el primer día que fui a la bodega, tú ya sabías que no era antiguo, ¿verdad?

Sarath no contestó. Así que ella prosiguió.

—Me acuerdo de que en América Central un aldeano nos dijo: «Cuando los soldados nos quemaron la aldea dijeron "esto es la ley", así que pensé que la ley era el derecho del ejército a matarnos».

—Ten cuidado con lo que dices.

—Y a quién se lo digo.

—Sí, también.

—Pero a mí me invitaron a venir aquí.

—Las investigaciones internacionales no significan nada.

—¿Te fue muy difícil conseguir el permiso para que podamos trabajar en las cuevas?

—No fue fácil.

Anil había estado grabando con un magnetófono los comentarios de Sarath sobre los restos arqueológicos de esa parte de la isla. Después la conversación derivó hacia otros temas, y al final ella le preguntó por el «Presidente de Plata», el apodo del presidente Katugala por su mata de pelo cano. ¿Cómo era Katugala en realidad? Sarath calló. Después alargó la mano y cogió el magnetófono que ella tenía en el regazo. «¿Está apagado?». Se aseguró de que lo estaba y sólo entonces contestó a la pregunta. Hacía al menos una hora que Anil no había empleado el aparato; lo tenía allí, totalmente olvidado. Pero él no lo había olvidado.

Salieron de la carretera y se detuvieron en una fonda, pidieron algo para comer y se sentaron a una mesa en una terraza que descollaba sobre un profundo valle.

—Mira ese pájaro, Sarath.

—Es un bulbul.

Ella imaginó que era el pájaro cuando éste levantó el vuelo, y de pronto sintió vértigo al darse cuenta de la altura a la que estaban por encima del valle; el paisaje debajo de ellos parecía un fiordo verde. A lo lejos, la gran llanura estaba teñida de blanco y se asemejaba al mar.

—Veo que entiendes de pájaros.

—Sí, mi mujer sabía mucho.

Anil permaneció callada, esperando que él añadiera algo o que cambiara de tema de un modo evidente. Pero no dijo nada.

—¿Dónde está tu mujer? —por fin preguntó.

—La perdí hace unos años. Ella... se suicidó.

—Dios mío. No sabes cuánto lo siento, Sarath. Estoy tan...

La expresión en el rostro de Sarath se había vuelto imprecisa.

—Me había dejado unos meses antes.

—Lamento haberlo preguntado. No paro de hacer preguntas, soy demasiado curiosa. La gente se enfada conmigo.

Después, en el coche, para romper un silencio más largo.

—¿Conociste a mi padre? ¿Qué edad tienes?

—Cuarenta y nueve —contestó Sarath.

—Yo tengo treinta y tres. ¿Lo conociste?

—He oído hablar de él. Era bastante mayor que yo.

—Siempre me decían que era muy mujeriego.

—Yo también lo he oído. Son cosas que se dicen cuando alguien es encantador.

—Creo que es verdad. Ojalá yo hubiese sido mayor, para aprender cosas de él. Ojalá hubiese podido vivir eso.

—Conocí a un monje —dijo Sarath—. Su hermano y él fueron los mejores maestros que he tenido, y eso es porque me enseñaron cuando yo ya era adulto. De mayores también necesitamos padres. Siempre lo veía cuando venía a Colombo una o dos veces al año, y de algún modo me ayudaba a ser más sencillo, más lúcido conmigo mismo. Nárada se reía mucho. Se reía de tus debilidades. Era un asceta. En Colombo se alojaba en una pequeña habitación en un templo. Yo iba a tomar café con él, él se sentaba en la cama y yo en una silla que él me traía del pasillo. Hablábamos de arqueología. Había escrito unos cuantos artículos en cingalés, pero su hermano, Palipana, era el más famoso en ese campo, a pesar de que nunca hubo celos entre ellos. Nárada y Palipana. Dos hermanos brillantes. Los dos fueron mis maestros.

»Nárada estaba casi siempre en Hambantota. Mi mujer y yo íbamos a verlo. Teníamos que caminar por dunas ardientes hasta llegar a una comuna para jóvenes en paro que él había creado junto al mar.

»Su asesinato nos conmocionó a todos. Le pegaron un tiro en su habitación mientras dormía. He perdido a otros amigos de mi edad, pero no los echo tanto de menos como a ese anciano. Supongo que esperaba que me enseñara a ser viejo. De todos modos, una vez al año, el día del aniversario de su muerte, mi mujer y yo hacíamos la comida que más le gustaba e íbamos a su pueblo en el sur. Ese día siempre estábamos más unidos. Y él se volvía eterno —o quizá sería mejor decir "persistente"—, tenías la sensación de que estaba allí en la comuna con los chicos mientras éstos comían con placer el *mallung* y los postres con leche condensada que a él tanto le gustaban.»

—Mis padres murieron en un accidente de coche después de marcharme de Sri Lanka. Ya no volví a verlos.

—Lo sé. He oído que tu padre era un buen médico.

—Yo tenía que haber sido médico, pero me desvié hacia la antropología forense. Supongo que en ese momento de mi vida no quería ser como él. Después de la muerte de mis padres ya no quise volver aquí.

Ella estaba dormida cuando él le tocó el brazo.

—Hay un río allá abajo. ¿Nos damos un baño?

—¿Aquí?

—Debajo de esa colina.

—Ah, sí. Me encantaría. —Sacaron las toallas de las bolsas y bajaron por la colina.

—Hace años que no me baño en un río.

—El agua estará fría. Piensa que estás en la montaña, a seiscientos metros de altura.

Él iba delante y caminaba con una energía que la sorprendió. Claro, pensó, es que es arqueólogo. Al llegar al río, Sarath se escondió detrás de una roca para cambiarse. Anil gritó: «¡Sólo me quitaré el vestido!» para que él no se acercara. «Me bañaré con la ropa interior.» Anil se dio cuenta de lo oscura que estaba esa ladera del bosque, pero después vio que podían nadar hasta un pozo al que daba el sol de lleno.

Cuando se acercó al agua, él ya estaba nadando de espaldas, mirando los árboles. Ella dio un par de pasos sobre las piedras afiladas y al tirarse dio un planchazo. «Ah, qué profesional», le oyó decir con su voz cansina.

En el último tramo del viaje todavía le brillaba la piel por el frío del agua del río. Los pequeños bultos en el antebrazo, el vello erizado. Habían subido la cuesta en dirección al calor y la luz y ella se había secado el pelo junto al coche sacudiéndolo suavemente con las manos. Enrolló la ropa interior mojada en la toalla y se puso el vestido antes de proseguir el viaje hacia las montañas.

—A estas altitudes te cogen jaquecas —dijo Sarath—. Hay un buen hotel en Bandarawela, pero creo que nos conviene alojarnos en una fonda, ¿qué te parece? Así podremos tener nuestro equipo y lo que encontremos todo junto.

—Ese monje del que me hablaste. ¿Quién lo mató?

Sarath siguió hablando como si no la hubiera oído.

—Además queremos estar cerca del yacimiento... Se dijo que fue el propio novicio de Nárada el que planeó su asesinato, que no fue un asesinato político como se pensó al principio. En aquella época nunca sabías quién mataba a quién.

—Pero tú sí lo sabes, ¿no es así?

—En estos momentos todos tenemos la ropa manchada de sangre.

Recorrieron la fonda con el propietario y Sarath eligió tres habitaciones.

—La tercera habitación está llena de moho, pero esta noche sacaremos la cama y pintaremos las paredes. La emplearemos como despacho y laboratorio. ¿Te parece bien? —Ella asintió y él se volvió hacia el patrón para darle las instrucciones.

Tras el descubrimiento en 1911 de restos prehistóricos en la región de Bandarawela, se empezaron a explorar cientos de cuevas y de refugios en las rocas. Se hallaron fragmentos de cráneos y de dientes más antiguos que todo lo que se encontró en la India.

Fue allí, en esa reserva arqueológica protegida por el Gobierno, donde descubrieron más esqueletos, delante de una de las cuevas de Bandarawela.

Los primeros días que pasaron allí, Sarath y Anil encontraron y retiraron desechos antiguos: gasterópodos arbóreos y de agua dulce, fragmentos óseos de aves y mamíferos, incluso huesos de peces de remotas eras del mar. La región parecía intemporal. Encontraron epicarpios carbonizados del fruto del árbol del pan, un árbol que, incluso entonces, veinte mil años después, seguía creciendo en esa región. Y encontraron tres esqueletos casi intactos.

A los pocos días, mientras excavaban en el fondo de una cueva, Anil encontró un cuarto esqueleto cuyos huesos todavía se mantenían unidos por unos ligamentos secos, un poco quemados. Ése no era prehistórico.

—Oye —dijo (estaban en la fonda examinando el cuerpo)—, los huesos siempre tienen oligoelementos, como mercurio, plomo, arsénico, hasta oro, que no les pertenecen, que absorben del suelo a su alrededor. O bien pasan de los huesos al suelo adyacente. Los huesos no paran de absorber y de expulsar esos oligoelementos, incluso cuando están en un ataúd. El caso es que este esqueleto está lleno de plomo. Sin embargo, en la cueva donde lo encontramos no hay plomo, lo sabemos por las muestras del suelo. ¿Lo ves? Eso significa que antes lo enterraron en otro sitio. Alguien tomó esa precaución para asegurarse de que nadie encontrara el esqueleto. Esto no es un asesinato ni un entierro corriente. Primero lo enterraron y después se lo llevaron a un emplazamiento funerario más antiguo.

—Enterrar un cadáver y después llevarlo a otro lugar no tiene por qué ser un crimen.

—Pero puede serlo, ¿no?

—No si encontramos una razón.

—De acuerdo. Mira, si coges ese bolígrafo y lo pones encima del hueso, verás que el hueso está torcido. No está tan recto como debería. También hay una raja transversal, pero de momento no nos ocuparemos de eso, sólo es otra prueba.

—¿De qué?

—Los huesos se tuercen si los queman cuando están «verdes», es decir, cuando están cubiertos de carne. La mayoría de los esqueletos de Bandarawela son de cuerpos viejos cuya carne se fue secando con el paso del tiempo y después los quemaron. Pero éste acababa de morir, Sarath, cuando lo quemaron. O, peor aún, intentaron quemarlo vivo.

Anil tuvo que esperar un buen rato a que él dijera algo. En la habitación recién pintada de la fonda, había un esqueleto sobre cada una de las cuatro mesas que trajeron del bar. Les habían puesto los nombres de TINKER, TAILOR, SOLDIER, SAILOR.[1] Ella estaba hablando de Sailor. Anil y Sarath estaban frente a frente, separados por la mesa.

—¿Sabes la cantidad de cadáveres que habrá enterrados por toda la isla? —preguntó él por fin. No estaba negando nada de lo que ella había dicho.

—Es una víctima de asesinato, Sarath.

—Un asesinato... ¿Te refieres a un asesinato cualquiera... o a un asesinato político?

—Lo encontramos en un yacimiento histórico sagrado. Un yacimiento que está bajo la vigilancia constante del Gobierno o la policía.

—Por supuesto.

—Y éste es un esqueleto reciente —dijo con firmeza—. Como mucho, lo enterraron hará unos cuatro o seis años. ¿Por qué está aquí?

—Hay miles de cadáveres del siglo xx, Anil. ¿Sabes la cantidad de asesinatos...?

—Pero éste lo podemos probar. ¿Es que no lo entiendes? Es una oportunidad, se puede rastrear. Lo encontramos en un lugar en que sólo podía entrar un funcionario del Estado.

Mientras Anil hablaba, Sarath golpeteaba el bolígrafo en el brazo de madera de la silla.

[1] Fragmento de una conocida cancioncilla infantil que significa «calderero, sastre, soldado y marinero». (N. de la T.)

—Podemos hacer pruebas palinológicas para identificar el tipo de polen que se fusionó en el hueso, en las partes del cuerpo que no están quemadas. Sólo se le quemaron los brazos y algunas costillas. ¿Tienes *Granos de polen* deWodehouse?

—En mi despacho —contestó él en voz baja—. Tendremos que analizar las muestras del suelo.

—¿Conoces a algún geólogo forense?

—No —dijo él—. Sólo nosotros.

Llevaban casi media hora susurrando a oscuras después de que ella se hubiera apartado del esqueleto en la cuarta mesa y le hubiera cogido a Sarath ligeramente por el hombro para decirle: «Tengo que enseñarte algo». «¿Qué?» «*Esto. Oye...*».

Taparon a Sailor con un plástico que sujetaron con cinta adhesiva.

—Ya está bien por hoy —dijo él—. Te prometí que te llevaría al templo. Dentro de una hora será el momento ideal para verlo. Es la hora del tamborilero del crepúsculo.

A Anil no le gustó que pasara a hablarle de algo estético de un modo tan abrupto.

—¿Crees que aquí estará a salvo?

—¿Qué vas a hacer? ¿Llevártelo a todas partes? No te preocupes, no les ocurrirá nada.

—Es que...

—Déjalo.

Anil decidió soltarlo a bocajarro. Sin dilación.

—Lo que pasa es que en realidad no sé de qué lado estás, si puedo confiar en ti.

Él iba a decir algo, se detuvo y luego se puso a hablar despacio.

—¿Y qué podría hacer?

—Podrías hacerlo desaparecer.

Él abandonó su inmovilidad, se acercó a la pared y encendió tres luces.

—¿Por qué, Anil?

—¿Acaso no tienes un pariente en el Gobierno?

—Sí, así es. No lo veo casi nunca. Y a lo mejor puede ayudarnos.

—A lo mejor. ¿Por qué has encendido la luz?

—Tengo que buscar mi bolígrafo. ¿Qué pasa? ¿Crees que le he hecho una señal a alguien?

—No sé qué piensas. Sé... sé que crees que la función de la verdad es más complicada, que aquí a veces es más peligroso decir la verdad.

—Todo el mundo tiene miedo, Anil, es una enfermedad nacional.

—Hay tantos cadáveres enterrados, eso dijiste..., asesinados, anónimos. Es decir, ya ni siquiera se sabe si tienen dos mil años o dos semanas, todos han pasado por el fuego. Hay gente que deja que se le mueran los fantasmas y hay gente que no. Sarath, podemos hacer algo...

—¿Te das cuenta de que estás a seis horas de Colombo y de que estás susurrando? Piénsalo.

—No me apetece ir al templo.

—Muy bien. Nadie te obliga. Iré yo solo. Nos veremos mañana.

—De acuerdo.

—Ya apagaré yo las luces —dijo él.

«A menudo somos criminales a los ojos de la tierra, no sólo por haber cometido crímenes, sino también porque sabemos que se han cometido.» Palabras sobre un hombre enterrado para siempre en una cárcel. *El hombre de la máscara de hierro.* Anil necesitaba consolarse con viejos amigos, frases de libros, voces en las que pudiera confiar. «Ésta es la morgue, dijo Enjolras.» ¿Quién era Enjolras? Un personaje de *Los miserables.* Un libro tan preciado, tan preñado de humanidad que Anil quería que la acompañara en el Más Allá. Estaba trabajando con un hombre que sabía proteger su intimidad, que nunca se desenredaría para nadie. Dice el chiste que un paranoico es el que tiene toda la información. A lo mejor ésa es la única verdad en este lugar, en esta fonda cerca de Bandarawela con los cuatro esqueletos. «¿Te das cuenta de que estás a seis horas de Colombo y de que estás susurrando? Piénsalo.»

En los años que pasó fuera, cuando estudiaba en Europa y Norteamérica, Anil cortejó lo extranjero, estaba tan a gusto en la línea de Bakerloo como en las autopistas de Santa Fe. Fuera se sentía realizada. (Incluso ahora recordaba los prefijos de Denver y Portland.) Y había llegado a creer que encontraría senderos claramente definidos que la conducirían a la fuente de la mayoría de los misterios. Siempre se podía explicar la información y actuar en consecuencia. Pero aquí, en esta isla, se daba cuenta de que se movía con una sola arma lingüística entre leyes inciertas y un miedo que lo impregnaba todo. Con esa única arma no podía aferrarse a gran cosa. La verdad rebotaba en medio de los rumores y las venganzas. En cada coche y en cada barbería se introducían murmullos. Supuso que en ese mundo la vida cotidiana de Sarath como arqueólogo profesional implicaba comisiones y favores de ministros, implicaba pasarse horas esperando cordialmente en vestíbulos de oficinas. La información se daba a conocer con divertimientos y subtextos; como si la verdad no tuviera ningún interés cuando se daba directamente, sin retirarla a último momento y con agilidad.

Aflojó el plástico que envolvía a Sailor. En su trabajo, Anil convertía los cuerpos en representantes de una raza, una edad y un lugar, aunque para ella el descubrimiento más tierno fue, varios años antes, el de unas huellas en Laetoli: las pisadas de hace casi cuatro millones de años de un cerdo, una hiena, un rinoceronte y un pájaro, un extraño conjunto identificado por un rastreador del siglo xx. Cuatro seres distintos que habían pasado deprisa y corriendo por una capa caliente de ceniza volcánica. ¿Para huir de qué? Cerca de allí se encontraron otras huellas históricamente más significativas, las de un homínido que se calculó que medía un metro y medio de altura (se sabe por las impresiones que deja el movimiento de los talones). Pero a ella en lo que le gustaba pensar era en el cuarteto de animales de Laetoli que caminaron hace cuatro millones de años.

Los momentos históricos registrados con mayor precisión coinciden con la conducta enardecida de la naturaleza o de la civilización. Ella lo sabía. Pompeya. Laetoli. Hiroshima. El Vesubio (cuyos gases asfixiaron al pobre Plinio mientras registraba su «conducta enardecida»). Los desprendimientos tectónicos y la brutal violencia humana proporcionaron cápsulas de tiempo aleatorias de vida ahistórica. Un perro en Pompeya. La sombra de un jardinero en Hiroshima. Pero ella se daba cuenta de que nunca se podría encontrar una lógica para la violencia humana en estos acontecimientos sin la distancia del tiempo. Ahora la podían denunciar, archivar en Ginebra, pero nadie podía darle un significado. Antes Anil creía que el significado era una puerta que permitía a las personas huir del dolor y el miedo. Pero después comprendió que los que eran vapuleados y manchados por la violencia perdían el poder del lenguaje y la lógica. Era una manera de renunciar al sentimiento, una última protección del ser. Sólo se aferraban al *sarong* estampado de colores con el que un familiar desaparecido durmió por última vez, que en otras circunstancias se habría convertido en un trapo cualquiera, pero que ahora se había vuelto sagrado.

En una nación asustada, el clima de incertidumbre sofocaba el dolor público. Si un padre protestaba por la muerte de un hijo, sabía que podían matar a otro miembro de la familia. Si desaparecía un conocido, a lo mejor, si nadie decía nada, esa persona sobrevivía. Ésa era la psicosis que hacía mella en el país. La muerte, la pérdida, eran asuntos que quedaban «pendientes», que no se podían remontar. Durante años se hicieron visitas nocturnas, se cometieron a plena luz del día secuestros y asesinatos. Sólo cabía esperar que las criaturas que luchaban al final acabaran consumiéndose. Lo único que quedaba de la ley era la creencia en una posterior venganza contra los que tenían el poder.

¿Y de quién era ese esqueleto? En esa habitación, con los cuatro esqueletos, Anil se escondía entre los muertos ahistóricos. *Buscar un cadáver: ¡qué trabajo tan extraño! Abrir el cadáver de un ahorcado anónimo y después cargar con el cuerpo de un animal en la espalda... algo muerto, algo enterrado, ¿algo que ya se está descomponiendo?* ¿Quién era ese hombre? Ese representante de todas las voces perdidas. Ponerle un nombre sería dar nombre a todos los demás.

Anil atrancó la puerta y fue en busca del dueño de la fonda. Encargó una cena ligera, pidió una clara y salió a la galería delantera. No había más huéspedes, y el dueño de la fonda la siguió.

—El señor Sarath ¿siempre se aloja aquí? —preguntó ella.

—A veces, madame, cuando viene a Bandarawela. ¿Usted vive en Colombo?

—No, en Norteamérica, normalmente. Antes vivía aquí.

—Tengo un hijo en Europa, quiere ser actor.

—Ah. Qué bien.

Abandonó el porche con el suelo encerado y bajó al jardín. Era la manera más cordial de alejarse del hombre; esa noche no le apetecían charlas vacilantes sobre temas triviales. Pero cuando llegó a la oscuridad roja del framboyán se volvió.

—¿El señor Sarath vino aquí alguna vez con su mujer?

—Sí, madame.

—¿Cómo era ella?

—Es muy amable, madame.

Para demostrarlo, asintió, después ladeó ligeramente la cabeza, haciendo un movimiento en forma de «J», como sugiriendo que a lo mejor dudaba de su opinión.

—¿Es?

—Sí, ¿por qué?

—Aunque esté muerta.

—No, madame. Esta tarde le pregunté por ella al señor Sarath y me dijo que estaba bien. No muerta. Dijo que me mandaba recuerdos.

—Lo habré entendido mal.

—Sí, madame.

—¿Ella suele viajar con él?

—A veces. Es locutora de radio. Y a veces viene el primo de él. Es un ministro del Gobierno.

—¿Cómo se llama?

—No lo sé, madame. Creo que sólo vino una vez. ¿Le apetece un curri de gambas?

—Sí, gracias.

Para evitar proseguir con la conversación, Anil fingió repasar sus apuntes mientras comía. Pensó en el matrimonio de Sarath. Le costaba imaginárselo casado. Ya se había hecho a la idea de que era viudo, con una presencia silenciosa a su lado. Bueno, pensó, cuando cae la noche todo el mundo necesita compañía. Uno es capaz de atravesar cien puertas para satisfacer los caprichos de los muertos, sin darse cuenta de que está enterrándose y apartándose de los demás.

Después de cenar volvió a la habitación donde estaban los esqueletos. No quería dormir todavía. No quería pensar en el ministro que había ido a Bandarawela con Sarath. Las tenues luces no tenían suficiente voltaje para poder leer, de modo que encontró una lámpara de aceite y la encendió. Antes había visto la biblioteca de la fonda, que sólo tenía un estante. Agatha Christie. P. G. Wodehouse. Enid Blyton. John Masters. Los sospechosos habituales en cualquier biblioteca asiática; ya los había leído casi todos cuando niña o adolescente. Así que hojeó su *Tierras del mundo* de Bridges. Anil conocía a Bridges como la palma de la mano, pero ahora iba descubriendo vínculos entre el texto y su situación actual, y tuvo la sensación de que dejaba a los demás, a los cuatro esqueletos, a oscuras.

Estaba en la silla, la cabeza inclinada hacia abajo, profundamente dormida, cuando Sarath la despertó.

Le tocó el hombro y le quitó los auriculares de la cabeza. Se los puso, apretó el botón para encender el magnetófono y empezó a oír una suite de violonchelo que mantenía las cosas en su sitio mientras él se paseaba por la habitación.

La oyó aspirar el aire, como si se hubiera quedado sin aliento.

—No has cerrado la puerta con llave.

—No. ¿Está todo en orden?

—No falta nada. He pedido el desayuno. Es tarde.

—Ya me levanto.

—Hay una ducha ahí atrás.

—No me siento bien. Estoy cogiendo algo.

—Si es necesario, podemos interrumpir el viaje y volver a Colombo.

Anil salió de la habitación con su Dr. Bronner's, con el que viajaba por todo el mundo. ¡El jabón de los antropólogos! En la ducha seguía medio dormida. Apoyando los dedos de los pies en un trozo de granito áspero, se mojó el pelo con un chorro de agua fría.

Se lavó la cara, frotándose el jabón de menta por los párpados, y después se echó agua. Cuando miró más allá de las hojas de plátano que estaban a la altura de su hombro, vio a lo lejos las montañas azules, el mundo desenfocado, hermoso.

Pero al mediodía la invadió un intenso dolor de cabeza.

Tumbada en el asiento de atrás de la camioneta le subió la fiebre, y Sarath decidió detenerse a mitad de camino de Colombo. Fuera cual fuera la enfermedad que tenía, era como un animal dentro de ella, que la hacía alternar los temblores repentinos con los sudores.

Después, en algún momento pasada la medianoche, Anil se encontró en una habitación a orillas del mar. Nunca le había gustado la costa del sur en los alrededores de Yala, ni de niña ni ahora. Los árboles parecían crecer sólo para dar sombra. Hasta la luna se asemejaba a una amalgama de luz.

Durante la cena, el delirio la había llevado al borde del llanto. Sarath estaba del otro lado de la mesa, pero parecía estar a miles de kilómetros. Uno de los dos gritaba de un modo innecesario. Ella tenía hambre pero no podía masticar, ni siquiera su curri favorito de gambas. Sólo podía meterse en la boca cucharadas de *dhals* suaves y tibias; después bebía zumo de lima. Por la tarde la habían despertado unos golpes. Consiguió levantarse de la cama y, al salir a mirar, vio unos monos que desaparecían por la esquina al final del pasillo al aire libre. No puso en duda lo que vio. Tomaba pastillas cada cuatro horas para aliviar el dolor de cabeza. Seguro que era una insolación, dengue o malaria. Cuando llegaran a Colombo, se haría unos análisis. «Es el sol —murmuró Sarath—. Te compraré un sombrero más grande. Te compraré un sombrero más grande. Te compraré un sombrero más grande.» Siempre susurraba. Ella no paraba de decir: ¿Qué? ¿Qué? Casi ni se molestaba en decirlo. ¿Había monos? Los monos robaban toallas y bañadores de los tendederos por las tardes, cuando todo el mundo dormía. Anil deseó que el hotel no apagara el generador. No soportaría no tener un ventilador o la ducha para refrescarse. Sólo funcionaba el teléfono. Esa noche esperaba una llamada.

Cuando acabó de cenar, se llevó a su habitación una botella de zumo de lima y hielo y se durmió enseguida. Despertó a las once y tomó más pastillas para acallar el dolor de cabeza que sabía que pronto volvería. La ropa mojada de sudor. Transpirar. Aspirar. Discutir. El ventilador apenas se movía, el aire ni siquiera le llegaba a los brazos. ¿Dónde estaba Sailor? No había pensado en él. Se dio la vuelta en la oscuridad y marcó el número de teléfono de la habitación de Sarath.

—¿Dónde está?

—¿Quién?

—Sailor.

—Está bien. En la camioneta. ¿No te acuerdas?

—No, yo... ¿Allí está bien?

—La idea fue tuya.

Anil colgó, asegurándose de que el auricular estaba bien colocado en la horquilla, y se quedó tumbada a oscuras. Necesitaba aire. Cuando descorrió las cortinas vio la luz que arrojaba el mástil del complejo. Varias personas estaban preparando los barcos en la arena oscura. Si encendía la luz, parecería un pez en un acuario.

Salió de la habitación. Necesitaba un libro para mantenerse despierta hasta que la llamaran. Se quedó un rato mirando los estantes de la biblioteca, cogió dos libros y volvió deprisa a su habitación. *Palabras de Gandhi*, de Richard Attenborough, y una biografía de Frank Sinatra. Corrió las cortinas, encendió la luz y se quitó la ropa húmeda. En la ducha puso la cabeza bajo el agua fría y, apoyada en un rincón, se dejó arrullar por el frescor. Necesitaba a alguien, quizá a Leaf, para cantar con ella. Una de esas canciones con diálogo que siempre cantaban en Arizona...

Salió a rastras y se sentó al pie de la cama, sin secarse. Tenía calor pero no podía descorrer las cortinas. Habría tenido que vestirse. Se puso a leer. Cuando se aburrió, cogió el otro libro, y poco después la cabeza se le empezó a llenar de cada vez más personajes. Había poca luz y se acordó de que Sarath le había dicho que cuando salía de viaje siempre llevaba una bombilla de sesenta vatios. Se arrastró hasta el otro lado de la cama y lo llamó por teléfono.

—¿Me prestas tu bombilla? No veo nada con esta luz.

—Ahora te la llevo.

Cubrieron el suelo con hojas del Sunday Observer *y las pegaron con celo. ¿Tienes el rotulador? Sí. Ella se quitó la ropa, de espaldas a él, y se acostó al lado del esqueleto de Sailor. Sólo llevaba las bragas rojas, de seda, las que se ponía con ironía. No había imaginado que las luciría en público. Miró hacia arriba, las manos en los pechos. Se sintió bien tumbada en el suelo duro, el frescor del cemento encerado por debajo del periódico, la misma dureza que había sentido cuando de pequeña dormía en esteras.*

Él trazaba su silueta con el rotulador. Baja un momento los brazos. Ella notó que el rotulador le rodeaba las manos y le recorría la cintura, después descendía por las piernas, por los dos lados, hasta que él unió las dos líneas en la base de los talones.

Ella se levantó abandonando la silueta y, al volverse, vio que también estaban dibujadas las siluetas de los cuatro esqueletos.

Llamaron a la puerta y Anil despertó. No se había movido. Llevaba toda la noche sintiéndose paralizada, incapaz de pensar. Hasta cuando leía se iba enredando de un modo somnoliento en los brazos de párrafos que no la soltaban. Se había quedado atrapada en la manera en que Ava Gardner expresó una queja sobre Frank Sinatra. Abrió la puerta envuelta en una sábana. Sarath le dio la bombilla y se fue. Llevaba una camisa y un *sarong*. Ella iba a pedirle que... Empujó la mesa al centro de la habitación, apagó la luz. Desenroscó la bombilla caliente con la sábana. Tenía miedo de que el cable soltara una descarga salvaje. Oía el embate de las olas. Tuvo que hacer un esfuerzo descomunal para levantar la cabeza y enroscar en el portalámparas la bombilla de Sarath. De pronto sintió que todo le pesaba e iba a cámara lenta.

Se acostó, volvía a tener frío, temblaba, se le escapó un gemido. Hurgó en su bolso y encontró dos botellines de whisky que había cogido en el avión. Sarath la había desnudado y dibujado su silueta. ¿De verdad lo había hecho?

Sonó el teléfono. Era Estados Unidos. La voz de una mujer.

—¿Diga? ¿Diga? ¿Leaf? ¡Eres tú! Has recibido mi mensaje.

—Ya se te ha pegado el acento.

—No, es que... ¿Esta llamada es legal?

—Te oigo mal.

—¿Sí?

—¿Estás bien, Anil?

—Estoy enferma. Es muy tarde. No, no, no te preocupes. Te esperaba. Sólo que estoy enferma y eso me hace sentir todavía más lejos de los demás. ¿Leaf? ¿Estás bien?

—Sí.

—Dime, ¿hasta qué punto?

Se hizo un silencio.

—No me acuerdo de las cosas. Empiezo a olvidar tu cara.

Anil apenas podía respirar. Se apartó del auricular para secarse la mejilla con la almohada.

—¿Estás allí? ¿Leaf? —Oyó el ruido de las grandes distancias en la línea que las separaba—. ¿Tu hermana está contigo?

—¿Mi hermana?

—Leaf, oye, acuérdate, ¿quién mató a Cherry Valance?

Un crujido y un silencio mientras Anil se apretaba el auricular contra la oreja.

En la habitación de al lado, Sarath estaba con los ojos abiertos, sin poder huir del sonido del llanto de Anil.

Sarath estiró la mano por encima de los platos del desayuno, le cogió la muñeca a Anil y le tomó el pulso con el pulgar.

—Llegaremos a Colombo esta tarde. Podremos trabajar con el esqueleto en el laboratorio del barco.

—Y nos lo quedaremos, pase lo que pase —dijo ella.

—Nos quedaremos con los cuatro. Una unidad. Un disfraz. Diremos que son todos antiguos. Te ha bajado la fiebre.

Ella apartó la mano.

—Le haré una señal a Sailor en el talón, para identificarlo.

—Si conseguimos más muestras del polen y del suelo, podremos averiguar dónde lo enterraron la primera vez. Y después podremos hacer el estudio en el barco.

—Por aquí hay una mujer que ha trabajado con crisálidas —dijo Anil—. Leí un artículo suyo. Estoy segura de que era de Colombo. Hizo una tesina muy buena.

Él la miró con curiosidad.

—No la conozco. Pregunta a los profesores más jóvenes cuando vayas al hospital.

Se quedaron un momento callados, sentados frente a frente.

—Antes de venir aquí le dije a mi amiga Leaf: «A lo mejor voy a conocer al hombre que causará mi ruina». ¿Puedo confiar en ti?

—Tienes que confiar en mí.

A última hora de la tarde llegaron al muelle de Mutwal en Colombo. Anil lo ayudó a llevar los cuatro esqueletos al laboratorio del *Oronsay*.

—Mañana tómate el día libre —dijo él—. Tengo que conseguir más material, así que necesitaré un día.

Anil se quedó en el barco después de que él se fuera, quería trabajar un poco. Bajó la escalera y entró en el laboratorio, cogió la barra de metal que tenían al lado de la puerta y golpeó las paredes. Un correteo de ratas. Poco después el silencio se impuso en la oscuridad. Encendió una cerilla y caminó sosteniéndola en alto. Bajó la palanca del generador, enseguida se oyó un zumbido trémulo y la electricidad se introdujo lentamente en la sala.

Se quedó mirando el esqueleto. Ya le había empezado a bajar la fiebre y se sentía más ligera. Se puso a examinar a Sailor una vez más bajo la luz de azufre, resumiendo la información que tenía sobre su muerte, las verdades permanentes, las mismas para Colombo que para Troya. Un antebrazo roto. Quemaduras parciales. Una lesión en las vértebras del cuello. La posibilidad de una pequeña herida de bala en el cráneo. La entrada y salida.

Podía adivinar las últimas acciones de Sailor por las heridas en los huesos. Se tapó la cara con los brazos para protegerse del golpe. Le dispararon con un rifle, la bala le atravesó el brazo, y de allí pasó al cuello. Cuando estaba en el suelo, se acercaron y lo mataron.

El golpe de gracia. La bala más pequeña, la más barata. El sendero de una bala del veintidós por el que pasaba un bolígrafo. Después intentaron quemarlo y cavaron la tumba a la luz del fuego.

Anil entró en el Hospital Kynsey Road y pasó ante el cartel colgado junto a la puerta del director médico.

Que cesen las conversaciones.
Que huyan las risas.
Aquí es donde la Muerte
se deleita ayudando a los vivos.

Estaba impreso en latín, cingalés e inglés. Al llegar al laboratorio, adonde iba cuando necesitaba trabajar con un equipo más sofisticado, pudo relajarse, a solas en la gran sala. Cómo le gustaban los laboratorios. Los taburetes tenían una pequeña inclinación para poder sentarse hacia delante. Así siempre había esa pequeña pendiente tan exacta. Por todo el perímetro, en las paredes, se alineaban las botellas que contenían líquidos de color remolacha. Anil podía dar una vuelta alrededor de la mesa mirando un cuerpo con el rabillo del ojo, después sentarse en el taburete y olvidarse del tiempo. Sin sentir hambre, sed, el deseo de un amigo ni la compañía de un amante. Sólo la conciencia de que alguien a lo lejos estaba martilleando el suelo, golpeando el cemento antiguo con una maza como si quisiera llegar a la verdad.

Se apoyó en la mesa y ésta se le clavó en los huesos de la cadera. Acarició la madera oscura para ver si palpaba un grano de arena, una pequeña muesca, una miga o una pegajosidad. En su soledad. Tenía los brazos oscuros como la mesa, sin joyas salvo la pulsera que hacía un ruido sordo cuando apoyaba la muñeca con suavidad. No se oía nada más mientras Anil meditaba en el silencio que la envolvía.

Esos edificios eran como su casa. En las cinco o seis casas que había tenido de adulta, siempre había vivido por debajo de sus posibilidades. Nunca se había comprado una vivienda, y los apartamentos que alquilaba siempre habían sido austeros. Sin embargo, en el de Colombo había un pequeño estanque recortado en el suelo para las flores acuáticas. Eso para ella era un lujo. Muy útil para confundir a un ladrón en la oscuridad. Por la noche, cuando volvía de trabajar, Anil se quitaba las sandalias, se metía en el agua poco profunda y permanecía allí de pie con los dedos entre los pétalos blancos, los brazos cruzados mientras desnudaba el día, desprendiendo capas de acontecimientos e incidentes para que ya no siguieran en su interior. Se quedaba allí un rato y después se iba descalza a la cama.

Sabía que era una persona resuelta y que tenía fama de serlo. No siempre se había llamado Anil. Le habían puesto dos nombres del todo inadecuados y muy pronto empezó a desear el de «Anil», el segundo nombre de su hermano, que él no empleaba nunca. Había intentado comprárselo a los doce años, ofreciéndole apoyarlo en todas las discusiones familiares, pero él no quiso aceptar el trato a pesar de que sabía que ella deseaba ese nombre más que nada en la vida.

Su campaña fue motivo de enfado y frustración para toda la familia. Dejó de contestar cuando la llamaban por cualquiera de sus nombres, hasta en la escuela. Al final sus padres cedieron, pero entonces tuvieron que convencer a su irritable hermano de que renunciara a su segundo nombre. Él, a los catorce años, dijo que quién sabe si no lo necesitaría algún día. Tener dos nombres le daba más autoridad, y a lo mejor el segundo sugería otra faceta de su personalidad. Además estaba su abuelo. De hecho, ninguno de los dos niños había conocido al abuelo poseedor del nombre. Al final los padres se rindieron y los dos hermanos llegaron a un acuerdo. Ella le dio cien rupias que tenía ahorradas, un juego de plumas al que él le había echado el ojo desde hacía tiempo, un paquete de cincuenta cigarrillos Gold Leaf que ella había encontrado y un favor sexual que él le exigió en las últimas horas antes de concluir el conflicto.

A partir de entonces Anil no permitió que figurara ningún otro nombre en sus pasaportes, en las notas de la escuela o en los formularios. Más adelante, cada vez que recordaba su infancia, lo primero que le venía a la mente era la sed de ese nombre y la alegría de conseguirlo. Le gustaba todo lo relativo a él, su cualidad fina y desnuda, su femineidad, aunque fuera masculino. Veinte años más tarde seguía sintiendo lo mismo. Había perseguido el nombre como a un amante al que había visto y deseado, sin permitir que la tentara nada más por el camino.

Anil recordó el ambiente decimonónico de la ciudad que había dejado atrás. Los vendedores de gambas que mostraban sus mercancías al tráfico de Duplication Road, las casas de Colombo Seven pintadas de ese tímido blanco mate. Allí estaba el dinero rancio y vivían los que tenían poder político. «Heaven... Colombo Seven...», cantaba su padre al son de la melodía de «Cheek to Cheek», mientras dejaba que Anil le ensartara los gemelos en las mangas de la camisa cuando se vestía para salir a cenar. Siempre hubo ese pacto susurrado entre los dos. Y por muy tarde que él volviera a casa de un baile, de cualquier otro compromiso o de una operación de urgencias, ella sabía que él la llevaría al amanecer del día siguiente a clase de natación, que recorrerían las calles vacías hasta llegar al club Otters. En el camino de vuelta a casa se detenían en un tenderete para beber un cuenco de leche y comer *hoppers* de azúcar, cada uno envuelto en las brillantes hojas de una revista inglesa.

Incluso en los meses del monzón, a las seis de la mañana Anil salía corriendo del coche bajo la fuerte lluvia, se tiraba al agua picada y nadaba como una posesa durante una hora. Sólo diez niñas y el entrenador, y se oía la lluvia repiqueteando en los techos de estaño de los coches, en el agua dura y en la goma tirante de los gorros, mientras las nadadoras chapoteaban, se daban la vuelta y volvían a emerger, y un puñado de padres leía el *Daily News*. De niña tenía la sensación de que a las siete y media de la mañana ya había hecho el verdadero esfuerzo y quemado toda la energía del día. En Occidente conservó esa costumbre y por las mañanas siempre estudiaba dos o tres horas antes de ir a clase en la Facultad de

Medicina. La manera obsesiva en que después se abriría paso para llegar a los descubrimientos se parecía en cierto modo a ese mundo submarino, donde nadaba al ritmo de una actividad frenética, como si pudiera ver más allá del túnel del tiempo.

Por eso, a pesar de que Sarath le sugirió el día antes que se tomara la mañana libre, a las seis Anil ya había desayunado y se dirigía al Hospital Kynsey Road. Los eternos vendedores de gambas flanqueaban la carretera, mostrando la pesca de la noche anterior. El olor a cáñamo flotaba en el aire procedente de las cuerdas encendidas delante de los tenderetes que vendían tabaco. De niña Anil siempre se desviaba hacia ese olor y se quedaba holgazaneando a su lado. De pronto, sin saber por qué, se acordó de cuando las colegialas del Ladies' College vieron desde un balcón a los niños del St. Thomas, una banda de canallas, que se pusieron a cantar todos los versos que pudieron de «El buen barco Venus» antes de que la supervisora los echara del recinto.

> *En el buen barco Venus,*
> *Dios mío, cualquiera era un galán.*
> *En el mascarón de proa había una puta*
> *que se la chupaba al capitán.*

Las niñas de doce y trece años, en general tan a salvo en su escuela como las mujeres que se mueven dentro de los límites del amor cortés, se sobresaltaron al presenciar esa extraña coreografía, pero en ningún momento se les ocurrió dejar de escuchar. Anil no volvió a oír esa canción hasta que cumplió los veinte años y estaba en Inglaterra. Y esta vez. —Fue en una fiesta después de un partido de rugby—. El contexto parecía más natural, acorde con el estrépito masculino del entorno. Pero el truco de los niños del St. Thomas había consistido en llevar partituras, y al principio la canción parecía un villancico, con sus trinos, contrapuntos y tarareos, y de ese modo habían engañado a la supervisora, que sólo oyó la melodía. Las niñas de cuarto y quinto fueron las únicas que se enteraron de cada una de las palabras.

El primer oficial se llamaba Mariano.
Era un auténtico marrano
y siempre se tocaba
el culo con la mano.

A Anil le gustaban esos versos, y se acordaba de su rima perfectamente comprimida en los momentos más extraños. Le encantaban las canciones de furia y juicio. Así que a las seis de la mañana, mientras caminaba hacia el hospital, intentó recordar los demás versos de «El buen barco Venus» y cantó los primeros en voz alta. Como no estaba muy segura de los demás, los tarareó, imitando una tuba. «Uno de los grandes —murmuró para sí—. Uno de los cruciales.»

Resultó que la estudiante de Colombo que había escrito un artículo sobre las crisálidas trabajaba en un despacho del laboratorio de autopsias. Anil había tardado un tiempo en acordarse de cómo se llamaba, pero por fin encontró a Chitra Abeysekera mecanografiando una instancia en un papel mustio por la humedad de la habitación. Vestida con un sari, escribía de pie, rodeada de lo que parecía una oficina portátil: dos grandes cajas de cartón y otra de metal. Contenían apuntes de investigaciones, muestras de laboratorio, placas de petri y tubos de ensayo. En la caja de metal tenía bichos vivos.

La mujer la miró.

—¿Molesto...? —Anil echó una ojeada a las cuatro líneas que la mujer acababa de escribir—. ¿Por qué no descansas y me dejas que te lo haga yo?

—Tú eres la mujer de Ginebra, ¿verdad? —preguntó con cara de incredulidad.

—Sí.

Chitra se miró las manos y ambas se rieron. Tenía toda la piel llena de cortes y picaduras. Seguro que podía meterlas en una colmena sin problemas y sacarlas con un botín.

—Sólo dime lo que hay que poner.

Anil se acercó sigilosamente y, mientras Chitra le dictaba, le hizo una veloz corrección de estilo, añadiendo adjetivos, mejorando la solicitud de fondos. Con una descripción tan directa de su proyecto, Chitra no habría conseguido gran cosa. Anil le procuró el dramatismo necesario y convirtió la lista de habilidades de Chitra en un currículum vítae más sugestivo. Cuando acabaron, le preguntó a Chitra si quería ir a comer algo.

—No en la cafetería del hospital —contestó Chitra con amabilidad—. El cocinero también trabaja en los laboratorios de las autopsias. ¿Sabes qué me apetece? Un chino con aire acondicionado. Vamos al Flower Drum.

A excepción de tres hombres de negocios, el restaurante estaba vacío.

—Gracias por ayudarme con la instancia —dijo Chitra.

—El proyecto es bueno. Será importante. ¿Puedes hacerlo todo aquí? ¿Dispones de los medios?

—Tengo que hacerlo aquí... por las crisálidas... las larvas. Y hay que hacer los ensayos a la temperatura de aquí. Además, no me gusta Inglaterra. Pero algún día iré a la India.

—Si necesitas ayuda, dímelo. Dios mío, me había olvidado de cómo era el aire fresco. Me quedaría a vivir aquí. Quiero hablar contigo de tu investigación.

—Después, después. Primero dime qué es lo que te gusta de Occidente.

—Ah, ¿lo que me gusta? Creo que lo que más me gusta es que puedo hacer las cosas a mi manera. Aquí no hay nada anónimo. No sabes lo mucho que añoro mi intimidad.

Chitra no mostró el menor interés por esa virtud occidental.

—Tengo que volver a la una y media —dijo, y pidió un *chow mein* y una Coca-Cola.

La caja de cartón con los tubos de ensayo estaba abierta y Chitra pinchaba una larva bajo el microscopio. «Ésta tiene dos semanas.» La sacó con unas pinzas y la puso en una bandeja junto a un trozo de hígado humano que Anil supuso que había conseguido por medios ilícitos.

—Es necesario —explicó Chitra, consciente de la mirada de Anil e intentando hablar con naturalidad—. Extrajeron un trozo antes de enterrar un cadáver, fue un pequeño favor. La velocidad de crecimiento de los insectos cuando se alimentan de un órgano humano es muy diferente de cuando se alimentan de los órganos de un animal. —Guardó el resto del hígado en una nevera portátil, sacó sus gráficos y los extendió por la mesa central—. Así que dime cómo puedo ayudarte...

—Tengo un esqueleto parcialmente quemado. ¿Se podría averiguar algo mediante un estudio de las crisálidas aunque esté un poco quemado?

Chitra se tapó la boca y eructó, como llevaba haciendo desde que acabaron de comer.

—Convendría que estuviera en el sitio donde lo encontraron.

—Ése es el problema. Tengo muestras del suelo del lugar en que estaba, pero creemos que lo cambiaron de sitio. No sabemos dónde estaba antes. Sólo tengo muestras del suelo del último lugar.

—Podría echar un vistazo a los huesos. A algunos insectos les atraen los huesos en lugar de la carne. —Chitra le sonrió—. Así que a lo mejor contienen restos de crisálidas del primer sitio. Podríamos reducir las posibilidades del emplazamiento si conocemos el tipo de insecto. Es extraño, los huesos atraen a determinados bichos sólo durante el primer par de meses.

—Qué curioso.

—Hum —dijo Chitra, como si estuviera comiendo chocolate—. Algunas mariposas también buscan la humedad de los huesos...

—¿Puedo enseñártelos?

—Mañana me voy a pasar un par de días en el interior.

—¿Y esta noche? ¿Te va bien?

—Hum —respondió Chitra con indiferencia, absorta en una pista, en algún dato de uno de sus gráficos. Se volvió y, dándole la espalda a Anil, se dirigió hacia una selección de insectos y escogió con el fórceps uno del tamaño y edad que más le convenía.

Esa noche, en la bodega del barco, Sarath vertió en un plato plástico disuelto en acetona y sacó el pincel de piel de camello que iba a utilizar sobre los huesos. Una luz difusa, el zumbido del generador a su alrededor.

Se acercó a la mesa del laboratorio donde yacía un esqueleto, cogió la lámpara de pinza —el único foco de luz brillante que tenía— y, sin apagarla, se la llevó arrastrando el largo cable hasta un armario en el otro extremo de la gran sala. Lo abrió, se sirvió una copa de arac de una botella y volvió junto al esqueleto.

Los cuatro esqueletos de Bandarawela, ahora expuestos al aire, pronto empezarían a desintegrarse.

Sacó una aguja nueva de carburo de volframio de su envoltorio de plástico, la ensartó en una piqueta manual y empezó a limpiar los huesos del primer esqueleto, levantando las costras de tierra. Después pasó una pequeña manguera por cada hueso; el aire acarició las señales de los traumatismos como si Sarath soplara con los labios fruncidos en la quemadura de un niño. Mojó el pincel de piel de camello en el plato y aplicó una capa protectora de plástico a los huesos, recorriendo la espina dorsal y las costillas. Después llevó la lámpara de pinza a la segunda mesa e hizo lo mismo con el segundo esqueleto. Y luego otra vez con el tercero. Cuando se acercó a la mesa de Sailor, giró el hueso del talón para encontrar la muesca de un centímetro de profundidad que Anil le había trazado en el calcáneo.

Sarath se desperezó y se dirigió a la oscuridad, tendió las manos para coger la botella de arac y se la llevó a donde estaba Sailor bajo el cono de luz. Eran alrededor de las dos de la mañana. Tras pintar los cuatro esqueletos, tomó apuntes de cada uno de ellos y fotografió a los tres primeros, de frente y de perfil.

Iba bebiendo mientras trabajaba. El olor a plástico impregnaba toda la sala. No había ninguna abertura por donde pudiera entrar aire fresco. Abrió las puertas haciendo mucho ruido y subió a cubierta con la botella de arac. Colombo estaba a oscuras por el toque de queda. Una hora ideal para atravesar la ciudad a pie o en bicicleta. La tensa quietud de los controles de carretera, la colección de viejos árboles que flanqueaban Solomon Dias Mawatha. Pero el puerto a su alrededor bullía de actividad, con la luz de un remolcador que se balanceaba en el agua, los haces blancos de los faros de los tractores que trasladaban cajas en el muelle. Eran las tres o las cuatro de la madrugada. Decidió cerrarlo todo con llave y quedarse a dormir en el barco.

La bodega seguía apestando a plástico. Sacó un atado de *beedis* de un cajón y se encendió uno, después aspiró sus treinta y dos rumores de sabores exquisitos y efímeros. Cogió la lámpara de pinza y se acercó a Sailor. Todavía tenía que fotografiarlo. Vamos, hazlo ya, se dijo, y le sacó dos fotos, una de perfil y otra de frente. Esperó a que las fotos Polaroid se revelaran mientras las agitaba en el aire. Cuando la imagen de Sailor se perfiló con nitidez, metió las fotos en un sobre marrón, lo cerró, escribió una dirección y lo guardó en el bolsillo del abrigo.

Los otros tres esqueletos no tenían cráneo. Pero Sailor sí tenía. Sarath dejó el *beedi* a medio fumar en el fregadero de metal y se inclinó hacia delante. Con un bisturí cortó los ligamentos que unían el cráneo a las vértebras del cuello, lo separó y se lo llevó a su escritorio. Las quemaduras no habían alcanzado la cabeza, por lo que las placas frontal, orbitaria y lacrimal estaban lisas, las líneas de contacto óseo se hallaban indemnes. Sarath lo envolvió en un plástico y lo guardó en una gran bolsa de plástico en la que ponía «Kundanmal's». Regresó y fotografió a Sailor sin el cráneo, dos veces, una de perfil y la otra de frente.

Ahora se daba cuenta más que nunca de que Anil y él necesitaban ayuda.

El bosque de los Ascetas

El epigrafista Palipana estuvo varios años en el centro de un grupo nacionalista que finalmente arrebató la autoridad a los arqueólogos europeos en Sri Lanka. Se había hecho famoso traduciendo textos pali y documentando y traduciendo los grafitos en las rocas de Sigiriya.

Como miembro más importante del pragmático movimiento cingalés, Palipana escribía con lucidez y basaba su trabajo en la investigación minuciosa además de poseer un profundo conocimiento del contexto de las culturas antiguas. Mientras que para Occidente la historia de Asia era una tenue línea que unía a Europa con Oriente, Palipana veía en su país varios niveles de profundidad y colores, y a Europa como una simple masa continental al final de la península asiática.

La década de los setenta fue testigo del inicio de una serie de congresos internacionales. Los académicos llegaron a Delhi, Colombo y Hong Kong, y contaron sus mejores anécdotas, le tomaron el pulso a la antigua colonia y a los seis días regresaron a Londres o a Boston. Por fin entendieron que, por muy antigua que fuera la cultura europea, la asiática lo era todavía más. Palipana, para entonces el miembro más respetado del grupo de Sri Lanka, asistió a una de esas reuniones y no volvió nunca más. Era un hombre sobrio, incapaz de soportar las formalidades y los brindis ceremoniales.

Los tres años que Sarath fue alumno de Palipana fueron los más difíciles de su vida académica. Cada vez que un alumno proponía un dato arqueológico, tenía que confirmarlo. Cualquier texto cuneiforme o talla en las rocas había que dibujarlo y volver a dibujarlo en las páginas de las revistas, en la arena, en pizarras, hasta que al final acababa formando parte de los sueños. Los primeros dos años Sarath creyó que Palipana era mezquino con las alabanzas y también mezquino (en lugar de sobrio) en su estilo de vida. Era incapaz de hacer un cumplido, nunca invitaba a nadie a tomar o a comer algo. Su hermano, Nárada, que no tenía coche y siempre andaba pidiendo que lo llevaran a los sitios, al principio parecía igual, pero era generoso con su tiempo y con la amistad, generoso con la risa. Palipana daba la impresión de estar siempre reservándose para el lenguaje de la historia. Sólo era presumido y exagerado cuando insistía en que le publicaran su trabajo de determinada manera, exigiendo gráficos en dos colores y en un buen papel que sobreviviera al mal tiempo y la fauna. Y hasta que no terminaba un libro, no desviaba su atención de sabueso de un proyecto para poder entrar con las manos vacías en otra era o en otra región del país.

La historia siempre estaba presente a su alrededor. Los restos de piedra de las piscinas reales y los jardines acuáticos, las ciudades enterradas, el fervor nacionalista que Palipana dominaba y aprovechaba le procuraron a él y a los que trabajaban con él, incluido Sarath, un número ilimitado de temas para documentar e interpretar. Era como si pudiera descubrir una tesis en cualquier bosque sagrado.

Palipana no se había introducido en el mundo de la arqueología hasta la mediana edad. Y no se había distinguido en la profesión gracias a los contactos de su familia, sino sencillamente porque conocía las lenguas y las técnicas de investigación mejor que los que estaban por encima de él. No era un hombre que cayera bien, ya que en algún momento de su juventud había perdido el encanto. Con los años encontraría entre sus estudiantes sólo cuatro protegidos abnegados. Sarath era uno de ellos. Sin embargo, al cumplir los sesenta años Palipana se había peleado con todos ellos. Ni uno solo de los cuatro le había perdonado las humillaciones a las que los había sometido. No obstante, sus alumnos siguieron creyendo dos cosas; no, más bien, tres: que era el mejor arqueólogo teórico del país, que casi siempre tenía razón y que, incluso pese a su fama y su éxito, seguía viviendo con más austeridad que cualquiera de ellos. Quizá fuera porque tenía un hermano monje. Al parecer, el vestuario de Palipana se reducía a dos trajes idénticos. Y con la edad se fue relacionando cada vez menos con el mundo seglar, aunque cuando se trataba de publicar no había perdido la vanidad. Sarath no lo veía desde hacía mucho tiempo.

En esos años Palipana había sido expulsado sin la menor elegancia del mundo académico. Todo empezó cuando publicó una serie de interpretaciones de grafitos en las rocas que dejaron atónitos a arqueólogos e historiadores. Había descubierto y traducido subtextos lingüísticos que explicaban las corrientes políticas y los torbellinos reales de la isla en el siglo VI. Su trabajo fue alabado en publicaciones extranjeras y nacionales, hasta que uno de los protegidos de Palipana manifestó que en realidad no existía ninguna prueba de la existencia de esos textos. Eran pura ficción. Un grupo de historiadores no pudo encontrar las runas de las que había escrito Palipana. Nadie pudo encontrar las frases de guerreros agonizantes citadas y traducidas por él, ni ninguno de los fragmentos de los manifiestos sociales pronunciados por reyes, ni siquiera los versos en pali escritos supuestamente por amantes y confidentes de la corte mencionados por su nombre pero nunca citados en el *Cūlavaṃsa*.

Al principio, los detallados versos que publicó Palipana parecían haber dado fin a las discusiones y los debates entre historiadores; para confirmarlos bastó su reputación de historiador estricto, de que siempre se basaba en la investigación concienzuda. Ahora parecía haber hecho una coreografía del arco de su carrera para gastarle esa única broma al mundo. Aunque quizá fuera algo más que una broma y para él no se tratara tanto de una mentira; tal vez para él no fuera un paso en falso sino un paso hacia otra realidad, la última fase de una danza larga y veraz.

Pero nadie admiró ese extraño gesto. Tampoco sus seguidores académicos, ni siquiera sus protegidos como Sarath, quienes habían sufrido sistemáticamente los retos de su mentor por haber cometido crímenes relacionados con la falta de rigor y precisión. El gesto, el «gesto de Palipana», quedó como una traición a los principios en los que él había basado su fama. Una falsificación por parte de un maestro siempre conllevaba mucho más que una travesura, conllevaba desprecio. Sólo si se interpretaba como un gesto inocente se podía ver como una crisis autobiográfica o quizá química.

Los grafitos en la gran fortaleza de piedra en Sigiriya se hallaban debajo de un saliente en los primeros cuatrocientos metros de la fachada. Parecían más antiguos que los famosos dibujos de mujeres semejantes a diosas en el Muro de los Espejos y se cree que fueron tallados en el antiguo muro en algún momento a partir del siglo VI. Los textos deslucidos y de color marrón siempre habían atraído y desconcertado a los historiadores —se trataba de afirmaciones enigmáticas—, y el propio Palipana había dedicado quince años de su vida a estudiarlos y analizarlos. Como historiador y científico abordaba cada problema de diversas maneras. Le era más fácil ponerse a trabajar con un cantero o escuchar a una mujer *dhobi* mientras lavaba la ropa en una piscina de piedra recién descubierta que a un profesor de la Universidad de Peradeniya. No abordaba las runas como si se tratara de un texto histórico, sino con la conciencia pragmática de las técnicas heredadas en la región. Su mirada reconocía cómo una falla en una roca pudo haber conducido a la composición del dibujo de un hombre.

Tras estudiar idiomas y textos hasta los cuarenta años, dedicó los siguientes treinta al trabajo de campo. La versión histórica ya la tenía en su interior. Por eso cuando Palipana se acercaba a un yacimiento, sabía de antemano lo que encontraría: ya fuera el rastro nítido de unas columnas autoportantes o un icono familiar dibujado en lo alto del muro de una cueva. Era un conocimiento extraño para alguien que siempre había sido humilde en sus suposiciones.

Acarició con los dedos cada runa que descubrió. Analizó cada letra en el Libro de Piedra de Polonnaruwa, una roca rectangular de un metro y medio de alto y nueve metros de largo, el primer libro del país, y apoyó los brazos desnudos y la mejilla en el basamento que absorbía el calor del día. Estaba casi todo el año oscura y cálida y sólo en el monzón se le llenaban las letras de agua, creando pequeños puertos perfectamente recortados, como en Cartago. Un libro gigante en medio de la maleza del Cuadrilátero Sagrado de Polonnaruwa, con las letras cinceladas y un friso de patos. Patos para la eternidad, murmuró para sí, sonriendo en el calor del mediodía, tras reconstruir lo que había encontrado en un texto antiguo. Un secreto. Sus mayores alegrías eran esos descubrimientos, como cuando encontró al único Ganesha bailarín, posiblemente el primer Ganesha tallado de la isla, rodeado de seres humanos en un friso de Mihintale.

Comparó y relacionó las técnicas de los canteros que conoció en Matara con lo que había hecho en los años en que tradujo textos e investigó sobre el terreno. Y empezó a ver la verdad en cosas que sólo podían adivinarse. En ningún momento se le ocurrió que eso fuera falsificar o falsear.

La arqueología sigue sometida a las mismas reglas que el Código Napoleónico. El problema no era que le demostraran que sus teorías eran falsas, sino que él no podía probar que tenía razón. De todos modos, las formas que veía Palipana habían empezado a fusionarse. Se entrelazaron. Le permitieron caminar por el agua, saltar de la copa de un árbol a otra. El agua rellenó un alfabeto interrumpido y unió una costa con otra. Y así surgió una verdad imposible de demostrar.

Pese a que él ya había eliminado de su vida todos los bienes terrenales y hábitos sociales, la reacción a sus teorías indemostrables consistió en quitarle todavía más. Su carrera dejó de ser respetada. Pero él se negó a renunciar a lo que afirmaba haber descubierto y no intentó defenderse. En cambio, se retiró físicamente. Años antes, en un viaje con su hermano, había encontrado los restos de la estructura de un monasterio en un bosque, a treinta kilómetros de Anuradhapura. De modo que ahora, con sus escasas pertenencias, se instaló allí. Se rumoreaba que sobrevivía en los restos del «salón de las hojas», con muy pocas cosas permanentes a su alrededor. Igual que la secta de monjes del siglo VI que vivían sometidos a unos principios tan estrictos que rechazaban cualquier tipo de adorno religioso. Sólo adornaban una losa con tallas, y después la usaban como piedra urinaria. Eso pensaban de las imágenes esculpidas.

Rebasaba los setenta años y tenía problemas con la vista. Seguía escribiendo con fluidez, exprimía la verdad a toda velocidad. Estaba delgado como un palo, llevaba los mismos pantalones de algodón que compró en Galle Road, las mismas dos camisas de color ciruela, gafas. Conservaba esa risa seca y sabia que, para los que conocían a los dos, era el único rasgo que compartía con su hermano.

Vivía en el bosque con sus libros y cuadernos. Pero para él, ahora, la historia entera estaba llena de sol, cada hueco estaba lleno de lluvia. Sin embargo, mientras trabajaba, se daba cuenta de que el mismo papel que contenía esas historias envejecía muy rápido. Estaba picado por insectos, desteñido por el sol, esparcido por el viento. Y su cuerpo había envejecido y estaba más delgado. Ahora también a Palipana sólo lo dominaban los elementos.

*

Sarath fue con Anil hacia el norte, más allá de Kandy, en la zona seca, a buscar a Palipana. No hubo manera de avisar al maestro de su viaje, y Sarath no tenía ni idea de cómo los recibiría: si los rechazaría o los admitiría a regañadientes. Llegaron a Anuradhapura a la hora de más calor del día. Siguieron de largo y al cabo de una hora encontraron la entrada del bosque. Tras dejar el coche, caminaron veinte minutos por un sendero que serpenteaba entre grandes rocas hasta que de pronto desembocó en un claro, con varias estructuras abandonadas de piedra y madera: restos secos de un jardín acuático, losas de roca. Vieron a una muchacha que cribaba arroz y Sarath se acercó a hablar con ella.

La muchacha hirvió agua para hacer té con un fuego de ramitas y los tres se lo bebieron sentados en un banco. La muchacha seguía sin hablar. Anil supuso que Palipana estaría durmiendo en la oscuridad de una choza, y poco después un anciano con un *sarong* y una camisa salió de una de las estructuras. Se desvió hacia un lado, sacó un cubo de un pozo y se lavó la cara y los brazos. Al volver, dijo: «Te oí hablar, Sarath». Anil y Sarath se pusieron de pie, pero Palipana no les hizo ningún otro gesto. Simplemente se quedó inmóvil. Sarath se inclinó ante el anciano, le tocó los pies y después lo condujo al banco.

—Le presento a Anil Tissera... Trabajamos juntos, estamos examinando unos esqueletos que encontramos en los alrededores de Bandarawela.

—Ya.

—Encantada.

—Una voz hermosa.

Y en ese momento Anil se dio cuenta de que el anciano estaba ciego.

Él alargó la mano y le cogió el antebrazo, le tocó la piel y le palpó el músculo; Anil comprendió que esa parte de su cuerpo le permitía adivinar su altura y constitución.

—Háblame de ellos, ¿qué antigüedad tienen? —soltó a Anil.

Anil miró rápidamente a Sarath, y éste señaló el bosque a su alrededor. ¿A quién se lo iba a contar?

Palipana ladeaba la cabeza, como si intentara atrapar todo lo que circulaba por el aire cerca de él.

—Ah, conque es un secreto en contra del Gobierno. O a lo mejor es un secreto del Gobierno. Estamos en el Bosque de los Ascetas. Aquí estamos a salvo. Y yo sé guardar un secreto. Además, a mí tanto me da de quién es. Tú eso ya lo sabes, Sarath, ¿verdad? De lo contrario no habrías venido hasta aquí a pedir ayuda. ¿Tengo razón?

—Necesitamos pensar algo, a lo mejor encontrar a alguien. Un especialista.

—Ya te habrás dado cuenta de que estoy ciego, pero tráeme lo que tengas. ¿Qué es?

Sarath se dirigió a su bolso junto al fuego de ramitas, quitó el envoltorio de plástico, se acercó a Palipana y le puso el cráneo en el regazo.

Anil observó al anciano sentado ante ellos, tranquilo e inmóvil. Eran alrededor de las cinco de la tarde y, sin la cruda luz del sol, los afloramientos de roca a su alrededor se habían vuelto pálidos y suaves. Percibió los sonidos más discretos de los alrededores.

—Cuando Bell y otros arqueólogos encontraron este lugar en el siglo XIX, creyeron que había sido un palacio de verano seglar. Pero el *Cūlavaṃsa* habla de cofradías que vivían en los bosques y formadas por monjes que estaban en contra de los rituales y los lujos.

Palipana señaló hacia la izquierda sin mover la cabeza. De las cinco estructuras del claro, él vivía en la más sencilla, apoyada contra un afloramiento de roca y cubierta con un techo de hojas recién hecho.

—En realidad no eran pobres, pero vivían con sobriedad; ya conoces la diferencia entre el mundo material bruto y el mundo material «sutil», ¿verdad? Bueno, pues ellos se adhirieron a este último. Seguro que Sarath te ha hablado de las elaboradas piedras urinarias. Ese detalle siempre le hizo gracia.

Palipana frunció los labios. Un atisbo de humor seco asomó en su rostro y Anil supuso que para él eso era lo que más se acercaba a una sonrisa.

—Aquí estamos a salvo, pero por supuesto uno siempre aprende de la historia. En el reinado de Udaya III, unos monjes abandonaron la corte huyendo de la ira del rey. Y llegaron al Bosque de los Ascetas. El rey y los upa-raja fueron tras ellos y los decapitaron. El *Cūlavaṃsa* también cuenta la reacción de la población: se rebeló, «como el mar agitado por una tormenta». Verás, el rey había violado un santuario. Estallaron protestas por todo el reino, y todo por culpa de esos monjes. Todo por un par de cabezas...

Palipana calló. Anil observó sus dedos, hermosos y delgados, que acariciaban el contorno del cráneo que Sarath le había dado, las largas uñas pasaban por el reborde supraorbitario, se introducían en las cavidades orbitarias; después cubrió el cráneo con las manos como si se calentara las palmas, como si fuera una piedra de un fuego del pasado. Estaba midiendo el ángulo de la mandíbula, la protuberancia roma de los dientes. Anil imaginó que Palipana podía oír a un pájaro en el bosque a lo lejos. Imaginó que podía oír las sandalias de Sarath al caminar, la raspadura de una cerilla, el ruido del fuego quemando la hoja de tabaco mientras Sarath se fumaba su *beedi* a lo lejos. Estaba segura de que lo oía todo, la suave brisa, los demás fragmentos de sonido que acariciaban su rostro delgado, esa delgadez vidriosa y marrón de su propio cráneo. Y mientras tanto los ojos apagados acechaban y atravesaban todo lo que los atrapaba. Tenía el rostro perfectamente rasurado. ¿Se había afeitado él, o había sido la chica?

—Dime lo que piensas: *tú*. —Se volvió hacia Anil.

—Bueno... Aunque no estamos del todo de acuerdo, los dos sabemos que el esqueleto al que pertenece este cráneo es contemporáneo. Apareció en un osario del siglo XIX.

—Pero la articulación de la nuca se la rompieron hace poco —comentó el anciano.

—Él...

—Fui yo —dijo Sarath—. Hace un par de días.

—Sin mi permiso —observó Anil.

—Sarath siempre hace las cosas por alguna razón, no es un hombre arbitrario. Él va siempre sobre seguro.

—De momento hemos quedado en que fue una decisión visionaria tomada en medio de una borrachera —dijo ella con la mayor tranquilidad posible.

Sarath miró hacia un punto entre los dos, sin sentirse molesto por las bromas.

—Dime más cosas. Tú. —De nuevo se volvió hacia ella.

—Me llamo Anil.

—Sí.

Anil vio que Sarath sacudía la cabeza y sonreía. Hizo caso omiso de la pregunta de Palipana y se quedó mirando la oscuridad de la estructura en la que vivía ese hombre.

No estaban rodeados de un paisaje verde. Los ascetas siempre elegían afloramientos de rocas vivas y despejaban la capa superior del suelo. Sólo el techo de paja y hojas de palmera. Su salón de las hojas. Esos ascetas cascarrabias.

Sin embargo, era un lugar tranquilo. Cigarras ruidosas e invisibles. Sarath le había contado que la primera vez que fue a un monasterio en un bosque no había querido marcharse. Supuso que su maestro en el exilio habría elegido refugiarse en uno de los salones de las hojas de los alrededores de Anuradhapura, una morada tradicional de los monjes. Además Palipana le había dicho en una ocasión que quería que lo enterraran en esa región.

Anil pasó al lado del anciano y se detuvo junto al pozo para mirar en su interior. «¿Adónde va?», oyó que preguntaba Palipana, sin que su voz trasluciera irritación. La muchacha salió de la casa con zumo del fruto de la pasión y guayaba cortada a trozos. Anil bebió un vaso rápidamente. Después se volvió hacia él.

—Es posible que lo hayan enterrado dos veces. Lo importante es que la segunda vez lo enterraron en una zona restringida, a la que sólo pueden acceder la policía, el ejército o funcionarios de alto nivel. Por ejemplo, alguien como Sarath. Nadie más puede entrar allí. Así que no debe de tratarse de un crimen cometido por un ciudadano corriente. Sé que a veces en una guerra se cometen asesinatos por razones personales, pero no creo que un asesino se permitiera el lujo de enterrar a una víctima dos veces. Encontramos el esqueleto al que pertenece esta cabeza en una cueva de Bandarawela. Ahora tenemos que averiguar si se trata de un asesinato cometido por el Gobierno.

—Sí.

—Los oligoelementos en los huesos de Sailor no...

—¿Quién es Sailor?

—Es el nombre que le pusimos al esqueleto. Los oligoelementos de la tierra que tenía en los huesos son distintos de los del suelo donde lo encontramos. Sarath y yo no estamos de acuerdo sobre la edad exacta del esqueleto, pero los dos coincidimos en que antes lo enterraron en otro sitio. Es decir, primero lo mataron y lo enterraron. Después lo desenterraron, lo llevaron a otro lugar y lo volvieron a enterrar. Además de no coincidir los oligoelementos del suelo, sospechamos que el polen adherido antes de enterrarlo procede de una región totalmente distinta.

—*Granos de polen* de Wodehouse...

—Sí, ya lo consultamos. Sarath situó el polen en dos sitios, uno cerca de Kegalle y el otro en la zona de Ratnapura.

—Ah, ésa es una zona rebelde.

—Sí, en la que desaparecieron muchos aldeanos durante la crisis.

Palipana se puso de pie y ofreció el cráneo para que uno de los dos lo cogiera.

—Ya ha refrescado, ya podemos cenar. ¿Os quedáis a dormir?

—Sí —contestó Anil.

—Voy a ayudar a Lakma a hacer la comida, siempre cocinamos juntos. Mientras tanto, vosotros, si queréis, podéis descansar.

—Me gustaría darme un baño con el agua del pozo —dijo ella—. Hemos estado en la carretera desde las cinco de la mañana. ¿Le parece bien?

Palipana asintió.

Sarath se internó en la oscuridad del salón de las hojas y se acostó en una estera en el suelo. Estaba agotado del largo viaje. Anil se fue al coche, sacó dos *sarongs* de su bolso y volvió al claro. Se desnudó junto al pozo, se quitó el reloj, se puso la tela *diya reddha* y lanzó el cubo a las profundidades del pozo. Se oyó un golpe hueco muy por debajo de ella. El cubo se hundió y se llenó. Tiró de la cuerda con fuerza y la cogió cerca del asa. Se echó el agua fría por encima y su tersura la penetró como un torrente, refrescándola. Volvió a tirar el cubo al pozo, lo sacó y se lo echó por el pelo y los hombros de modo que la delgada tela se hinchó de agua y ésta después se le deslizó por el vientre y las piernas. Entendió por qué a veces los pozos eran sagrados: combinaban la necesidad sobria con el lujo. Habría sido capaz de dar todos sus pendientes a cambio de una hora junto a un pozo. Repitió el mantra de gestos una y otra vez. Cuando terminó, se quitó la tela mojada y permaneció un rato desnuda bajo el viento y los últimos rayos de sol antes de ponerse el *sarong* seco. Después se inclinó hacia delante y se sacudió el pelo para secárselo.

Más tarde despertó y se incorporó en el banco. Oyó un chapoteo y, al volverse, vio a Palipana junto al pozo y a la chica que le echaba agua por el cuerpo desnudo. Palipana estaba frente a Anil, con los brazos caídos. Era delgado, parecía un animal perdido, una *idea*. Lakma seguía echándole agua, y ahora los dos gesticulaban y reían.

A las cinco y cuarto de la mañana los que habían desper-
tado a oscuras ya habían caminado más de un kilómetro, aban-
donado las calles y bajado a los campos. Tras apagar el único
farol que tenían, avanzaban con seguridad en la oscuridad y
pisaban el barro y la hierba mojada con los pies descalzos.
Ananda Udugama estaba acostumbrado a los senderos oscuros.
Sabía que pronto se acercarían a los cobertizos desperdigados, a
los montículos de tierra recién excavada, y a la bomba de agua
y al agujero en el suelo de un metro de diámetro por el que se
entraba a la mina.

Rodeados de la luz verde oscuro de la madrugada, los
hombres parecían flotar sobre el paisaje. Podían ver y casi oír
los pájaros que salían disparados de los campos con la boca llena
de vida. Primero se quitaban los chalecos. Todos ellos trabaja-
ban en la mina de piedras preciosas. Pronto estarían bajo tierra,
excavando las paredes de rodillas, buscando la dureza de una
piedra, de una raíz o una gema. Se moverían por los laberintos
subterráneos, chapoteando descalzos en el barro y el agua, pei-
nando con los dedos la arcilla mojada, las paredes húmedas.
Cada turno duraba seis horas. Algunos entraban en la tierra
cuando era noche cerrada y salían de día, otros regresaban al
crepúsculo.

Ahora los hombres y las mujeres se encontraban junto a la bomba. Los hombres doblaron los sarongs y se los ataron alrededor de la cintura, colgaron los chalecos de las vigas del cobertizo. Ananda aspiró una bocanada de gasolina y la escupió en el carburador. Tiró de la cuerda y de repente el motor cobró vida y se puso a retumbar sobre la tierra. Empezó a salir agua por una manguera. Oyeron que se encendía otro motor en otra mina de piedras preciosas a casi un kilómetro. A los diez minutos empezó a verse el paisaje del amanecer, pero para entonces Ananda y los otros tres ya habían desaparecido bajo tierra por una escalera.

Antes de que los hombres descendieran, pasaron un cesto con siete velas encendidas por el agujero de un metro de diámetro y lo bajaron con una cuerda a la oscuridad. Las velas servían para iluminar y también para avisarles si el aire estaba contaminado. En el fondo de la mina, donde se hallaban las velas, había tres túneles que conducían a la oscuridad más profunda, los hombres se internarían en ella.

Solas en el exterior, las mujeres se pusieron a ordenar los cestos hasta que quince minutos más tarde oyeron los silbidos y empezaron a subir los cestos llenos de barro. Para cuando la luz bañó los campos, toda la llanura del distrito de Ratnapura bullía de vida mientras las bombas extraían de las minas el agua con que las mujeres, en su busca de algo de valor, quitaban el barro a lo que les habían subido.

Los hombres trabajaban en la tierra medio agachados, impregnados del sudor y de la humedad del túnel. Si alguien se hacía un corte en un brazo o un muslo con una pala, la sangre se veía negra a la luz del túnel. Cuando las velas se apagaban por culpa de la constante humedad, los hombres esperaban en el agua mientras el que estaba más cerca de la entrada se arras-

traba a ciegas y enviaba las velas a la sequedad de la luz del día, donde las encendían y volvían a bajar.

Ananda acababa su turno al mediodía. Él y los hombres que lo acompañaban subían por la escalera y se detenían a tres metros de la supeficie para acostumbrarse al resplandor de la luz; después seguían subiendo y salían a los campos. Ayudados por las mujeres, se iban al montículo donde éstas les pasaban una manguera, primero por el pelo y los hombros, y el agua corría a chorros por sus cuerpos casi desnudos.

A las tres de la tarde, en la aldea donde vivía con su hermana y su cuñado, se vestían e iniciaban el camino de vuelta a casa. Ananda ya estaba borracho. Se levantaba del camastro en el que lo habían acostado, salía por la puerta en la postura que le era tan familiar —medio agachado— y orinaba en el jardín, incapaz de ponerse de pie y sin siquiera alzar la vista para ver quién lo veía.

En el salón de las hojas, sombreado y de colores apagados, el único objeto brillante que Anil percibía era el reloj de pulsera de Sarath. Había dos esteras enrolladas y una mesa pequeña donde Palipana seguía escribiendo, pese a su ceguera, con letras grandes y onduladas, mitad lenguaje y mitad fausto: los límites entre ambos no estaban muy claros. Allí era donde Palipana pasaba casi todas las mañanas mientras sus pensamientos daban vueltas y al final quedaban atrapados en la habitación en penumbras.

La chica extendió una tela en el suelo, y ellos se sentaron a su alrededor y se inclinaron hacia la comida que cogieron con los dedos. Sarath se acordó de cuando Palipana viajaba por el país con sus alumnos, de cuando comía en silencio, escuchándolos, hasta que de pronto expresaba su opinión con un monólogo de veinte minutos. Por eso en las primeras comidas Sarath había permanecido callado, sin exponer ni una sola teoría. Estaba aprendiendo las reglas y los métodos de las discusiones, igual que un niño cuando ve un deporte desde la línea de banda y aprende la sincronización y las técnicas sin moverse. Cada vez que los alumnos suponían algo, el maestro se les echaba encima. Ellos habían confiado en él por su severidad, porque era incorruptible.

«*Tú*», decía Palipana, señalando, sin decir nunca un nombre, como si eso fuera irrelevante para la discusión o la búsqueda. Sólo: «*¿Cuándo se cortó esta roca? ¿Qué letra falta? ¿Cómo se llama el artífice que dibujó ese brazo?*».

Viajaban por carreteras secundarias, se alojaban en fondas de tercera categoría, arrastraban losas cinceladas desde la maleza a la luz del sol, y por la noche dibujaban planos de patios y palacios basándose en las ruinas de las columnas y los arcos que habían visto de día.

—Le quité la cabeza por una razón.

Palipana tendía la mano hacia el cuenco una y otra vez.

—Probad las berenjenas, son mi especialidad...

Sarath sabía que las interrupciones de Palipana en momentos como ése significaban que estaba impaciente. Era una pequeña pulla: la realidad de la vida frente a un concepto.

—Fotografié el esqueleto con y sin la cabeza a propósito. Mientras tanto, seguiremos analizando el esqueleto y los oligoelementos del suelo, y haremos las pruebas palinológicas. Sí que están buenas las berenjenas... Mire, usted y yo trabajamos con rocas antiguas, fósiles, jardines acuáticos secos y reconstruidos, nos preocupan cosas como por qué un ejército se trasladó a la zona seca. Somos capaces de identificar a un arquitecto que se dedicó a construir palacios de invierno y de verano. Pero Anil vive en el presente, emplea métodos modernos. Puede hacer un corte transversal de un hueso con una pequeña sierra y averiguar la edad exacta del esqueleto cuando murió.

—¿Y eso cómo se hace?

Sarath dejó que contestara Anil. Ésta empleó la mano que le quedaba libre para acompañar su explicación.

—Se pone la sección del hueso bajo un microscopio. Tiene que medir una milésima parte de un milímetro, así se pueden ver los conductos por los que circula la sangre. Con la edad, los conductos, en realidad son canales, se rompen, se fragmentan, se vuelven más numerosos. Si disponemos del aparato, podemos adivinar cualquier edad.

—Adivinar —murmuró.

—Con un margen de error del cinco por ciento. Yo diría que la persona cuyo cráneo usted examinó tenía veintiocho años.

—¿Con qué seguridad...?

—Con más seguridad que la que puede tener usted palpando el cráneo y las protuberancias de las cejas o midiendo la mandíbula.

—Qué maravilla. —Se volvió hacia ella—. Eres asombrosa.

Ella se sonrojó avergonzada.

—Supongo que con un trozo de hueso también sabrás calcular la edad de un viejo como yo.

—Tiene setenta y seis años.

—¿Cómo? —exclamó Palipana desconcertado—. ¿Por mi piel? ¿Las uñas?

—Consulté la enciclopedia cingalesa antes de salir de Colombo.

—Ah. Sí, sí. Tienes suerte de haber encontrado una edición antigua. Me han tachado de la nueva.

—Entonces le tendremos que hacer una estatua —dijo Sarath, quizá con demasiada gracia.

Se hizo un silencio incómodo.

—Me he pasado toda la vida rodeado de imágenes talladas. No creo en ellas.

—Los templos también tienen héroes seglares.

—Así que le quitaste la cabeza...

—Todavía no sabemos cuándo lo mataron. ¿Hace diez años? ¿Cinco? ¿O menos? No disponemos del equipo que nos permitiría averiguarlo. Y teniendo en cuenta el lugar donde lo enterraron, tampoco podemos pedirlo.

Sentado con la cabeza inclinada hacia abajo, los brazos cruzados, Palipana escuchaba en silencio. Sarath prosiguió:

—A usted le bastó con estudiar las runas para reconstruir eras enteras. Usó a artistas para reproducir escenas a partir de simples fragmentos de dibujos. Y ahora nosotros tenemos un cráneo. Necesitamos que alguien reproduzca su rostro. Una manera de averiguar cuándo tuvo veintiocho años es consiguiendo que alguien lo identifique.

Nadie se movió. Hasta Sarath miraba hacia abajo. Siguió hablando.

—Pero no conocemos a ningún especialista ni sabemos cómo se hace. Por eso traje el cráneo. Para que usted nos diga adónde podemos ir, qué podemos hacer. Tenemos que llevar este asunto con discreción.

—Sí, claro.

Palipana se puso de pie y los otros tres lo imitaron. Salió del salón de las hojas y se dirigió hacia la oscuridad. Los demás reaccionaban ante los movimientos repentinos de Palipana como si le hubiesen dado rienda suelta a un perro. Los cuatro se encaminaron hacia el *pokuna* y se detuvieron junto al agua oscura. Anil no paraba de pensar en la ceguera de Palipana en ese paisaje de verdes oscuros y grises profundos. Los escalones de piedra y las rocas se introducían en el suelo escarpado igual que los fragmentos de ladrillo y madera se apoyaban en la roca. Huesos de un antiguo asentamiento. Anil tuvo la sensación de que se le había dormido el pulso, de que se arrastraba por la hierba como el animal más lento de la tierra. Estaba asimilando las complejidades de su entorno. La mente de Palipana debía de estar llena de esas cosas, con su poderosa invidencia. No querré irme de aquí, pensó, y recordó que Sarath le había dicho lo mismo.

—¿Conocéis la tradición de Nētra Mangala? —susurró, como si pensara en voz alta. Palipana levantó la mano derecha y se señaló la cara. Parecía dirigirse a Anil más que a Sarath o a la chica.

—*Nētra* significa «ojo». Es el ritual de los ojos. Sólo un artista especial puede pintarle los ojos a una figura sagrada. Siempre es lo último que se hace. Es lo que da vida a la imagen. Como una mecha. Los ojos son una mecha. Se hace antes de que una estatua o un dibujo en un *vihara* se convierta en una imagen sagrada. Knox lo menciona, y después también Coomaraswamy. ¿Lo has leído?

—Sí, pero ya no me acuerdo.

—Coomaraswamy cuenta que antes de pintar los ojos sólo hay un bulto de metal o piedra. Pero después de la ceremonia, «*es a partir de ese momento que se convierte en un Dios*». Por supuesto, el ojo se pinta de una manera especial. A veces lo hace el rey, pero es mejor que lo haga un artífice profesional, el artesano. Ahora, por supuesto, no tenemos reyes. Y Nētra Mangala está mucho mejor sin ellos.

Anil, Sarath, Palipana y la chica estaban sentados en la estructura cuadrada de madera de un *ambalama*, con una lámpara de aceite en el centro. El anciano lo había señalado con el dedo y dicho que quizá podían ir a hablar en el *ambalama*, incluso podían quedarse a dormir allí. Era una estructura de madera, sin paredes y de techo alto. De día los viajeros o peregrinos aprovechaban su sombra y frescor. Por la noche sólo era una forma esquelética de madera abierta a la oscuridad, cuyas escasas vigas daban una sensación de orden. Una estructura construida sobre una roca. Una casa de madera y piedra.

Era casi de noche y les llegaba el olor del aire que pasaba por encima del agua del *pokuna*, oían el susurro de criaturas invisibles. Por la noche Palipana y la chica abandonaban el claro del bosque y se iban al *ambalama* a dormir, donde él podía orinar desde el borde de la plataforma sin necesidad de despertar a la chica para que lo llevara a otro sitio. Se quedaba allí tumbado, percibiendo los ruidos del piélago de árboles a su derredor. Lejos quedaban las guerras del terror, los pistoleros enamorados del sonido de sus proyectiles, allí donde el principal objetivo de la guerra era la propia guerra.

La chica se hallaba a su izquierda, Sarath a su derecha, la mujer enfrente de él. Sabía que la mujer estaba de pie, mirándolo a él o más allá, hacia el *pokuna*. También él había oído el ruido de algo que había caído al agua. Alguna criatura acuática en esa noche serena. Un gallinazo salió de entre los árboles. Entre la mujer y él —en la roca, al lado de la lámpara ocre— estaba el cráneo que le habían llevado.

—Había un hombre que pintaba ojos. Era el mejor que conocía. Pero lo dejó.

—¿Dejó de pintar ojos?

Percibió la curiosidad impaciente en la voz de la mujer.

—La noche antes de pintar se celebra una ceremonia para preparar al artífice. Ten en cuenta que sólo lo llevan para que le pinte los ojos a la imagen del Buda. Hay que hacerlo por la mañana, a las cinco. A la hora en que Buda experimentó la iluminación. Así que las ceremonias empiezan la noche antes, con recitaciones y adornos en los templos.

»Sin ojos no sólo hay ceguera, no hay nada. No hay existencia. El artífice da vida a la vista, a la verdad y a la presencia. Después lo honrarán con obsequios. Con tierras o bueyes. El hombre entra en el templo, va vestido como un príncipe, con joyas, una espada en la cintura, encaje en la cabeza. Lo acompaña otro hombre, que lleva pinceles, pintura negra y un espejo de metal.

»Sube una escalera colocada enfrente de la estatua. El otro hombre también. Ten en cuenta que lo hacen así desde hace siglos, hay registros del siglo IX que lo atestiguan. El pintor moja un pincel en la pintura y se pone de espaldas a la estatua, de modo que parece que la figura está a punto de abrazarlo con sus grandes brazos. La pintura en el pincel está mojada. El otro hombre, que está delante de él, sostiene el espejo, y el artífice eleva el pincel por encima del hombro y pinta los ojos sin ver la cara directamente. Va mirando el reflejo, de modo que sólo el espejo recibe una imagen directa de los ojos que está creando. Durante el proceso de creación ninguna mirada humana puede cruzarse con la del Buda. Los mantras a su alrededor continúan. *"Que estés poseído de los frutos de las obras... Que se enriquezca la tierra y se alarguen los días... ¡Salve, ojos!".*

»El artista puede tardar una hora o menos de un minuto, depende del estado esencial en que se encuentre. Nunca mira directamente a los ojos. Sólo puede ver la mirada en el espejo.

De pie en el saliente de madera en el que dormiría después, Anil pensaba en Cullis. En dónde estaría. Seguro que en los brazos de su agitado matrimonio. Procuraría no pensar en esa parte de su vida. Él no le había cedido mucho espacio en ese mundo, y la imagen que ella había tenido de él siempre había sido con los ojos parcialmente vendados.

—¿Por qué no lo dejas, Cullis? Cortemos. ¿Qué sentido tiene seguir? Después de dos años sigo sintiendo que sólo soy un ligue de una tarde.

Anil estaba a su lado en la cama. Sin tocarlo. Sólo necesitaba mirarlo a los ojos, hablar. Él estiró la mano izquierda y la cogió por el pelo.

—Pase lo que pase, no me dejes —dijo él.

—¿Por qué? —Anil echó la cabeza hacia atrás, pero él no la soltó.

—*¡Déjame!*

Él siguió sujetándola por el pelo.

Ella sabía dónde estaba. Tendió la mano y cogió la navaja con la que él había cortado el aguacate poco antes, la blandió y, trazando un arco, se la clavó en el brazo con el que la tenía cogida. Él soltó una bocanada de aire. *Ahhh*. Todo el énfasis recayó en las haches. Anil casi vio las letras que salían de él en la oscuridad, y el mango del arma clavada en el músculo del brazo.

Lo miró a la cara, los ojos grises (siempre se volvían más azules a la luz del día), y vio que la suavidad que había adquirido a los cuarenta años había desaparecido, de pronto ya no estaba. El rostro tenso, las emociones expuestas. Cullis lo estaba sopesando todo, esa traición física. Ella todavía tenía la mano derecha alrededor de la navaja, casi sin tocarla, sólo la rozaba.

Se miraron, sin ceder ninguno de los dos. Ella se resistía a retractarse en su furia. Esta vez, cuando se inclinó hacia atrás, él le soltó el pelo oscuro y mojado. Ella se apartó y cogió el teléfono. Se lo llevó a la luz del cuarto de baño y llamó a un taxi. Se volvió hacia él. «Recuerda que esto es lo que te hice en Borrego Springs. Puedes convertirlo en un cuento.»

Anil se vistió en el cuarto de baño, se maquilló y volvió al dormitorio. Encendió todas las luces para que nada, ninguna prenda, se le escapara mientras hacía la maleta. Después apagó las luces y se sentó a esperar. Él estaba en la cama gemela, inmóvil. Ella oyó el taxi y la bocina.

Mientras se dirigía al taxi se dio cuenta de que todavía tenía el pelo húmedo. El coche arrancó bajo el cartel del motel Una Palma. Su relación con Cullis había sido una larga intimidad que había existido sobre todo en secreto, el adiós fue rápido y fatídico, aunque cuando estaba en el taxi que la llevó a la terminal de autobuses se llevó una mano al pecho y vio que el corazón le latía con fuerza, como si escupiera la verdad.

Con un brazo en alto, Anil se cogía a la viga por encima de su cabeza. Se sentía como un látigo que podía saltar y atrapar algo con su largo dedo. Palipana estaba enfrente de la mujer que había venido con Sarath. *¡Salve, ojos!* Lo repitió. Sarath percibía el pálido brazo de Anil a la luz de la lámpara de aceite mientras escuchaba a Palipana.

—Cuando el pintor acaba, le vendan los ojos y lo sacan del templo. El rey obsequiaba a todos los participantes con bienes y tierras. Está todo documentado. Definía los límites de poblados nuevos, tierras altas y bajas, junglas y lagunas. *Se le concede al artífice treinta* amunu *de campos de semillas, treinta piezas de hierro, diez búfalos del aprisco y diez búfalos hembra con sus crías.* —En sus conversaciones, Palipana siempre citaba frases de textos históricos.

—Búfalos hembra con sus crías —dijo Anil para sí en voz baja—. Campos de semillas... Te recompensaban por las cosas adecuadas. —Pero él la oyó.

—Bueno, también en esa época los reyes daban problemas —dijo—. Ni siquiera entonces se podía creer en algo con certeza. Todavía no sabían qué era la verdad. Nunca hemos tenido la verdad. Ni siquiera tú la has encontrado con tu trabajo con los huesos.

—Usamos los huesos para buscarla. «La verdad os hará libres.» Estoy de acuerdo.

—En nuestro mundo casi siempre la verdad es sólo una opinión.

Se oyó el estruendo de los truenos a lo lejos, como si rasgaran y movieran la tierra y los árboles. El *ambalama* de madera parecía una balsa o una cama con dosel que navegara a la deriva por el claro. A lo mejor no estaban anclados en la roca, sino que se hallaban en un río y tenían las amarras sueltas. Ella estaba tumbada en el borde de la estructura, en una de las plataformas para dormir. Se había despertado y oía a Palipana que no paraba de dar vueltas, como si le costara encontrar el lugar y la postura exactos para conciliar el sueño.

Anil volvió a recluirse en su intimidad, con Cullis. Tenía la sensación de que, dondequiera que estuviera, él siempre tenía un límite físico, más allá de cualquier mar o tormenta, un frágil cable del teléfono del que uno tenía que apartar las ramas o las rocas en el fondo del mar. ¿Habría conservado la imagen de ella cuando salió de la habitación en Borrego? Los dos habían esperado una noche maravillosa. Cuando se fue, Anil pensó que lo llamaría más tarde para asegurarse de que no hubiera cedido al sueño, pero la furia siguió oprimiéndola y no lo hizo.

Sarath frotó una cerilla en la roca junto al *ambalama*. Así que lo de allá abajo no era un río. La luz parpadeó y Anil olió el humo del *beedi*. Un insecto emitió un ruido parecido al de un reloj cuando se le da cuerda, otro habitante de ese bosque de ascetas. «Siempre se cometieron asesinatos por pasión», oyó decir a Palipana.

Siguió hablando en la oscuridad:

—Aunque seas monje, como mi hermano, al final la pasión o el asesinato acabarán encontrándote. Porque un monje no puede sobrevivir sin la sociedad. Uno puede renunciar a la sociedad, pero para eso antes tiene que formar parte de ella, tiene que tomar la decisión estando en ella. Ésa es la paradoja del retiro. Mi hermano se fue a vivir a un templo. Huyó del mundo y el mundo lo persiguió. Tenía setenta años cuando lo mataron, a lo mejor lo mató alguien que lo conoció cuando estaba rompiendo las ataduras, pues ése es el momento más difícil, cuando te retiras del mundo. Soy el último que queda de mis hermanos. Mi hermana también ha muerto. Esta niña es su hija.

Pocos años antes, la muchacha llamada Lakma había presenciado el asesinato de sus padres. Una semana después de su muerte, llevaron a la niña de doce años a una institución estatal dirigida por monjas, al norte de Colombo, que acogía a los niños que habían perdido a sus padres en la guerra civil. Sin embargo, el impacto del asesinato de sus padres la había herido en lo más profundo de su ser; sus facultades verbales y motrices sufrieron una regresión a la infancia, lo que se juntó con una tristeza propia de un adulto. No quería que nada más pudiera invadirla.

Se quedó allí escondida más de un mes, callada, impasible, había que obligarla a salir de su habitación para que hiciera ejercicios al sol. Las pesadillas no cesaron para Lakma, incapaz de hacer frente a los posibles peligros que acechaban a su alrededor. Una niña que sabía lo falsa que era la supuesta seguridad religiosa de su entorno, con sus dormitorios limpios y las camas bien hechas. Cuando Palipana, el único familiar que le quedaba, fue a verla, enseguida se dio cuenta de que la muchacha era insensible a la ayuda que pudieran prestarle en ese lugar. Interpretaba cualquier ruido como una señal de peligro. Hurgaba la comida en busca de insectos o cristales, no dormía en la seguridad de su cama sino escondida debajo. Era la época de la crisis profesional de Palipana, y además sus ojos estaban en las últimas fases de un glaucoma. Se llevó a la muchacha y cogieron un tren a Anuradhapura, la muchacha se pasó todo el viaje aterrorizada, después fueron en carro al monasterio del bosque, al salón de las hojas y al *ambalama*, en el Bosque de los Ascetas. Fue así como abandonaron el mundo, sin que nadie los viera: un viejo y una muchacha de doce años a la que le daba miedo el rastro de cualquier cosa humana, incluso ese hombre que la había llevado a la zona seca.

Él deseaba con todas sus fuerzas liberarla del aislamiento que se había impuesto a sí misma. Fueran cuales fueran las habilidades que la muchacha había aprendido de sus padres, las había dejado olvidadas en lo más recóndito de su ser. Palipana, el gran epigrafista del país, empezó a educarla a dos niveles: le transmitió las facultades mnemónicas del alfabeto y el lenguaje, y llevaba las conversaciones al límite de sus conocimientos y creencias. Al mismo tiempo, la vista se le fue oscureciendo y él empezó a moverse más despacio, con gestos exagerados. (Fue después, al confiar más en la oscuridad y en la muchacha, cuando sus movimientos se volvieron mínimos.)

Él creía que siempre había confiado en ella, pese a su furia y rechazo del mundo. Palipana intercalaba ante ella conversaciones sobre guerras, *slokas* medievales y textos en pali o la propia lengua pali, y hablaba de cómo la historia también se desvanecía, igual que una batalla, y de cómo sólo podía existir en el recuerdo —porque hasta los *slokas* de los papiros y los rollos de hojas *ola* acababan carcomidos por polillas y lepismas o disueltos por aguaceros—, de cómo sólo la piedra y la roca podían conservar para siempre la pérdida de una persona y la belleza de otra.

Ella viajaba con él: hicieron una caminata de dos días para ir a una sala capitular en Mihintale, subieron los ciento treinta y dos escalones, ella se agarró con su miedo al hombre ciego cuando él insistió en ir en autobús a Polonnaruwa porque quería estar en presencia del Libro de Piedra, tocar por última vez los patos con las manos, esos patos que estaban allí para la eternidad. Viajaban en carros tirados por bueyes y sólo con husmear el aire o escuchar el zumbido dentro de los árboles del caucho él ya sabía dónde estaba, sabía dónde había un templo medio enterrado en las cercanías, y bajaba su cuerpo enjuto del carro y ella lo seguía. «Nosotros, y yo, hemos sido formados por la historia —decía él—. Pero los tres lugares que amo huyeron de ella. Arankale. Kaludiya Pokuna. Ritigala.»

Viajaron hacia el sur hasta llegar a Ritigala, fueron en lentos carros tirados por bueyes, en los que ella se sentía más segura, y tardaron horas en subir la montaña sagrada, atravesando el caluroso bosque acompañados del canto de las cigarras. Llegaron al empinado y serpenteante sendero en forma de una gran «S» y, nada más entrar en el bosque, rompieron una pequeña rama que dedicaron como ofrenda. No se llevaron nada más de ese lugar.

Cada vez que aparecía una columna histórica en un campo, Palipana se acercaba y la abrazaba como si fuera una persona a la que había conocido en el pasado. Durante casi toda su vida había encontrado la historia en piedras y esculturas. En los últimos años había encontrado las historias ocultas, perdidas a propósito, que alteraban la perspectiva y el conocimiento de las épocas anteriores. La necesidad de mentir dependía de cómo se escondía o escribía la verdad.

Descifró las inscripciones a la luz de los relámpagos, las anotó bajo la lluvia y los truenos. Con una lámpara de azufre portátil o una fogata de maleza junto al saliente de la cueva. Un diálogo entre las líneas nuevas y viejas, el ir y venir entre lo que era oficial y no lo era en sus solitarios viajes de estudio, cuando se pasaba semanas sin hablar con nadie, de modo que las inscripciones se convirtieron en sus únicas conversaciones: un epigrafista que estudiaba el estilo concreto de un corte con cincel del siglo IV, que después encontró en los textos interlineales una historia ilícita, una historia proscrita por reyes, por el Estado y por sacerdotes. Esos versos contenían la prueba más oscura.

Lakma lo miraba y escuchaba, sin hablar nunca, muda amanuense de las historias susurradas por Palipana. Él mezclaba fragmentos de cuentos hasta convertirlos en un paisaje. No importaba si ella no podía distinguir entre la verdad y sus versiones. Con él, por fin, estaba a salvo, con ese hombre que era el hermano mayor de su madre. Por la tarde dormían la siesta en esteras en el salón de las hojas, de noche bajo el armazón del *ambalama*. Conforme la vista lo iba abandonando, él le entregaba su vida cada vez más. Los últimos días antes de perder la vista por completo no hizo otra cosa más que mirarla.

Con su ceguera ella adquirió la autoridad que él había sido incapaz de darle. Le trazaba los senderos del día. Todos sus movimientos cuando estaba cerca de él pasaron a formar parte del mundo invisible. Su nueva semidesnudez representaba en cierto modo su estado de ánimo. Se ponía el *sarong* igual que un hombre. Palipana no lo veía, como tampoco la veía cuando se llevaba la mano izquierda al pubis y se estiraba el vello nuevo y jugueteaba con él mientras él le hablaba. Lo único que regía el comportamiento de Lakma eran la seguridad y el bienestar de él. Si veía que estaba a punto de tropezar con una raíz, se abalanzaba sobre él. Cada mañana le mojaba la cara con agua que había hervido en el fuego y después lo afeitaba. Siempre madrugaban y se iban a dormir temprano, en consonancia con el sol y la luna. Hacía dos años que vivía con él cuando se presentaron Anil y Sarath. Con su llegada, la muchacha se echó a un lado, aunque para entonces la casa que invadían era más de ella que de Palipana. El orden cotidiano en el que habían irrumpido era el de ella. Si Anil vio cordialidad o amabilidad en el anciano, sólo fue en los gestos y los murmullos dirigidos a Lakma, que no se oían a más de un paso de distancia, de modo que Anil y Sarath quedaban excluidos de la mayoría de sus conversaciones. A última hora de la tarde la muchacha se sentaba entre las piernas de él, y con sus dedos delgados él le despiojaba y peinaba la melena mientras ella le frotaba los pies. Cuando caminaba, ella le tiraba suavemente de la manga para desviarlo de cualquier obstáculo que aparecía ante él.

*

Al morir Palipana, la muchacha se escondió en el bosque, nocturna, inmóvil como la corteza.

Le cubrió la desnudez con hojas de *thambili*, que formaban parte de los adornos de la muerte, le cosió los últimos cuadernos a la ropa. Ya le había preparado una pira en las orillas del *pokuna*, cuyo sonido a él tanto le gustaba, y ahora las llamas se estremecían en el agua de la laguna. También había tallado una de sus frases en la roca, una de las primeras que le había dicho y a la que ella se había aferrado como a una balsa en sus años de miedo. La había cincelado justo por encima del agua, de modo que, según la marea o la influencia de la luna, las palabras talladas en la roca se sumergirían, penderían por encima de su reflejo o bien se dejarían ver en los dos elementos. Ahora, con el agua hasta la cintura, tallaba las letras en cingalés en la piedra oscura siguiendo los métodos artesanos que él le había enseñado. Una vez él le había mostrado esas runas, que encontró a pesar de la ceguera, con los patos en los márgenes, patos que estaban allí para la eternidad. Así que también los dibujó a ambos lados de la frase. En la laguna de Kaludiya Pokuna la frase de un metro de largo sigue apareciendo y desapareciendo, se ha convertido en una vieja leyenda. Pero esa muchacha, que estaba en el río con el agua hasta la cintura, que talló la frase en la roca en la última semana de la agonía de Palipana, que lo acercó al agua y le puso la mano encima de la frase manchada de barro, no era vieja. Él asintió al recordar las palabras. Y a partir de ese momento, se quedó junto a la orilla y cada mañana la muchacha se desnudaba y se deslizaba por la pared de la roca hundida en el agua y se ponía a golpear y cincelar, de modo que Palipana se pasó los últimos días de su vida acompañado del gran y generoso ruido de su labor, como si ella le hablara en voz alta. Sólo escribió la frase. No puso su nombre ni los años en que vivió, sólo una delicada frase a la que en su día ella se aferró y cuya huella ahora el agua arrastraba por la laguna.

Palipana le había dado a Lakma sus viejos anteojos desgastados y, al final, después de coserle los cuadernos a la ropa ella sólo se llevaría esas gafas como talismán cuando se internó en el bosque.

*

Pero esa noche, con los dos extraños en el *ambalama*, la muchacha percibía la agitación de Anil, para ella era tan evidente como la luz del *beedi* de Sarath que se iluminaba a intervalos en la oscuridad. Palipana se incorporó y Lakma supo que iba a decir algo, como si no hubiera transcurrido una pausa de media hora.

—En cuanto a aquel hombre que mencioné, el artista, hubo una tragedia en su vida. Ahora trabaja en las minas de piedras preciosas, baja a la mina cuatro o cinco veces a la semana. Dicen que bebe arac. Es peligroso estar con él bajo tierra. A lo mejor sigue allí. Él era el artesano que pintaba los ojos, al igual que lo fueron su padre y su abuelo. Un talento heredado, aunque creo que él era el mejor de los tres. Creo que es la persona que necesitáis. Tendréis que pagarle.

—¿Pagarle para qué? —preguntó Anil.

—Para reconstruir la cabeza —murmuró Sarath en la oscuridad.

Regresaron a Colombo al día siguiente, a pesar de que ninguno de los dos quería abandonar el hechizo del anciano ni su yacimiento en el bosque. Esperaron el frescor del atardecer y se marcharon cuando Palipana y la muchacha se retiraron al *ambalama* a dormir. Al cabo de una hora y al sur de Matale, cogieron una curva y Sarath vio los faros de un camión que se dirigía hacia ellos. Frenó de golpe y el coche se estremeció y derrapó en el macadán. Pero entonces se dio cuenta de que el camión no avanzaba; estaba aparcado en la carretera en dirección contraria, con los faros encendidos.

Soltó el freno y pasaron junto al camión muy despacio. Anil había estado durmiendo y ahora sacaba la cabeza por la ventana. Vieron a un hombre tumbado en la carretera delante del camión. Boca arriba y con los brazos y las piernas en cruz. El camión parecía inmenso a su lado, el resplandor de los faros arrojaba haces de luz hacia delante, pero el hombre estaba debajo, en la oscuridad. Tenía el torso desnudo, los pies descalzos apuntaban hacia arriba con descaro, los brazos estirados. Tras el susto, vieron la comicidad de la escena. Al pasar con el coche, no se oyó nada. Ni siquiera el ladrido de un perro. Tampoco las cigarras. El motor del camión estaba apagado.

—¿Es el conductor? —preguntó Anil en un susurro, pues no quería romper el silencio.

—A veces duermen así, hacen una pequeña siesta. Se paran en el carril contrario, dejan las luces encendidas y se acuestan en la carretera media hora o más. O a lo mejor sólo está borracho.

Siguieron de largo, Anil ya estaba totalmente despierta, con la espalda apoyada en la puerta para ver bien a Sarath mientras éste hablaba, aunque le costaba oírlo por el viento que entraba por las ventanas. Le contó que cuando viajaba en coche por trabajo siempre lo hacía por la noche, y más desde la muerte de su mujer. Hacía dos viajes a la semana, a Puttalam o a la costa sur. Acompañaba a los equipos de estudiantes que se entretenían por las piscifactorías de gambas en busca de antiguos yacimientos de poblados o iba a supervisar la restauración de un puente de piedra en Anuradhapura.

Estaban al sur de Ambepussa y les faltaba una hora para llegar a las afueras de Colombo.

—Cuando era joven, mi padre hacía apuestas con nosotros: sobre cuántos borrachos veíamos durmiendo al lado de los camiones, o cuántos perros. Nos daba un punto extra si veíamos un perro con un hombre dormido. O a veces veíamos a la sombra de la luna un grupo de tres o cuatro perros junto a un camión aparcado. Mi padre apostaba con nosotros para mantenerse despierto mientras conducía. Le encantaba apostar.

Tras una larga pausa Sarath continuó.

—Se pasó toda la vida jugando por dinero. De niños no lo sabíamos. Tenía una vida profesional ordenada, era un abogado respetado. La nuestra era una familia estable. Pero le encantaba el juego, y nuestra fortuna sufrió continuos altibajos.

—Un niño lo único que quiere es certeza.

—Sí.

—Cuando conociste a tu mujer, ¿estabas seguro... creías que los dos estabais...?

—Yo sabía que la amaba. Pero nunca estuve seguro de nosotros, como pareja.

—Sarath, por favor, para el coche.

Oyó el sonido ligeramente hueco cuando Sarath levantó el pie del acelerador. El coche empezó a reducir la velocidad, sin detenerse. Anil guardó silencio mientras miraba la oscuridad frente a ella. Él se desvió hacia el arcén y los dos aguardaron en el vehículo oscuro y susurrante.

—Te das cuenta de que allá atrás, junto al camión, no había ningún perro.

—Sí, lo pensé en cuanto lo dije. Noté algo raro.

—A lo mejor en ese pueblo no había perros... Tenemos que volver. —Anil apartó la mirada de la carretera y lo miró. Sarath arrancó y, tras dar media vuelta, se dirigieron otra vez hacia el norte.

Llegaron al camión al cabo de veinte minutos. El hombre tumbado al lado estaba vivo, pero no podía moverse. Estaba casi inconsciente. Le habían clavado un clavo en la palma de la mano izquierda y otro en la derecha, crucificándolo sobre el asfalto. Era el conductor del camión y, cuando Sarath y Anil se acercaron a él, vieron una mirada de terror asomar en su rostro. Como si volvieran para matarlo o para seguir torturándolo.

Anil le cogió el rostro con las manos mientras Sarath arrancaba los clavos del asfalto y le soltaba las manos.

—De momento habrá que dejarle los clavos —dijo ella—. No se los quites.

Sarath le explicó al hombre que Anil era médico. Sacaron una manta del maletero, lo envolvieron con ella y lo llevaron al asiento de atrás del coche. No tenían nada para beber salvo un poco de cordial, que él ingirió rápidamente.

Se dirigían otra vez hacia el sur. Cada vez que Anil se volvía hacia el hombre para ver cómo estaba, lo encontraba mirándolos con los ojos muy abiertos. Anil le dijo a Sarath que necesitaban una solución salina. Vio una tenue luz delante de ellos y puso la mano en el brazo de Sarath para indicarle que parara. El coche se detuvo suavemente y Sarath apagó el motor.

—¿Cómo se llama este pueblo?

—Galapitigama. Es el pueblo de las mujeres hermosas —dijo, como si fuera un refrán. Ella lo miró—. Se supone. Lo dijo McAlpine.

Anil salió del coche y se encaminó hacia la puerta de una casa detrás de la cual se veía luz. Olía a tabaco. Sarath iba a su lado.

—Queremos sal. Y agua caliente. Si no hay agua caliente, tendrá que ser fría. En un cuenco pequeño, que también nos llevaremos.

Cuando la puerta se abrió, vieron una habitación donde toda la actividad se sucedía a ras del suelo. Apoyados en las paredes, siete hombres liaban cigarrillos, pesaban los lotes en balanzas y los ataban con un hilo delgado. Trabajo nocturno ilegal. Estaban todos desnudos de cintura para arriba y vestían *sarongs* de algodón en la habitación calurosa y cerrada, sin ventanas. Tres faroles en el suelo junto a las pilas de *beedis*. Todo teñido de un color marrón polilla, anaranjado, por la llama serpenteante y sobria de las lámparas. Los *sarongs* de los hombres eran a cuadros azules y verdes.

El hombre con el torso desnudo que abrió la puerta miró el coche, temeroso de su posible autoridad. Sarath le dijo que necesitaban agua caliente y sal, y después, como si acabara de ocurrírsele en ese momento, pidió *beedis*, si se los podían vender, ante lo cual el hombre se echó a reír.

Mientras Anil y Sarath esperaban en el umbral, uno de los hombres salió por la puerta del fondo y poco después volvió con sal en una mano y un pequeño cuenco en la otra. Anil le cogió la muñeca y le dio la vuelta para que la sal empañara el agua.

Esta vez se sentó en el asiento de atrás con el camionero. Sarath le dijo algo al hombre por encima del hombro y éste alargó la mano izquierda tímidamente. A la tenue luz del techo, Anil mojó un pañuelo en la solución salina y lo exprimió encima de la palma de la mano, donde seguía el clavo. Después hizo lo mismo con la otra mano, y luego vuelta otra vez con la primera.

Sarath arrancó el coche.

La carretera vacía estaba flanqueada de árboles. El ronroneo del motor llenó la quietud, un hilo en ese mundo silencioso, donde sólo estaban ella, Sarath y el hombre herido. De vez en cuando un pueblo, de vez en cuando un control de carretera desguarnecido donde tenían que reducir la velocidad y pasar como por el ojo de una aguja. Anil vio a la luz de una farola que lo que exprimía ahora era agua manchada de sangre. Sin embargo siguió, porque el movimiento lo tranquilizaba y lo mantenía despierto, le impedía entrar en estado de shock. Los gestos mutuos —el tirar de ella y el dar de él— se estaban volviendo hipnóticos para ambos.

—¿Cómo te llamas?

—Gunesena.

—¿Vives cerca de aquí?

El hombre movió la cabeza ligeramente, un sí y un no diplomático, y Anil sonrió. Al cabo de una hora llegaron a Colombo, y poco después entraron en el Servicio de Urgencias.

Un hermano

En los quirófanos de los hospitales base de la Provincia Central del Norte siempre había cuatro libros a la vista: *Un análisis de 2.187 heridas penetrantes en el cerebro en Vietnam* de Hammond, *Heridas de bala* de Swan y Swan, *La reparación de arterias en la guerra de Corea* de C. W. Hugues y *Anales de cirugía*. En medio de una operación, un camillero iba pasando las páginas para que los médicos pudieran echarle una ojeada al texto mientras operaban. Tras dos semanas de jornadas de quince horas, ya no necesitaban la ayuda de libros y se movían con destreza entre las heridas y las técnicas de sutura. Pero los libros de medicina se quedaban allí, para los futuros médicos en formación.

En la sala de médicos de un hospital de la Provincia Central del Norte alguien se había dejado un ejemplar de *Las afinidades electivas* entre los demás libros de bolsillo, todos más porosos. Estuvo allí toda la guerra, sin ser leído a no ser que alguien lo cogiera mientras esperaba, le echara una hojeada a la sinopsis en la contraportada y después lo volviera a dejar respetuosamente en la mesa junto con los demás. En cambio, los otros —una pandilla más popular entre los que se incluían Erle Stanley Gardner, Rosemary Rogers, James Hilton y Walter Tevis—los consumían en dos o tres horas, los devoraban como si fueran emparedados, a toda velocidad. Cualquier cosa con tal de no pensar en la guerra.

El hospital había sido construido a principios de siglo. Antes de que se enconara la guerra, lo habían llevado con cierta indolencia. En el patio de hierba perduraban los indicios de unos tiempos más inocentes en medio de las oleadas de violencia. Soldados moribundos que deseaban tomar el sol y respirar aire fresco descansaban en el patio e ingerían comprimidos de morfina junto a un cartel que ponía PROHIBIDO MASCAR BETEL.

Las víctimas de la «violencia intencionada» empezaron a llegar en marzo de 1984. Eran casi todos hombres, veinteañeros, con heridas causadas por minas, granadas o proyectiles de mortero. Los médicos de guardia interrumpían su lectura de *El gambito de la reina* o *La novia del plantador de té* para cortar hemorragias. Extraían fragmentos de metal y piedra de los pulmones, suturaban pechos lacerados. En un manual de un hospital el joven doctor Gamini encontró una frase que le gustó en especial: «*Para diagnosticar una lesión vascular, es necesario un alto grado de desconfianza*».

En los primeros dos años de guerra, más de trescientos heridos ingresaron en el hospital por culpa de las explosiones. Después las armas se volvieron más sofisticadas y la guerra en la Provincia Central del Norte se recrudeció. Los guerrilleros tenían armas internacionales que los traficantes introducían en el país, y también disponían de armas caseras.

Los médicos primero salvaban las vidas, después las extremidades. La mayoría de las heridas eran de granada.

Una mina antipersona del tamaño de un tintero podía destrozarle los pies a un hombre casi por completo. Dondequiera que hubiera un hospital base, siempre nacían poblados nuevos a su alrededor. Escaseaban los programas de rehabilitación, al igual que lo que acabó llamándose la «extremidad de Jaipur». Mientras que en Europa un pie artificial valía dos mil quinientas libras, aquí la extremidad de Jaipur costaba treinta; era más barata porque las víctimas asiáticas podían caminar descalzas.

Tras la primera semana de una ofensiva, siempre se acababan los analgésicos en el hospital. En esos momentos uno se quedaba sin su yo, lo perdía entre los gritos. Se aferraba a cualquier tipo de orden: el olor al antiséptico empleado para fregar los suelos y paredes, la «sala de inyecciones de los niños» con sus murales infantiles. El hospital siguió descmpcñando su antigua función a pcsar de la guerra. Cuando Gamini acababa de operar a medianoche, atravesaba el complejo para dirigirse hacia los edificios del ala este, donde estaban ingresados los niños. Las madres siempre estaban allí. Sentadas en taburetes, con el torso y la cabeza apoyados en la cama del niño, se dormían cogiéndolos de las pequeñas manos. En esa época no se veían muchos padres por ahí. Gamini miraba a los niños, que no eran conscientes de los abrazos de sus progenitores. A cincuenta metros, en la sala de urgencias, había oído cómo hombres adultos llamaban a sus madres a gritos mientras agonizaban. «¡*Espérame!*». «¡*Sé que estás aquí!*». Fue entonces cuando dejó de creer en el poder del hombre en la tierra. Se volvió contra toda persona que defendiera la guerra. O el principio de la patria, o el orgullo de la propiedad, incluso los derechos personales.

Todas esas razones al final acababan de algún modo en manos de un poder negligente. Uno no era peor ni mejor que el enemigo. Gamini sólo creía en las madres que dormían junto a sus hijos, en la gran sexualidad de espíritu que manifestaban, en la sexualidad de sus cuidados, que permitía que los niños se sintieran sanos y salvos por la noche.

Diez camas alineadas junto a la pared de la sala, y en el centro estaba el escritorio de la enfermera. A Gamini le encantaba el orden de esas salas cerradas. En cuanto tenía unas cuantas horas libres evitaba la residencia de médicos e iba allí a acostarse en una de las camas vacías; de ese modo, aunque no pudiera dormir, se rodeaba de algo que no habría encontrado en ningún otro lugar del país. Deseaba que el brazo de una madre lo sujetara con firmeza en la cama, que se posara en el pecho de él, que le pusiera una toalla mojada en la cara. Se volvía para ver a un niño ictérico bañado en la luz azul celeste como si estuviera dentro de un diorama. Una luz azul que era cálida en lugar de clara, que tenía una frecuencia determinada. *«Pásame una genciana. Dame una linterna.»* Gamini deseaba sumergirse en esa luz. La enfermera miró el reloj y se acercó para despertarlo. Pero él no estaba dormido. Tras beber una taza de té con ella, abandonó la sala de pediatría, una sala que tenía sus propias tribulaciones. Estiró la mano para tocar el pequeño Buda en el hueco de la pared al pasar a su lado.

Tras atravesar el solar cubierto de hierba, Gamini regresó a las salas de la guerra, donde los pacientes operados no se diferenciaban mucho de los que iban a serlo. La única constante razonable era que al día siguiente llegarían más cuerpos: apuñalados, destrozados por minas de tierra. Traumatismos, pulmones perforados, lesiones en la médula espinal...

Unos cuantos años antes circuló una historia sobre un médico de Colombo que se llamaba Linus Corea, un neurocirujano que se dedicaba a la medicina privada. Descendía de tres generaciones de médicos y su apellido tenía tan buena reputación como los bancos más sólidos del país. Cuando estalló la guerra, Linus Corea tenía casi cincuenta años. Como la mayoría de los médicos, creyó que era una locura y, a diferencia de la mayoría, siguió ejerciendo la medicina privada; el primer ministro era uno de sus pacientes así como el líder de la oposición. A las ocho de la mañana iba a Gabriel's a hacerse masajes en la cabeza y trabajaba de nueve a dos, después se iba a jugar al golf acompañado de un guardaespaldas. Cenaba fuera, volvía a casa antes del toque de queda y dormía en una habitación con aire acondicionado. Llevaba diez años casado y tenía dos hijos. Era un hombre que caía bien; era amable con todo el mundo porque era la manera más fácil de no meterse en líos, de ser invisible ante las personas que no le importaban. Esa pequeña gentileza le permitía vivir encerrado en una burbuja. Sus gestos y su cordialidad disimulaban un desinterés esencial o, en su defecto, su falta de tiempo para los que se cruzaban con él por la calle. Le gustaba la fotografía. Por las noches él mismo se revelaba sus fotos.

En 1987, justo cuando el doctor Linus Corea pateaba en un *green*, su guardaespaldas cayó abatido de un tiro y a él lo secuestraron. Los hombres salieron del bosque despacio, sin preocuparse de que él los viera, lo que significaba que no les importaba, y eso fue lo que más lo asustó. Salvo el guardaespaldas, no había nadie más. De pie junto al cuerpo tumbado boca abajo, de pronto se vio rodeado de los mismos hombres que habían disparado a una distancia de cuarenta metros y dado en el lugar exacto en la cabeza. No se anduvieron con chiquitas.

Le hablaron con tranquilidad en un lenguaje inventado, lo que de nuevo aumentó su ansiedad. Le pegaron una vez y le rompieron una costilla como advertencia para que se comportara, después lo metieron en un coche y se lo llevaron. Durante varios meses nadie supo qué había sido de él. Se recurrió a la policía, al primer ministro, al líder del Partido Comunista, y todo el mundo estaba indignado. Los secuestradores no emitieron ningún comunicado exigiendo un rescate. Fue el misterio de Colombo del año 1987 y, aunque se ofrecieron recompensas en la prensa, nadie contestó.

Ocho meses después de la desaparición de Linus Corea, su mujer estaba sola en casa con sus dos hijos y un hombre se acercó a la puerta, le entregó una carta de su marido y entró. La nota era sencilla. Decía: *«Si quieres volver a verme, ven con los niños. Si no quieres, lo entenderé».*

La mujer se dirigió al teléfono, pero el hombre sacó una pistola y ella se detuvo. A su izquierda había un estanque poco profundo donde flotaban flores en el agua. Todos sus objetos de valor estaban en el piso de arriba. Se quedó inmóvil, mientras los niños estaban en sus habitaciones. Su matrimonio no había sido alegre. Cómodo sí, pero no feliz. El afecto no había contado demasiado.

Pero la carta, aunque redactada con la concisión típica de su marido, manifestaba una cualidad que ella nunca habría esperado de él: le daba una opción. Aunque expresada de un modo lacónico, allí estaba, elegante, sin comprometerla en nada. Más tarde pensó que de no haber sido por eso, no habría ido. Le murmuró algo al hombre. Él le contestó en un idioma inventado que ella no entendió. Algunas de las noticias sobre la desaparición de su marido habían mencionado la posibilidad de que lo hubieran abducido los extraterrestres y, curiosamente, ella lo recordó en ese momento, allí mismo, en su vestíbulo.

—Iremos con usted —repitió, en voz alta, y entonces el hombre se acercó a ella y le entregó otra carta.

Ésta era igual de concisa y decía: «*Por favor, trae estos libros*». Y seguía una lista, ocho títulos. Le explicaba dónde los encontraría en su despacho. La mujer ordenó a sus hijos que cogieran una muda de ropa y zapatos, pero para ella no se llevó nada. Sólo los libros, y cuando salieron de la casa, el hombre los acompañó a un coche que tenía el motor en marcha.

Tras abrirse paso en la oscuridad hasta la tienda de campaña, Linus Corea se acostó en el camastro. Eran las nueve de la noche, y si iban a verlo, tardarían unas cinco horas en llegar. Les había dicho a los hombres a qué horas les sería más fácil encontrarla sola en casa. Necesitaba dormir. Había estado casi seis horas trabajando en la tienda de la tría, de modo que estaba agotado incluso a pesar de la breve siesta después de comer.

Había estado en el campamento de rebeldes desde que lo recogieron en Colombo. Se lo habían llevado poco después de las dos de la tarde y a las siete ya estaba en las montañas del sur. Mientras iban en el coche, nadie le había dirigido la palabra, sólo le habían hablado en ese lenguaje de idiotas, una broma entre ellos. No sabía muy bien para qué lo usaban. Cuando llegaron al campamento le explicaron en cingalés lo que esperaban de él: que trabajara de médico para ellos. Nada más. No fue una conversación intensa, no lo amenazaron. Le dejarían ver a su familia al cabo de unos meses. Podía irse a dormir pero a la mañana siguiente tendría que trabajar. Pocas horas después lo despertaron y le dijeron que había surgido una emergencia, lo acompañaron a la tienda de la tría con un farol que colgaron de un gancho encima de un cuerpo medio muerto y le pidieron que le operara el cráneo a la luz del farol. Aunque el hombre estaba muy mal, de todos modos le pidieron que lo interviniera. Se sentía molesto por la costilla rota y cada vez que se inclinaba hacia delante lo traspasaba el dolor. Media hora después el hombre murió y llevaron el farol a otra cama, donde había otro herido de bala que esperaba en silencio. Tuvo que amputarle una pierna por encima de la rodilla, pero el hombre sobrevivió. A las dos y media Linus Corea se fue otra vez a dormir. A las seis lo volvieron a despertar para trabajar.

Pocos días después pidió batas, guantes de goma, morfina. Les dio una lista de lo que necesitaba, y esa noche asaltaron un hospital cerca de Gurutulawa donde consiguieron todo el material médico necesario y secuestraron a una enfermera para que lo ayudara. Curiosamente, al igual que él, ella tampoco se quejó de su destino. En el fondo estaba irritado, y harto de un mundo que necesitaba esas cosas, pero siguió recurriendo a esa amabilidad que en su otra vida había sido falsa. Daba las gracias por cualquier cosa y no pedía nada a menos que fuera realmente necesario. Se acostumbró a esa falta de necesidad, de hecho se enorgullecía de ella. Si quería algo —jeringas, vendas, un libro— lo apuntaba en una lista y después se la daba a alguien. El atraco al primer hospital fue el único que planearon sólo para él.

Como no sabía cuánto tiempo lo tendrían allí, empezó a enseñarle a la enfermera lo que podía de cirugía. Rosalyn tenía unos cuarenta años, era una mujer lista tras su aparente complacencia. Él la hacía operar a su lado cuando llegaba una avalancha de heridos.

Tras el primer mes, Linus reconoció para sí que ya no echaba de menos a sus hijos ni a su mujer, ni siquiera Colombo. Tampoco es que fuera feliz allí, pero como estaba ocupado no pensaba en nada más.

No tenía la energía necesaria para enfadarse ni para sentirse insultado. Trabajaba de seis a doce. Dos horas de descanso para comer y dormir. Después otras seis horas. Cuando estallaba una crisis, trabajaba más. La enfermera siempre estaba a su lado. Llevaba una de las batas que él había pedido y se enorgullecía de ella, la lavaba cada noche para que a la mañana siguiente estuviera limpia.

Era un día como otro cualquiera pero para él era su cumpleaños. Lo pensó mientras se dirigía a la tienda. Iba a cumplir cincuenta y un años. Su primer cumpleaños en las montañas. Al mediodía el jeep pasó a su lado y los obligaron a él y a la enfermera a subir. Le vendaron los ojos y poco después lo sacaron del vehículo. En ese momento se rindió. Sintió una ráfaga de viento en la cara. Al tantear con los pies percibió un saliente. ¿Un precipicio? Lo empujaron y salió volando por los aires, despeñándose, pero antes de asustarse aterrizó en el agua. Gélida. No le había pasado nada. Se quitó la venda de los ojos y oyó una ovación. La enfermera, vestida, se tiró desde la roca al agua a su lado. Después se tiraron los hombres. De algún modo, se habían enterado de que era su cumpleaños. A partir de ese día, el baño en el río pasó a formar parte del programa del día, si tenían tiempo. Linus siempre se acordaba antes de dormirse. Hacía que el día siguiente le pareciera más emocionante. El baño en el río.

Cuando llegó su familia, Linus estaba durmiendo. La enfermera intentó despertarlo, pero era como si hubiera dejado de existir para el mundo. La enfermera aconsejó a la mujer y los niños que fueran a su tienda y lo dejaran dormir porque tenía que levantarse al cabo de pocas horas para trabajar. ¿En qué?, preguntó la mujer. Es médico, contestó la enfermera.

Mejor así. El viaje había sido duro y ella y los niños también estaban cansados. No era el mejor momento para saludarse y conversar. Al día siguiente se despertaron a las diez, cuando su marido ya llevaba cuatro horas en pie. Linus había entrado con una taza de té en la tienda, se los había quedado mirando y se había ido a trabajar con la enfermera. Ésta le había dicho que le sorprendió que su mujer fuera tan joven, y él se había reído. En Colombo se habría sonrojado o enfadado. Sabía que esa enfermera podía decirle cualquier cosa.

Cuando su mujer y sus hijos despertaron, nadie se fijó en ellos. La enfermera no estaba y los soldados que vieron iban a la suya. La madre insistió en que no se separaran, y se pusieron a buscar por el campamento como turistas perdidos, hasta que encontraron a la enfermera lavando vendas delante de una tienda sucia.

Rosalyn se acercó a Linus, le dijo algo que él no entendió y se lo repitió, que su mujer y sus hijos estaban fuera de la tienda. Linus alzó la mirada, le pidió que lo relevara, y ella asintió. Se alejó del trabajo meticuloso de la tienda, pasó junto a los hombres tumbados en el suelo y se dirigió hacia su mujer y los niños. La enfermera vio que casi daba botes de placer. Cuando Linus se acercó a su mujer, ésta le vio la bata manchada de sangre y vaciló. «No importa», dijo él, y la levantó en el aire con un abrazo. Ella le tocó la barba, que él ya ni se acordaba de que se había dejado crecer. Como no había espejos, no se la había visto.

—¿Has conocido a Rosalyn?

—Sí. Anoche nos ayudó. Por supuesto, fue imposible despertarte.

—Hum. —Linus Corea se rió—. Es que no me dan ni un respiro. —Hizo una pausa y añadió—: Es mi vida.

*

Cada vez que estallaba una bomba en un lugar público, Gamini se plantaba en la puerta del hospital, el embudo de la tría, y clasificaba a las víctimas que llegaban, evaluaba rápidamente cómo estaba cada persona y la enviaba a cuidados intensivos o al quirófano. Esta vez también ingresaron mujeres, porque la bomba había estallado en la calle. Al cabo de una hora ya habían llegado todos los supervivientes que se encontraban en el círculo más alejado de la explosión. Los médicos no usaban nombres. Ponían etiquetas en la muñeca derecha, o en un pie derecho si la persona no tenía brazo. Roja para neuro, verde para trauma, amarilla para cirugía. Nada de profesiones ni de razas. A él le gustaba así. Los nombres se anotaban después si los supervivientes podían hablar, por si se morían. Extraían a cada paciente diez centímetros cúbicos de sangre y la colgaban de los colchones, junto con agujas desechables que se volverían a emplear en caso de necesidad.

En la tría separaban a los moribundos de los que necesitaban cirugía urgente y de los que podían esperar; a los moribundos les administraban comprimidos de morfina para no perder más tiempo con ellos. A los restantes era más difícil distinguirlos. Las bombas que estallaban en la calle, que solían contener clavos o bolas de acero, podían abrir un abdomen a cincuenta metros de la explosión. Cuando las ondas expansivas pasaban al lado de una persona, la succión le reventaba el vientre. «No sé qué tengo en el estómago», decía una mujer, creyendo que se lo había abierto el metal de la bomba, cuando en realidad era el impacto de la fuerza del aire.

Cuando una bomba estallaba en un lugar público, todo el mundo quedaba emocionalmente destrozado. Varios meses después los supervivientes seguían acudiendo al hospital diciendo que tenían miedo de morir. A los que estaban en la periferia de la explosión, cuando la metralla y los fragmentos se les introducían milagrosamente en el cuerpo sin alcanzar ningún órgano vital, no les pasaba nada porque el calor de la explosión esterilizaba la metralla. Pero lo que sí les hacía daño era el trauma emocional. Y se daban casos de sordera o semisordera, según el lado de la calle hacia el que habían vuelto la cabeza ese día. Muy pocos podían pagarse la reconstrucción de un tímpano.

En esos momentos de crisis, los subalternos del equipo médico hacían el trabajo de los cirujanos de traumatología. Las carreteras a los centros médicos más importantes solían estar cortadas por culpa de las minas, y los helicópteros no podían volar a oscuras. Así que los jóvenes en prácticas se veían rodeados de toda clase de traumatismos, de toda clase de quemaduras. Sólo había cuatro neurocirujanos en todo el país: dos cirujanos del cerebro en Colombo, uno en Kandy y otro que practicaba la medicina privada, aunque a ése lo habían secuestrado unos años antes.

Mientras tanto, más allá, en el sur, se sucedían otros tipos de interrupciones. Los rebeldes entraron en el Hospital Ward Place de Colombo y mataron a un médico y a dos de sus ayudantes. Buscaban a un paciente. «¿Dónde está fulano de tal?», habían preguntado. «No lo sé.» La que se armó. Tras encontrar al paciente, sacaron unos cuchillos muy largos y lo cortaron a cachitos. Después amenazaron a las enfermeras y les ordenaron que no volvieran a trabajar. Al día siguiente las enfermeras regresaron, pero en lugar de ir en uniforme se presentaron en bata y zapatillas. Hombres armados vigilaban desde el tejado del hospital. Estaba todo lleno de informantes. Pero el Hospital Ward Place siguió abierto.

Ese tipo de intrigas no solían darse en los hospitales base. Gamini y sus ayudantes, Kasan y Monica, intentaban dormir una pequeña siesta en la sala de médicos siempre que podían. La mitad de las veces el toque de queda les impedía volver a casa. De todos modos, Gamini no podía dormir. Todavía no se le habían pasado los efectos de las pastillas que había empezado a tomar poco tiempo antes, la adrenalina seguía dentro de él, a pesar de que tenía el cerebro y las facultades motrices agotados, de modo que por la noche salía a pasear bajo los árboles. Veía a unas cuantas personas fumando, familiares de los heridos. No deseaba el menor contacto, sólo sentía que la sangre le latía con fuerza. Volvía a entrar y cogía un libro y se quedaba mirando una página como si fuera una escena de otro planeta. Al final regresaba a la sala de los niños para encontrar una cama donde era un extraño y se sentía a salvo. Unas cuantas madres alzaban la vista con desconfianza, deseosas de proteger a sus hijos de ese desconocido, como gallinas, hasta que lo reconocían y se daban cuenta de que era el médico que había llegado a la región dos años antes, que nunca podía dormir, que ahora se acostaba boca arriba en un colchón sin sábanas y se quedaba inmóvil, hasta que volvía la cabeza hacia la izquierda y se quedaba mirando la luz azul. Cuando se dormía, la enfermera le desataba los cordones de los zapatos y se los quitaba. Roncaba muy fuerte, y a veces despertaba a los niños.

En aquella época tenía treinta y cuatro años. La situación fue a peor. A los treinta y seis, trabajaba en el

Hospital de Servicios de Accidentes de Colombo. Lo llamaban «Servicios de balazos». Pero él se acordaba de las salas de pediatría de la Provincia Central del Norte, de la luz azul encima del niño ictérico que de algún modo también lo reconfortaba a él, su frecuencia específica de entre 470 y 490 nanómetros que por las noches iba descomponiendo' el pigmento amarillo. Recordaba los libros, los cuatro manuales médicos fundamentales y las historias que nunca acababa de leer aunque se pasara horas con los libros en las manos, sentado en una silla de mimbre intentando descansar, intentando acceder a algún tipo de orden humano, pero en cambio sólo conseguía que lo envolviera la oscuridad de la habitación, y, mientras sus ojos escudriñaban las páginas, su cerebro procuraba ir más allá para ver la verdad de sus tiempos.

Sarath y Anil llegaron al centro de Colombo a la una de la madrugada tras atravesar las calles grises y vacías de la ciudad. Cuando llegaron a urgencias, ella preguntó:

—¿Podemos hacer esto? ¿No pasa nada si lo traemos así?

—No te preocupes. Lo llevaremos a que lo vea mi hermano. Con suerte estará en urgencias.

—¿Tienes un hermano aquí?

Sarath aparcó y se quedó un momento inmóvil.

—Dios mío, qué cansado estoy.

—Si quieres, lo llevo yo y tú te quedas a dormir en el coche.

—No, estoy bien. De todos modos, debería hablar con mi hermano. Si está.

Despertaron a Gunesena y entre los dos lo ayudaron a caminar hasta el edificio. Sarath habló con alguien en recepción y los tres se sentaron a esperar; Gunesena tenía las manos en el regazo como un boxeador. El ambiente en ingresos era como si fuera de día, aunque la gente se movía más despacio y en silencio. Un hombre con una camisa a rayas se acercó y se puso a conversar con Sarath.

—Te presento a Anil.

El hombre de la camisa a rayas la saludó con la cabeza.

—Mi hermano, Gamini.

—Ya —dijo ella, cansinamente.

—Es mi hermano pequeño: nuestro médico.

Sarath y él no se habían tocado, ni siquiera para darse la mano.

—Vamos...

Gamini ayudó a Gunesena a levantarse y los tres lo siguieron a una pequeña sala. Gamini destapó una botella y le lavó las palmas de las manos. Anil se fijó en que no llevaba guantes, ni siquiera una bata. Parecía que acababa de salir de una partida de cartas. Le puso una inyección para anestesiarle las manos.

—No sabía que Sarath tuviera un hermano —dijo Anil, rompiendo el silencio.

—Bueno, no nos vemos muy a menudo. Yo tampoco hablo de él. Cada uno vive su vida.

—Sin embargo, él sabía que estabas aquí, y cuándo estabas aquí.

—Supongo.

Los dos estaban excluyendo a Sarath de la conversación a propósito.

—¿Cuánto tiempo hace que trabajas con él? —preguntó Gamini.

—Tres semanas.

—Tus manos, no te tiemblan —dijo Sarath—. ¿Te has recuperado?

—Sí. —Gamini se volvió hacia Anil—. Soy el secreto de la familia.

Sacó los clavos de las manos anestesiadas de Gunesena. Después se las limpió con Betalima, un líquido espumoso y de color carmesí que vertió de una botella de plástico. Le vendó las heridas y le habló a su paciente en voz baja. Era muy delicado, lo que por alguna razón sorprendió a Anil. Gamini abrió un cajón, sacó otra aguja desechable y lo vacunó contra el tétanos.

—Le debes al hospital dos agujas —le murmuró a Sarath—. Hay una tienda en la esquina. Puedes ir a comprarlas mientras le doy el alta. —Acompañó a Anil y a Sarath, dejando al paciente en la habitación.

—Esta noche no tenemos camas. Al menos para este tipo de heridos. Es que hoy en día ni siquiera una crucifixión es una agresión importante... Si no os lo podéis llevar a casa, puede quedarse a dormir en ingresos y yo puedo pedir que lo vigilen. Me refiero a que puedo dar el visto bueno.

—No, ya nos lo llevaremos —dijo Sarath—. Y si él quiere, puedo conseguirle un trabajo de chófer.

—Ahora id a comprar las agujas. Estoy a punto de salir. ¿Os apetece ir a comer algo? ¿En Galle Face? —De nuevo se dirigió a Anil.

—¡Pero si son las dos de la mañana! —exclamó Sarath.

—Sí, claro —lo interrumpió Anil.

Gamini asintió.

Gamini abrió la puerta del asiento del acompañante y se sentó al lado de su hermano, de modo que Anil tuvo que sentarse detrás con Gunesena. Bueno, así podía verlos mejor a los dos.

Las calles estaban vacías a excepción de una silenciosa patrulla de militares que avanzaba bajo el arco de árboles de Solomon Dias Mawatha. Los pararon en un control y les pidieron los pases. Un kilómetro más allá encontraron un tenderete de comida y Gamini bajó y compró algo para todos. En la calle, el hermano pequeño parecía tan delgado como su sombra, salvaje.

Dejaron a Gunesena durmiendo en el coche y caminaron hasta Galle Face Green, donde se sentaron cerca del rompeolas, junto a la oscuridad del mar. Anil encendió un cigarrillo mientras Gamini desenvolvía su botín. Ella no tenía hambre; en cambio, en una hora Gamini consumiría varios paquetes de *lamprais*, una cantidad inusitada para una persona tan delgada y huesuda. Anil vio que sacaba una pastilla disimuladamente y se la tomaba con la naranjada.

—Nos llegan muchos casos como ése...

—¿Con clavos en las manos? —Anil se dio cuenta de que su voz había delatado su horror.

—Hoy en día nos viene de todo. Casi me alegro cuando usan como arma un clavo vulgar y corriente. Suelen poner tornillos, pernos, cualquier cosa en las bombas con tal de que las explosiones provoquen gangrena.

Desenvolvió otro *lamprais* y se lo comió con los dedos.

—... Por suerte no hay luna llena. Los días *poya* son los peores. La gente cree que ve. Salen y pisan algo. ¿Sois vosotros los del equipo que está trabajando con esos esqueletos?

—¿Y tú cómo lo sabes? —Anil de pronto se puso tensa.

—No es el mejor momento para exhumar cuerpos. Esa gente no quiere resultados. El Gobierno está luchando en dos bandos distintos. No necesita más críticas.

—Lo sé —dijo Sarath.

—Pero ¿y ella? ¿También lo sabe? —Gamini hizo una pausa—. Sólo quiero deciros que tengáis cuidado. Nadie es perfecto. Nadie tiene razón. Y hay demasiada gente que está al corriente de vuestra investigación. Siempre hay alguien por ahí que está al acecho.

Se hizo un breve silencio. Después Sarath le preguntó a su hermano qué más hacía.

—No hago más que dormir y trabajar. —Gamini bostezó—. Nada más. Mi matrimonio se fue a pique. Tanta ceremonia, para después evaporarse en un par de meses. Pero es que en aquella época yo era demasiado intenso. Debo de ser otro traumatizado. Es lo que pasa cuando uno no tiene otra vida. ¿Qué mierda significan mi matrimonio y vuestra maldita investigación? Y esos rebeldes de salón que viven en el extranjero con sus ideas sobre la justicia; no tengo nada en contra de sus principios, pero ojalá estuvieran aquí. Deberían ir a verme en el quirófano.

Se inclinó hacia delante para cogerle un cigarrillo a Anil. Ella lo encendió y él asintió.

—Me refiero a que lo sé todo sobre las armas explosivas. El mortero, las minas Claymore, las minas antipersona que contienen gelignita y trinitrotolueno. ¡Y eso que soy médico! Esas últimas provocan amputaciones de las piernas por debajo de la rodilla. Las víctimas pierden el conocimiento y sufren una bajada de tensión. Si les haces una tomografía del cerebro y del tronco cerebral, verás hemorragias y edemas. En esos casos les damos dexametasona y ventilación mecánica, lo que significa que tenemos que abrirles el cráneo. La mayoría de las veces es una mutilación espantosa, y sólo podemos detener las hemorragias... No paran de venir. Con barro, hierba, metal y los restos de una pierna y de la bota que se les incrustaron en el muslo y los genitales cuando estalló la bomba que pisaron. Así que si tenéis la intención de caminar por zonas minadas, os aconsejo que os pongáis zapatillas de deporte. Son más seguras que las botas de campaña. En cualquier caso, esa gente que está poniendo bombas es la misma que según la prensa occidental lucha por la libertad... ¿Y pretendéis investigar al *Gobierno*?

—También están matando a tamiles inocentes en el sur —dijo Sarath—. Unas matanzas terribles. Deberías leer los informes.

—Ya me llegan los informes. —Gamini reclinó la cabeza hacia atrás. La tenía apoyada en el muslo de Anil, pero no parecía darse cuenta—. Estamos todos jodidos, ¿no es así? Y no sabemos qué hacer al respecto. Sencillamente nos lanzamos de cabeza. Por favor, dejémonos de palabrerías y vayamos al grano.

—En algunos informes... —dijo Anil—. Hay cartas de padres que han perdido a sus hijos. Eso no puedes pasarlo por alto, ni olvidarlo rápidamente.

Anil le tocó el hombro. Gamini levantó un momento la mano, se le deslizó la cabeza y poco después Anil se dio cuenta de que se había quedado dormido. Sintió el cráneo, el pelo despeinado, el peso de su cansancio en el regazo. «*Ven, sueño, libérame.*» Recordó la letra de una canción, pero no la melodía que la acompañaba. «*Ven, sueño, libérame...*». Después se acordaría de que Sarath miraba fijamente el movimiento negro del mar.

Amígdala.

La primera vez que Anil oyó la palabra le sonó srilanquesa. Fue cuando estudiaba en el Hospital Guy's de Londres, tras apartar unos tejidos y ver un pequeño nudo de fibras. Cerca del tronco cerebral. El profesor que estaba a su lado le dijo cómo se llamaba. *Amígdala.*

—¿Y eso qué significa?

—Nada. Es un lugar. Es el lado oscuro del cerebro.

—¿Qué?

—Es donde están los recuerdos del miedo.

—¿Sólo del miedo?

—No estamos muy seguros. Puede que también del enfado, pero está especializado en el miedo. Es pura emoción. No sabemos nada más.

—¿Por qué no?

—Pues... ¿será algo que se hereda? ¿Estamos hablando de un miedo ancestral? ¿De miedos de la infancia? ¿Del miedo de lo que podría ocurrir en la vejez? ¿O del miedo si cometemos un crimen? A lo mejor sólo es una proyección de las fantasías del miedo en el cuerpo.

—Como en los sueños.

—Como en los sueños —coincidió él—. Aunque a veces los sueños no son fruto de la fantasía, sino de antiguas costumbres que ignoramos que tenemos.

—De modo que se trata de algo que creamos y hacemos nosotros, de algo que hace nuestra propia historia, ¿es eso? El nudo de una persona es distinto del nudo de otra, aunque sean miembros de la misma familia. Porque todos tenemos un pasado diferente.

El profesor hizo una pausa antes de seguir, sorprendido del interés de Anil.

—Me temo que no sabemos todavía hasta qué punto los nudos se parecen, ni si hay modelos básicos. Siempre me han gustado esas novelas del siglo XIX en que hermanos y hermanas en ciudades distintas podían padecer los mismos dolores, los mismos miedos... Pero estoy divagando. No lo sabemos, Anil.

—Esa palabra parece srilanquesa.

—Busca la etimología. No creo que sea un término científico.

—No. Debe de ser algún dios malo.

Anil se acuerda del nudo en forma de almendra. En las autopsias tenía la costumbre secreta de desviarse y buscar la amígdala, ese haz de nervios que contenía el miedo y que, por lo tanto, lo gobernaba todo: cómo nos comportamos y tomamos decisiones, cómo buscamos matrimonios estables, cómo construimos casas seguras.

De nuevo, en el coche con Sarath. Él le preguntó: «¿Está apagado el magnetófono?» «Sí.» «En Colombo hay al menos dos centros de detención no autorizados. Uno de ellos está en una calle que desemboca en Havelock Road en Kollupitiya. Algunos de los detenidos se pasan un mes allí, pero la tortura en sí no dura tanto. Casi todos se rompen al cabo de una hora. La mayoría de nosotros nos rendimos sólo por el miedo a lo que podría ocurrir.»

«¿Está apagado el magnetófono?», había preguntado. «Sí, está apagado.» Y sólo entonces habló.

«Quería encontrar una ley que abarcara a todos los seres vivos. Encontré miedo...»

El nombre de Anil —el que le compró a su hermano a los trece años— tuvo que dar otro paso antes de ser definitivo. A los dieciséis años, Anil estaba siempre tensa y furiosa con la familia. En un intento de aplacar esa faceta suya, sus padres la llevaron a ver a un astrólogo en Wellawatta. El hombre anotó la hora y la fecha de su nacimiento, hizo restas y fracciones, tuvo en cuenta los astros vecinos y, desconocedor de las transacciones a las que su nombre había dado lugar, le achacó la causa del problema. Si se lo cambiaba podría aplacar su violencia. No sabía nada del trato en el que habían intervenido los cigarrillos Gold Leaf y las rupias. Le habló con una voz rayana en la serenidad y la sabiduría en un cubículo cuya cortina los separaba de las demás familias que aguardaban en el vestíbulo, deseosas de oír cotilleos e historias familiares. Esta vez lo que oyeron fueron las negativas en voz alta e insistentes de la muchacha. Al final el astrólogo y adivino cedió y propuso como solución un simple apéndice: la adición de una *e*, para que se llamara *Anile*. De ese modo, tanto ella como su nombre serían más femeninos, con la *e* desaparecería su furia. Pero ni eso aceptó.

En retrospectiva, se daba cuenta de que su tendencia a discutir sólo fue una fase. Suele haber un momento en la vida de una persona en que el cuerpo se vuelve anárquico: muchachos cuyas hormonas se vuelven locas, muchachas que dan vueltas como una peonza en las intrigas familiares entre el padre y la madre. Las chicas con su papá, las chicas con su mamá. La adolescencia era un campo minado, y hasta que la relación entre sus padres no se hubo roto por completo no se tranquilizó y se puso a navegar, o básicamente a nadar, a lo largo de los siguientes cuatro años.

Las guerras familiares siguieron en su interior, y no la abandonaron cuando se fue al extranjero a estudiar medicina. En los laboratorios forenses se esforzaba por distinguir con la mayor claridad posible los rasgos femeninos de los masculinos. Veía que las mujeres se tomaban mucho peor el desprecio de un amante o marido; sin embargo, en el trabajo hacían frente a las catástrofes bastante mejor que los hombres. Estaban preparadas para dar a luz, para proteger a los hijos, para ayudarlos a superar las crisis. Los hombres necesitaban hacer una pausa y cubrirse con un manto de frialdad para poder enfrentarse a un cuerpo desgarrado. Lo vio una y otra vez mientras estudiaba en Europa y Estados Unidos. Las mujeres médicos se mostraban más seguras en medio del caos y los accidentes, más serenas ante el cadáver de una anciana que acababa de morir, un joven hermoso, niños pequeños. Anil era presa de la congoja sólo cuando veía el cadáver de un niño vestido. El cadáver de una niña de tres años vestida con la ropa que le habían puesto sus padres.

—Estamos llenos de anarquía. Nos desnudamos porque no deberíamos desnudarnos. Y en el extranjero nos portamos todavía peor. En Sri Lanka uno está rodeado del orden familiar, casi todo el mundo sabe qué has hecho a lo largo del día, no hay nada anónimo. Pero si me encuentro con un srilanqués en cualquier otra parte del mundo y tenemos una tarde libre, cosa que no tiene por qué suceder, los dos sabemos la que se puede armar. ¿Por qué somos así? ¿Tú por qué crees? ¿Qué es lo que nos hace provocar nuestra propia lluvia y nuestro propio humo?

Anil está hablando con Sarath. Sospecha que, al pasar de la juventud a la edad adulta, Sarath no se apartó de los principios de sus padres. Seguro que los obedeció a pesar de que no siempre creyó en las reglas. No debía de conocer las realidades de la libertad sexual que tenía a su alcance, aunque es posible que su cabeza vagara por la anarquía. Anil cree que es un hombre tímido, en el sentido de que carece de la seguridad necesaria para abordar a alguien y hacerle proposiciones. En cualquier caso, sabe que los dos vienen de una sociedad en la que se dan peligrosas aventuras amorosas y matrimoniales y que tiene un sistema igual de anárquico de influencia planetaria.

Mientras comían en una fonda, Sarath le contó la historia de la *henahuru* de su familia...

Por el hecho de haber nacido bajo determinada estrella, una persona se convertía en un cónyuge poco recomendable. Una mujer con Marte en la Séptima Casa era *«maléfica»*: su esposo, quienquiera que fuera, se moriría, y eso, para los srilanqueses, significaba que básicamente la responsable de su muerte sería ella, que ella lo mataría.

Por ejemplo, el padre de Sarath tenía dos hermanos. El mayor se casó con una mujer a la que la familia conocía desde hacía tiempo. Al cabo de dos años, el hombre murió de una fiebre galopante, durante la cual ella lo cuidó noche y día. Habían tenido un hijo. Al morir su marido, la mujer se sumió en el dolor y se retiró del mundo. La familia le pidió al segundo hermano que la ayudara, que lo hiciera por el bien de la criatura. El hermano colmó al niño de regalos, insistió en que la madre y él lo acompañaran cuando se fue de vacaciones al interior de la isla, y al final él y la mujer, la viuda de su hermano, se enamoraron. Fue, en muchos aspectos, un amor más intenso y más sutil que el del primer matrimonio, ya que no habían tenido la intención de apasionarse y de compartir desde el principio. Gracias a él, la mujer había vuelto al mundo. Se sentía agradecida con el joven y atractivo hermano. Por eso cuando, en un paseo en coche, surgió un atisbo de deseo al verla reír por primera vez en un año, para él debió de haber sido una traición a su motivación original, que era una sencilla y generosa preocupación por la viuda de su hermano. Se casaron, y él cuidó del hijo de su hermano. Tuvieron una hija, y al cabo de un año y medio también él cayó enfermo y murió en los brazos de su esposa.

Resultó, por supuesto, que la mujer era *maléfica*. Sólo habría podido casarse sin peligro con un hombre que tuviera los astros como ella. Así, los hombres con Marte en la Séptima Casa estaban muy solicitados por esa clase de mujeres. Aunque también tenían que casarse con mujeres *maléficas*, se decía que las mujeres eran bastante más peligrosas que los hombres. Cuando un hombre *maléfico* se casaba con una mujer no *maléfica*, ésta no siempre se moría, mientras que, si era una mujer, seguro que el hombre moría. Era una *henaharu*, lo que significa literalmente «una pelmaza». Aunque más peligrosa.

Irónicamente, Sarath, el hijo del tercer hermano, que nació años más tarde y que no tuvo ninguna relación con la esposa de los dos hermanos, también nació con Marte en la Séptima Casa.

—Mi padre se casó con la mujer de la que se enamoró —cuenta Sarath—. Ni siquiera consultó su carta astral. Primero nací yo. Después, mi hermano. Me contaron la historia al cabo de muchos años. Pensé que era un cuento de viejas, una posición al azar de los astros. Ese tipo de creencias son un consuelo medieval. Podría decir, por ejemplo, que cuando estudié en el extranjero aprobé los exámenes porque tenía a Júpiter en la cabeza. Y cuando volví, lo sustituyó Venus y entonces me enamoré. A veces Venus no va bien, puede volverte frívolo. Pero yo no comparto esas creencias.

—Yo tampoco —dice ella—. Nos lo hacemos todo nosotros mismos.

Anil había salido de su primera clase en el Hospital Guy's de Londres con una sola frase en su libreta: *El hueso de preferencia sería el fémur.*

Le encantó la manera en que lo había dicho el profesor, de improviso, pero con el aire de un *pompatus.*[2] Como si esa información fuera la primera regla necesaria antes de poder seguir con principios más elevados. Los estudios forenses empezaban con ese único hueso del muslo.

Lo que sorprendió a Anil mientras el profesor explicaba el programa y los temas de estudio era el silencio del aula inglesa. En Colombo siempre había jaleo. Pájaros, camiones, peleas de perros, lecciones recitadas de memoria en un parvulario, vendedores ambulantes: todos esos ruidos entraban por las ventanas abiertas. En el trópico nunca podría haber una torre de marfil. Anil escribió la frase del doctor Endicott y poco después la subrayó con el bolígrafo en la silenciosa quietud. El resto del tiempo se limitó a escuchar y a observar los gestos del profesor.

Fue cuando estudiaba en Guy's que Anil se vio envuelta en el humo de un desdichado matrimonio. Tenía algo más de veinte años y nunca contó ese episodio a la gente que conoció después. Ni siquiera ahora quería recordarlo ni pensar en el daño causado. Para ella fue más bien una fábula moderna que le sirvió de advertencia.

Él también era de Sri Lanka, y en retrospectiva Anil

---

[2] Término sin significado preciso inventado por Steve Miller para su canción «The Joker». *(N. de la T.)*

se daba cuenta de que había empezado a amarlo porque se sentía sola. Con él podía hacer un curri. Podía hablar de determinado barbero en Bambalapitiya, podía susurrar su deseo de comer azúcar de palmera o el fruto de la pasión y sentirse entendida. Eso cambiaba muchas cosas en ese país nuevo y tan precario. A lo mejor hasta estaba demasiado tensa por culpa de la incertidumbre y la timidez. Al principio creyó que sólo se sentiría extranjera en Inglaterra durante unas pocas semanas. Unos tíos de ella que habían hecho el mismo viaje una generación antes habían hablado con romanticismo del tiempo que vivieron fuera. Según ellos, bastaba con un comentario o un gesto adecuado para abrirse todas las puertas. Un amigo de su padre, el doctor P. R. C. Peterson, había contado una anécdota de cuando lo enviaron a la escuela en Inglaterra a los once años. El primer día de clase, un compañero lo llamó «nativo». Él enseguida se puso en pie y anunció al profesor: «Disculpe, señor, pero es que Roxborough no sabe quién soy. Me llamó "nativo", y está en un error. El nativo es él y yo soy un visitante en su país».

Pero a ella le costaba más que la aceptaran. Tras haber gozado de cierta fama en Colombo debido a la natación, Anil se volvió tímida sin la presencia de su talento y le costaba participar en las conversaciones. Más adelante, cuando desarrolló sus dotes de antropóloga forense, comprendió que una de las ventajas era que su talento anunciaba su existencia, como un heraldo neutro.

El primer mes que pasó en Londres se sintió desconcertada por la geografía a su alrededor. (¡No paraba de sorprenderle la cantidad de puertas que tenía el Hospital Guy's!) La primera semana faltó a dos clases; le fue imposible encontrar el aula. Por eso, al principio siempre iba temprano por la mañana y se quedaba esperando en la escalinata al doctor Endicott, después lo seguía por las puertas de vaivén, las escaleras, los pasillos grises y rosados, hasta el aula sin cartel. (Una vez al seguirlo lo sorprendió a él y a varios más en el lavabo de hombres.)

Hasta ella se consideraba tímida. Se sentía perdida y emotiva. Hablaba sola y en voz baja igual que una de sus tías solteras. Se pasó toda una semana ahorrando con la comida para poder llamar a Colombo. Su padre había salido y su madre no podía ponerse. Era casi la una de la madrugada y había despertado a su *ayah*, Lalitha. Hablaron unos minutos, hasta que las dos se pusieron a llorar, o eso parecía, cada una en una punta del mundo. Un mes después cayó bajo el hechizo del hombre que sería su novio y su futuro y después ex marido.

Anil tenía la sensación de que ese hombre había llegado de Sri Lanka lleno de pulseras y calzado con zancos. Él también estudiaba medicina. No era tímido. Pocos días después de conocerla, dedicó todo su ingenio a Anil; era un seductor de muchos recursos, un gran escritor de notas, que regalaba flores y un experto en dejar mensajes por teléfono (enseguida se metió a la casera de Anil en el bolsillo). Rodeó a Anil de una pasión perfectamente organizada. Ella tenía la sensación de que antes de conocerla nunca se había sentido solo ni aislado. Poseía un talento especial para atraer y coreografiar a los demás estudiantes de medicina. Era divertido. Tenía tabaco. Ella veía cómo mitificaba las jugadas de rugby y después las incluía en las conversaciones hasta convertirlas en piedras de toque conocidas: un truco que nunca dejaba a nadie sin saber qué decir. Un equipo, un grupo, cuya profundidad en realidad sólo era de dos semanas. Cada uno tenía un epíteto. Lawrence que había vomitado una vez en el metro, los hermanos Sandra y Percy Lewis cuyos escándalos familiares eran conocidos y perdonados, Jackman el de las cejas gruesas.

Anil y él se casaron enseguida. Durante un tiempo ella sospechó que para él la boda sólo fue una excusa para celebrar una fiesta que los uniera a todos. Era un amante ferviente, incluso cuando tenía que coreografiar su vida pública. Desde luego, amplió la geografía de su dormitorio, pues insistía en hacer el amor en un salón que no estaba insonorizado, encima del lavabo tambaleante del cuarto de baño que compartían al final del pasillo, en la línea divisoria detrás del guardameta en un partido de críquet en el campo. Semejantes actos privados en un ámbito casi público reflejaban su carácter social. No parecía distinguir la intimidad de la amistad con los conocidos. Más tarde Anil leería que ésa era la principal característica de un monstruo. De todos modos, los dos se lo pasaron en grande en esa primera época. Sin embargo, Anil se daba cuenta de que iba a tener que poner los pies sobre la tierra y seguir con sus estudios universitarios.

Cuando su suegro fue a Inglaterra de visita, una noche los invitó a cenar. Por una vez el hijo estuvo callado, y el padre intentó convencerlos de que volvieran a Colombo y le dieran nietos. Se las daba de filántropo, lo que le permitía creer que estaba en un nivel moral superior. A medida que avanzaba la cena, Anil vio que ese hombre estaba empleando en contra de ella todos y cada uno de los recursos de las normas sociales de Colombo. No le parecía bien que tuviera una carrera a tiempo completo, que conservara su apellido, le irritaba que le contestara. Cuando en medio del postre Anil describió las autopsias que hacían en clase, el padre se indignó. «¿Es que no hay nada que no harías?». Y ella contestó: «No jugaría a los dados con barones y condes».

Al día siguiente el padre comió solo con su hijo. Poco después cogió un avión y regresó a Colombo.

Al cabo de un tiempo, empezaron a pelearse por tonterías cuando estaban en casa. Ella recelaba de su perspicacia y comprensión. Él parecía dedicar toda la energía que le sobraba a la empatía. Cuando ella lloraba, él también lloraba. A partir de entonces ella nunca confió en los llorones. (Después, cuando vivió en el sudoeste de Estados Unidos, evitaba ver esos programas de televisión donde salían vaqueros y sacerdotes llorones.) Durante esa época de claustrofobia y guerra matrimonial, la única constante entre los dos era el sexo. Ella lo deseaba tanto como él. Creía que le daba a la relación cierta normalidad. Fueron días de batallas y jodienda.

Anil veía tan claramente que la relación se estaba desintegrando que después nunca quiso recordar los días que pasaron juntos. Se había dejado engañar por su energía y su encanto; él había llorado y escarbado bajo la inteligencia de Anil hasta que ésta sintió que ya no le quedaba más. Como diría Sarath, tenía a Venus en la cabeza cuando le tocaba a Júpiter.

Cuando volvía del laboratorio, Anil se encontraba con los celos de él. Al principio parecían celos sexuales, después vio que eran un intento de imponer límites a su investigación y sus estudios. Ésas fueron las primeras cadenas del matrimonio, que casi la enterraron en su pequeño apartamento de Ladbroke Grove. Tras huir de él, no volvió a pronunciar su nombre en voz alta. Si veía un sobre con su letra, no lo abría, pues se sentía presa del miedo y la claustrofobia. De hecho, la única referencia a la época de su matrimonio que se permitió fue «Slim Slow Slider» de Van Morrison, que menciona Ladbroke Grove. Sólo sobrevivió la canción. Y sólo porque hablaba de una separación.

> *Saw you early this morning*
> *With your brand new boy and your Cadillac...*[3]

La cantaba deseando que él no se uniera a ella con su corazón sentimental, dondequiera que estuviera.

> *You've gone for something,*
> *And I know you won't be back.*[4]

Por lo demás, para ella el matrimonio y el divorcio, el hola y adiós, fue algo ilícito de lo que se avergonzaba profundamente. Lo abandonó en cuanto acabaron las clases en el Hospital Guy's, para que él no pudiera localizarla. Había decidido irse al final del curso para evitar el acoso del que lo sabía muy capaz; era de esos hombres que tenían tiempo de sobra. *¡Detente y desiste!*, había garabateado formalmente en la última carta de amor plañidera que él le envió antes de devolvérsela.

Se quedó sin pareja. Por fin sin una nube. Los meses

---

[3] Te vi temprano por la mañana / con tu chico nuevo y tu Cadillac. *(N. de la T.)*

[4] Te has ido por algo, / y sé que ya no volverás. *(N. de la T.)*

de libertad antes de reanudar las clases, antes de acercarse a los estudios, de un modo más íntimo y más serio de lo que jamás creyó posible, se le hicieron eternos. Cuando por fin volvió, descubrió el placer de trabajar por la noche, y a veces no soportaba marcharse del laboratorio y, feliz y cansada, apoyaba la cabeza oscura en la mesa. Ya no estaba sometida al toque de queda ni tenía un compromiso con un amante. Llegaba a casa a medianoche, se levantaba a las ocho, y tenía cada historia clínica, cada experimento y cada investigación en la cabeza y a su alcance.

Al cabo de un tiempo se enteró de que él había vuelto a Colombo. Y cuando se marchó ella dejó de recordar a barberos y restaurantes favoritos en Galle Road. Su última conversación en cingalés fue la charla angustiada con Lalitha en la que acabó llorando porque añoraba el *rulang* de huevo y la cuajada con azúcar de palmera. Nunca más volvió a hablar en cingalés. Dedicó toda su atención al lugar en que se encontraba, concentrándose en la patología anatómica y en otras ramas de la medicina forense, aprendiéndose prácticamente de memoria el Spitz y Fisher. Después consiguió una beca para estudiar en Estados Unidos, y en Oklahoma se interesó por las ciencias forenses aplicadas a los derechos humanos. Al cabo de dos años, en Arizona, se dedicó a estudiar los cambios físicos y químicos producidos en los huesos no sólo en vida, sino también después de la muerte y el entierro.

Ahora estaba del lado del lenguaje de la ciencia. El hueso de preferencia era el fémur.

En las Dependencias Arqueológicas de Colombo, Anil recorría el pasillo deteniéndose ante los mapas. Cada uno describía un aspecto de la isla: clima, suelo, plantaciones, humedad, ruinas históricas, aves, insectos. Rasgos del país como los de un amigo complejo. Sarath se estaba retrasando. Cuando llegara cargarían el jeep.

«... No sé mucho de entomología», cantó, mientras miraba el mapa de las minas: unos cuantos puntos negros desperdigados como filamentos.

Se miró reflejada vagamente en el vidrio del mapa. Llevaba vaqueros, sandalias y una camisa de seda suelta.

Si hubiese estado trabajando en Estados Unidos, lo más probable es que hubiera estado escuchando música con un walkman mientras cortaba finos aros de hueso con el microtomo. Era una antigua tradición entre las personas con las que había trabajado en Oklahoma. Los toxicólogos e histólogos nunca se cansaban del rock and roll. Nada más traspasar la puerta hermética, se oía el estruendo del heavy metal que salía por los altavoces, mientras Vernon Jenkins, que tenía treinta y seis años y pesaba cuarenta kilos, analizaba tejido pulmonar con un microscopio. Habría podido estallar la guerra civil en el Fillmore[5] y él no se habría enterado. Al lado estaba la Choza del Guardia, adonde iba la gente a identificar a parientes o amigos muertos, aunque no se oía la música porque la habitación estaba insonorizada, ni se veían las notas garabateadas que circulaban por encima de los auriculares de los transistores: «*Sube a la Dama del Lago.*» «*Sube a la solitaria.*»

Anil disfrutaba con todos sus rituales. A la hora de comer los del laboratorio iban a la sala comunitaria con sus termos y bocadillos y veían *El precio justo*, sobrecogiéndose al ver esa otra civilización, como si sólo ellos —que trabajaban en un edificio en el que el número de muertos superaba al de los vivos— habitaran en un mundo normal.

Fue en Oklahoma, un mes después de su llegada, donde crearon la Escuela de Estudios Forenses Yorick[6] Jodido. Además de ser una ligereza necesaria, también era el nombre de su equipo de bolos. Donde fuera que trabajara, primero en Oklahoma, después en Arizona, sus colegas siempre acababan las veladas con una cerveza en una mano, un taco de queso en la otra y vitoreando o insultando a equipos y rayando las pistas de una bolera con sus zapatos del planeta Andrómeda. Le había encantado el sudoeste, añoraba ser un miembro más del grupo y ahora estaba a años luz de la persona que había sido en Lon-

---

[5] Local de San Francisco famoso en los años sesenta donde tocaron los músicos más innovadores de la época. (*N. de la T.*)

[6] Yorick es el nombre del personaje al que pertenece la calavera en *Hamlet* Acto V, 1. (*N. de la T.*)

dres. Tras un duro día de trabajo, iban a los bares y clubes salvajes en las afueras de Tulsa o Norman, con Sam Cooke en el corazón. En la sala comunitaria tenían una lista de todas las boleras de Oklahoma con licencia para vender alcohol. A las ofertas de trabajo procedentes de condados secos no les hacían ni caso. Ahuyentaban la muerte con música y locura. Ponían advertencias de *carpe diem* en las camillas. La retórica de la muerte les llegaba por el interfono; palabras como «vaporización» o «microfragmentación» significaban que la persona en cuestión había volado en mil pedazos. Les era imposible pasar la muerte por alto, estaba en cada textura y célula a su alrededor. En una morgue nadie cambiaba el dial de la radio sin guantes.

Al mismo tiempo, las brillantes lámparas de volframio daban a los laboratorios una luz muy nítida y la música que se oía en Toxicología era ideal para hacer abdominales y estiramientos cuando se les tensaban el cuello y la espalda por el trabajo meticuloso. Y a su lado, Anil oía una rápida discusión entre sureños y la explicación de un cadáver encontrado en un coche.

—¿Cuándo denunciaron la desaparición?

—Hará cinco o seis años.

—La mujer se metió en el lago con el coche, Clyde. Tuvo que parar el coche una vez para abrir la valla. Había bebido. Su marido dijo que se había marchado con el perro.

—¿Y no había ningún perro en el coche?

—Ninguno. Seguro que habría visto un chihuahua, aunque hubiese estado cubierto de barro. La mujer tenía los huesos desmineralizados. Los faros del coche estaban encendidos. Pasa de la foto, Rafael.

—Entonces... cuando abrió la valla soltó al perro. Ya tenía un plan. Es una solitaria. Cuando el coche empezó a llenarse, se asustó y se pasó al asiento de atrás. Fue allí donde la encontraron, ¿no?

—Tenía que haberse cargado al marido...

—A lo mejor era un santo.

A Anil siempre le encantaron las pullas y el guirigay de los patólogos.

Cuando llegó a Colombo, venía de trabajar en pequeñas ciudades y centros de tecnología punta en el desierto del sudoeste de Estados Unidos. Aunque al llegar a la última, Borrego Springs, al principio le pareció que no era lo suficientemente desierta para su gusto. Demasiados bares de *capuccino* y tiendas de ropa en la calle mayor. Pero al cabo de una semana empezó a sentirse cómoda en lo que en realidad era una estrecha franja de civilización, unos cuantos lujos de mediados del siglo xx rodeados de un desierto agreste. La belleza de ese lugar era sutil. En los desiertos del sudoeste había que mirar el vacío dos veces, había que tomarse el tiempo, el aire como éter, era un lugar donde todo crecía con dificultad. En la isla de su infancia bastaba con escupir al suelo para que enseguida brotara un arbusto.

La primera vez que Anil había ido al desierto, su guía llevaba un vaporizador de agua colgado del cinturón. Tras hacerle un gesto para que se acercara, roció las finas hojas de una planta y le empujó la cabeza con la mano. Anil aspiró el olor a creosota. La planta emanaba esa propiedad tóxica cuando llovía, lo hacía para ahuyentar cualquier cosa que intentara crecer demasiado cerca de ella: así se reservaba la pequeña zona a su alrededor para su propio suministro de agua.

Descubrió la agava, que tenía al menos siete usos, por ejemplo, su espina se empleaba como aguja, sus fibras como hilo. Vio arbustos de queso, gualdas, «dedos de muerto» (una planta suculenta que sólo se podía comer un mes al año), zumaques con su extraño sistema de raíces (que reflejaban bajo tierra la misma forma y tamaño que tenía por encima de la superficie) y ocotillos, que perdían las hojas para conservar la humedad. Y plantas cuyos colores parecían desteñirse mientras que otras intensificaban sus ricos colores al ponerse el sol. Intentaba estar lo menos posible en la casa que compartía en la calle H. A las siete y media de la mañana ya estaba en el laboratorio de paleontología de techo plano con un café y un cruasán. Al atardecer se iba en jeep al desierto con sus compañeros de trabajo. Hace tres millones de años en ese lugar había cebras. Camellos. Los habituales animales de ramoneo y pastoreo. Caminó por encima de los huesos de esas grandes criaturas difuntas, por atolones dejados por el mar siete millones de años antes. Hubo un pequeño flirteo cuando le rozó la mano a alguien que le pasó los prismáticos para ver un gavilán.

También aquí encontró la pasión por los bolos entre los antropólogos forenses. Tal vez el excesivo cuidado con el que trabajaban durante el día cogiendo fragmentos con pinzas o usando cepillos minúsculos los impulsaba a tirar cosas con abandono etílico. Como en Borrego Springs no había bolera, cada noche cogían una camioneta y se alejaban del valle para ir a los pueblos vecinos en las colinas. Se llevaban sus propios «martillos», o pelotas pesadas especialmente para jugar a los bolos de competición. Durante todas esas noches, a pesar de que la máquina de discos en la choza Quonset estaba siempre encendida, Anil no paraba de cantar una triste canción: «*Días mejores en la cárcel, de espaldas a la pared...*». En aquella época no estaba afligida. Era como si esperara que le llegara la tristeza de esa canción, casi como si supiera que iba a tener un conflicto con Cullis cuando llegara.

Se supone que los amantes que leen historias o miran cuadros sobre el amor lo hacen en busca de claridad. Pero cuanto más confusa y anárquica es una historia, más se la creerán los que están atrapados por el amor. Sólo hay unos pocos dibujos del amor grandiosos y dignos de confianza. Y, por muy famosas que sean, en esas obras sigue habiendo algo desordenado e íntimo. No procuran cordura, sólo dan una luz triste y atormentada.

La escritora Martha Gellhorn dijo: «La mejor relación es con una persona que vive a cinco manzanas, que tiene sentido del humor y que está absorta en su trabajo». Su amante Cullis era así, aunque en lugar de cinco manzanas, en su caso eran cinco estados y más de siete mil kilómetros. Y además estaba casado.

Parecía que los momentos en que más se querían era cuando estaban separados. Se andaban con excesivo cuidado cuando estaban juntos, cuando los extremos de la alegría que podían sentir eran peligrosos. En Borrego

Springs, Anil se había conformado con las conversaciones telefónicas. A las mujeres les encanta la distancia, le había dicho él una vez.

Lo de Borrego Springs ocurrió la primera noche que pasaron juntos. Al día siguiente ella tenía que irse a trabajar temprano: había surgido un imprevisto. Un hermoso colmillo nuevo, pero ella no se lo dijo. Él había llegado unas horas antes, tras haber volado más de mil kilómetros. El malhumor y fastidio de él al enterarse del cambio de planes para el fin de semana provocaron en Anil una vieja furia. Se habían pasado demasiado tiempo cantando esas malditas arias de un romance con límites.

Anil se levantó de la cama de Borrego y se duchó sentada en el borde de la bañera, de cara a la lluvia. Tenía las muñecas tensas, furiosas. La habitación se llenó de vapor. Una semana antes de la llegada de Cullis había reservado una habitación para él, para los dos, en el motel Una Palma. Habían acordado que él cogería el autobús del aeropuerto de las ocho un viernes por la noche para pasar un fin de semana de tres días con ella. Y entonces desenterraron el colmillo.

Cuando se encontraron en la terminal de autobuses, Anil le dio un ramito de lavanda del desierto que había elegido con esmero y que se rompió cuando Cullis intentó meterlo en el ojal.

*

Un buen arqueólogo puede leer un cubo lleno de tierra como si fuera una compleja novela histórica. Si un hueso había sido rasguñado por una piedra, Anil sabía que Sarath podía rastrear esas vetas hasta llegar a su origen más probable. Igual que ella había reunido los escasos fragmentos de la zona dañada del cráneo de Sailor y la había reconstruido con una pistola de pegamento. Pero en Colombo no podía conseguir ni la mitad del material que ella y Sarath en realidad necesitaban, un material que habría tenido de sobra en Estados Unidos. Necesitaba piquetas y palas, hilos y piedras. Había ido a los grandes almacenes Cargill y elegido un par de brochas de afeitar y una escobilla.

Cuando Sarath por fin llegó a las Dependencias Arqueológicas, se reunió con ella frente a los mapas en las paredes. Fue unos cuantos días después de la noche que fueron a Galle Face Green con su hermano. Al día siguiente ella había intentado ponerse en contacto con Sarath, pero éste había desaparecido, fue como si se lo hubiera tragado la tierra. Al mismo tiempo, le había llegado un paquete que le envió Chitra, así que la primera tarde se enfrascó en las notas mal mecanografiadas de la entomóloga y cuando acabó sacó un mapa de carreteras del bolso.

Ese domingo por la mañana, Sarath la había llamado por teléfono al alba, disculpándose, no por la hora sino por haberse ido, por no haber dado señales de vida. Le pidió que se reuniera con él en su despacho, «dentro de una hora —dijo—. ¿Sabes cómo llegar? Tienes que seguir todo recto desde tu casa hasta llegar a Buller's Road».

Ella colgó, contempló el lujo de la cama, y se fue a la ducha.

—Tengo muestras del primer lugar en el que lo enterraron —dijo él—. Las saqué de las cavidades craneales. Es probable que sean de un pantano. Lo enterraron provisionalmente en tierra húmeda. Lógico, así no tenían que cavar tanto. Puede que primero lo hayan dejado en un arrozal y que después lo hayan llevado a la zona restringida y que lo hayan escondido allí para que no se notara que era contemporáneo. De todos modos, creo que la primera vez lo enterraron por esta zona —la señaló—, en el distrito de Ratnapura. Está al sudeste de aquí. Tenemos que mirar el nivel freático.

—Tiene que ser un lugar en el que haya luciérnagas —dijo ella. Y él la miró sorprendido.

—Podemos ir más al grano, podemos reducir el radio —prosiguió ella—. Si hay luciérnagas, no puede ser un lugar poblado. Tiene que ser un espacio más abierto. Como una ribera a la que la gente no va. Chitra, la entomóloga de la que te hablé, vino al barco, analizó esas señales que parecían pecas y tomó notas. Tiene cientos de mapas de los insectos de la isla. Dijo que era liga de crisálidas de cigarras «gritar y morir», una especie que vive en zonas forestales como Ritigala. Sería por aquí, Chitra nos dibujó un mapa de los posibles lugares, más hacia el sur, lo que coincide con tus resultados de las muestras del suelo. Puede que en algún lugar en las afueras del bosque de Sinharaja.

—Tendría que ser al norte —dijo él—. El suelo en los demás límites del bosque no coincidiría con las muestras.

—De acuerdo, entonces sería en este trecho de aquí.

Sarath dibujó un rectángulo con un rotulador rojo en el vidrio que cubría el mapa. Weddagala al oeste, Moragoda al este. Ratnapura y Sinharaja.

—Por aquí hay un pantano o una laguna, un *pokuna* en el bosque —explicó.

—Me preguntó quién más habrá.

Como las Dependencias Arqueológicas estaban desiertas, recogieron los mapas y libros que necesitaban sin prisas. Sarath entraba y salía del edificio llevando las cosas al jeep que le habían prestado. Ella no tenía ni idea de cuánto tiempo estarían fuera, ni de dónde se alojarían. A lo mejor en otra de las fondas favoritas de Sarath. Mientras él miraba diversos mapas de suelos, Anil cogió un manual de la biblioteca.

—¿Así que dónde nos alojaremos? ¿En Ratnapura? —Lo preguntó en voz alta. Le gustaba el eco de ese gran edificio.

—Más lejos. Conozco un *walawwa*, una antigua finca señorial, donde podemos instalarnos y seguir trabajando. Con suerte no habrá nadie. Tienen que haber matado a Sailor por esa zona, a lo mejor incluso era de allí. De camino podemos intentar encontrar al artista de Palipana. Te aconsejo que dejes de ver a Chitra.

—Y supongo que tú no se lo habrás contado a nadie.

—Tengo que reunirme con funcionarios, darles informes de lo que estamos haciendo, pero para ellos nuestra investigación no tiene la menor importancia. No he hablado de esto.

—Cómo puedes.

—Es que no entiendes lo mal que estaban las cosas. Por mucho que haga el Gobierno ahora, cuando reinaba el verdadero caos era mucho peor. Entonces tú no estabas aquí, cuando todo el mundo prescindía de la ley, salvo unos cuantos buenos abogados. El terror lo invadía todo, todos los bandos eran culpables. Nunca habríamos sobrevivido con vuestros preceptos de Westminster. Así que el Gobierno respondió creando las fuerzas paramilitares. Y a nosotros nos cogieron justo en el medio. Era como estar en una habitación con tres pretendientes, y los tres tenían las manos manchadas de sangre. En casi todas las casas, casi todas las familias conocían a una víctima de asesinato o de secuestro perpetrado por un bando u otro. Voy a contarte lo que vi una vez...

Aunque los despachos estaban vacíos, Sarath miró a su alrededor.

—Fue en el sur... Era casi de noche, los mercados habían cerrado. Dos hombres, supongo que dos rebeldes, habían cogido a otro. No sé qué había hecho. A lo mejor los había traicionado, a lo mejor había matado a alguien, o desobedecido una orden o bien no había aceptado algo con la debida prontitud. En esa época se impartía la justicia de la muerte por cualquier cosa. Tampoco sé si lo ejecutaron, o si lo acosaron y sermonearon, o lo menos probable, si lo perdonaron. Iba con un *sarong* y una camisa blanca arremangada que llevaba por fuera del *sarong*. Estaba descalzo, y tenía los ojos vendados. Lo levantaron y lo obligaron a sentarse torpemente en la barra de una bicicleta. Uno de los que lo prendieron se sentó en el sillín, y el del rifle se quedó a su lado. Cuando los vi estaban a punto de marcharse. El hombre no veía lo que ocurría a su alrededor, ni adónde iba.

«Cuando se pusieron en marcha, el hombre con los

ojos vendados tenía que sujetarse de algún modo. Apoyó una mano en el manillar, pero la otra tuvo que ponerla alrededor del cuello de su captor. Lo inquietante fue esa intimidad necesaria. Se alejaron tambaleándose, y el hombre con el rifle los siguió en otra bicicleta.

»Habría sido más fácil si hubiesen ido todos a pie. Pero de ese modo lo convertían en una especie de ceremonia. Puede que para ellos la bicicleta simbolizara algo y quisieron aprovecharla. ¿Por qué iban a llevarse a una víctima con los ojos vendados en bicicleta? Así, la vida en general parecía más precaria. Así, todos eran más iguales. Parecían estudiantes universitarios borrachos. El hombre de los ojos vendados tenía que moverse en sintonía con su posible asesino. Se alejaron en medio del polvo de la calle y, al llegar al otro extremo, más allá del mercado, giraron y desaparecieron. Por supuesto, lo que pretendían era que ninguno de nosotros lo olvidara.

—¿Y tú qué hiciste?

—Nada.

Existen ciertas imágenes talladas o pintadas en rocas —la perspectiva de una aldea vista desde la cima de
una colina cercana, una única línea que representa la espalda de una mujer inclinada sobre su hijo— que han
alterado la percepción que tenía Sarath de su mundo.
Hace años Palipana y él se introdujeron en oscuridades
desconocidas en las rocas, encendieron una cerilla y vieron insinuaciones de colores. Salieron y cortaron ramas
de un rododendro, después volvieron y les prendieron
fuego para iluminar la cueva mientras la leña verde des-
prendía un humo agrio que envolvía la llama.

Esos descubrimientos tuvieron lugar cuando la situación política estaba en su peor momento, al tiempo
que se cometían mil atentados racistas y políticos mez-
quinos, se desataba la locura colectiva y se repartían be-
neficios económicos. La guerra había llegado al punto de
que era como un veneno que, una vez dentro del torrente sanguíneo, ya no podía volver a salir.

Esas imágenes en las cuevas vistas a través del humo y
la luz del fuego. Los interrogatorios nocturnos, las camione-
tas que se llevaban a ciudadanos elegidos al azar a plena luz
del día. Ese hombre que Sarath había visto cuando se lo

llevaron en bicicleta. Desapariciones masivas en Suriyakanda, denuncias de fosas comunes en Ankumbura, fosas comunes en Akmeemana. Era como si estuvieran enterrando a la mitad del país, el miedo no dejaba ver la verdad mientras el pasado se revelaba a la luz de la llama de un rododendro.

Anil no entendía ese equilibrio antiguo y aceptado. Sarath sabía que para ella su trabajo consistía en llegar a la verdad. Pero ¿a ellos adónde los conduciría la verdad? Era una llama junto a un lago de gasolina en reposo. Sarath había visto cómo se desmenuzaba la verdad del modo que más convenía y luego la prensa extranjera la empleaba junto con fotografías irrelevantes. Un gesto frívolo hacia Asia cuyo resultado, por culpa de esa información, podía provocar más venganzas y matanzas. Decir la verdad a una ciudad peligrosa conllevaba ciertos riesgos. Como arqueólogo, Sarath creía en la verdad como principio. Es decir, habría dado la vida por ella si hubiese servido de algo.

Y en su fuero interno (Sarath lo pensaría y sopesaría antes de dormirse), sabía que también daría la vida por la imagen tallada varios siglos antes en una roca de una mujer encorvada sobre su hijo. Se acordó de cuando la vieron a la luz parpadeante, de cuando el brazo de Palipana trazó la línea de la espalda de la madre inclinada en ademán de cariño o dolor. Un hijo invisible. Todos los gestos de la maternidad contenidos. Una postura que profería un grito amortiguado.

El país existía con un movimiento estremecedor, se enterraba a sí mismo. Colegiales desaparecidos, abogados muertos por tortura, cadáveres robados en la fosa común de Hokandara. Asesinatos en el pantano de Muthurajawela.

Ananda

Se dirigieron por carreteras serpenteantes hacia las montañas del interior.

—No tenemos el material necesario para ese tipo de trabajo —dijo ella—. Ya lo sabes.

—Si el artista es tan bueno como dice Palipana, improvisará las herramientas. ¿Has hecho alguna vez una reconstrucción?

—No, nunca. Debo decirte que es algo que tendemos a despreciar. Es como hacer dibujos animados históricos. Dioramas, o algo por el estilo. ¿Has mandado hacer un molde del cráneo?

—¿Por qué?

—Antes de dárselo a él, a quien sea esa persona que no ofrece ningún tipo de garantía. Por cierto, me alegro de que hayamos elegido a un borracho.

—Es imposible encargar un molde sin que se entere todo Colombo. Tendremos que darle el cráneo.

—Yo no lo haría.

—Y además tardarían semanas. Esto no es Bruselas ni Estados Unidos. Aquí lo único moderno son las armas.

—Bueno, vamos a buscar a ese hombre, a ver si al menos puede sostener un pincel sin que le tiemble el pulso.

Llegaron a unas cuantas chozas de zarzo y adobe desperdigadas en los límites de una aldea. Resultó que el tal Ananda Udugama ya no vivía con sus cuñados, sino que se había mudado al pueblo de al lado, a una gasolinera. Se dirigieron allí, y ella esperó en el coche mientras Sarath recorría la única calle del pueblo preguntando por él. Cuando lo encontraron, acababa de despertarse de una siesta a última hora de la tarde. Sarath le hizo señas a Anil para que se reuniera con ellos.

Sarath le explicó lo que querían que hiciera, mencionó a Palipana, y le dijo que le pagarían. El hombre, que llevaba unas gafas con gruesas lentes, dijo que necesitaría determinados objetos: gomas, de las que llevan los lápices en la punta, agujas pequeñas. Y que tenía que ver el esqueleto. Abrieron el maletero del jeep. El hombre examinó el esqueleto con la pequeña linterna, iluminando las costillas, los arcos y las curvas. Anil pensó que viéndolo así no debió de enterarse de gran cosa.

Sarath convenció al hombre de que les acompañase. Tras menear ligeramente la cabeza, el hombre se fue a la habitación en la que vivía y salió con todas sus pertenencias en una caja de cartón.

Dos horas antes de llegar a Ratnapura los pararon en un control. Los soldados se apartaron lánguidamente de las sombras a ambos lados de la carretera y se acercaron al coche. Los tres aguardaron en silencio, falsamente corteses, entregaron sus documentos y de pronto una mano se introdujo como un reptil en el coche y chasqueó los dedos. Al parecer los soldados tenían problemas con la documentación de Anil; uno de ellos abrió la puerta y esperó. Ella no sabía qué pretendían hasta que Sarath se lo explicó entre dientes; entonces se bajó del jeep.

El soldado se inclinó hacia ella, le quitó el bolso y lo vació ruidosamente encima del capó. Todo quedó expuesto al sol, unas gafas y un bolígrafo cayeron al asfalto, y el hombre no se molestó en cogerlos. Cuando ella avanzó para recuperarlos, el soldado alargó la mano. Bajo el sol del mediodía, tocó lentamente cada uno de los objetos que tenía ante él: quitó el tapón y husmeó un pequeño frasco de colonia, miró la postal del pájaro, vació el monedero, insertó un lápiz en una cinta y le dio vueltas en silencio. Anil no llevaba nada de valor en el bolso, pero la lentitud con la que se movía la humilló e irritó. El soldado quitó la tapa del despertador y sacó la pila, y cuando vio un paquete de pilas con un precinto de plástico, también se las quedó y se las dio a otro soldado, que se los llevó a una cueva hecha con sacos terreros en el borde de la carretera. Tras dejar el bolso y su contenido, el soldado se alejó y les hizo señas de que podían irse, sin siquiera mirar atrás. «No hagas nada», oyó que le decía Sarath desde la oscuridad del jeep.

Anil guardó las cosas en el bolso y se sentó en el asiento del acompañante.

—Las pilas se usan para hacer bombas caseras —explicó Sarath.

—Lo sé —respondió ella con brusquedad—. Lo sé.

Cuando se alejaron, Anil se volvió y vio que Ananda, indiferente, jugueteaba con un lápiz.

Estaban en un *walawwa* en Ekneligoda. La casa había pertenecido a una familia llamada Wickramasinghe desde hacía cinco generaciones. El último Wickramasinghe, un artista, la había habitado en los años sesenta. Tras su muerte, la casa de dos siglos pasó a ser propiedad del Consejo Histórico y Sociedad Arqueológica. (Un pariente lejano tuvo algo que ver con la arqueología.) Pero cuando la región se volvió peligrosa y empezaron las desapariciones, quedó deshabitada y, como un pozo que se seca, adquirió cierto aire de ausencia.

Sarath había ido a esa finca por primera vez de niño, cuando todo el mundo creyó que su hermano pequeño estaba muriéndose. «*Difteria*», habían dicho. «*Algo blanco en la boca*», habían murmurado los médicos a sus padres. De modo que antes de que Gamini volviera a casa del hospital, metieron en un coche a Sarath, junto con sus libros favoritos, y lo mandaron a Ekneligoda para alejarlo del peligro. Los Wickramasinghe estaban de viaje por Europa, así que durante dos meses el niño de trece años, bajo los cuidados de una sola *ayah*, deambuló por los jardines, dibujó mapas de los senderos de mangosta entre los arbustos, creó ciudades y vecinos imaginarios. Mientras, la familia cerraba las puertas de su casa en Greenpath Road en Colombo y se preparaba para cuidar del hijo menor moribundo, instalado cómodamente como un pequeño príncipe y armado con el secreto de una muerte de la que no sabía nada.

Años atrás, Sarath siempre pasaba por la finca cada vez que su trabajo lo llevaba a esa región. Sin embargo, hacía al menos una década que no iba, y se deprimió al ver el vacío y el desorden de la casa y el terreno. Sin embargo, sabía que las viejas llaves estaban escondidas en el último madero de la valla y encontró el mismo sendero eterno de mangostas entre los arbustos de espino del jardín.

Acompañado de Anil y Ananda, abrió todas las habitaciones para que cada uno eligiera un lugar para trabajar y un dormitorio, y después volvió a cerrar con llave las que no emplearían. Ocuparían el menor espacio posible, sin invadir toda la propiedad. Se paseó con Anil por la casa que ahora le resultaba mucho más pequeña, y tuvo la sensación de estar viviendo en dos eras distintas. Describió los cuadros que habían estado colgados de las paredes varias décadas antes, cuando había vivido allí dos meses y se había adentrado en una intimidad de la que quizá nunca llegó a salir del todo. Pocos sobreviven a la difteria, le habían insistido. Y él había asumido la posibilidad de que su hermano muriera, de que pronto sería hijo único.

Ahora oía detrás de él el murmullo de los pasos de Anil. Después su voz queda. «*¿Qué es eso?*». Habían entrado en una habitación que daba al patio, en cuyas paredes alguien había escrito con carbón y en grandes letras dos palabras en cingalés. MAKAMKRUKA. Y en la pared de enfrente, MADANARAGA. «*¿Qué es eso? ¿Son nombres?*». «No.» Sarath tendió la mano para tocar las letras marrones.

—No son nombres. Un *makamkruka* es... Es difícil de explicar... Un *makamkruka* es un follonero, un agitador. Alguien que a lo mejor ve las cosas de un modo más real porque les da vueltas y las pone del revés. Casi es un demonio, un *yaksa*. Aunque, curiosamente, un *makamkruka* es el que vigila el lugar sagrado de un templo. Nadie sabe por qué honran a una persona así con semejante responsabilidad.

—¿Y?

—La otra es todavía más extraña. *Madanaraga* significa «con la velocidad del amor», o excitación sexual. Es el tipo de palabra que puedes encontrar en un romance antiguo, pero no en la lengua vernácula.

Mientras Ananda se dedicara a la cabeza, Anil seguiría examinando el esqueleto de Sailor, buscando entre otras cosas sus «indicadores de profesión». Ya llevaba más de tres semanas con Sarath, y ahora estaban en pleno «trabajo de campo», lejos de las redes políticas de Sarath en la ciudad. Nadie en Colombo sospecharía que se habían instalado en esa finca señorial, cerca de la zona donde tal vez Sailor fuera enterrado por primera vez. A lo mejor Sailor era «importante» o «identificable» en la región. Allí estarían más cerca del lugar donde empezó todo y nadie los molestaría.

La primera mañana, Ananda Udugama se fue sin previo aviso, por lo que Sarath se sintió frustrado y Anil se cuidó de decir nada. Instaló su mesa de trabajo y laboratorio provisional en un patio, bajo los jirones de sombra de un ficus bengalés, adonde llevó a Sailor. Sarath decidió trabajar en el gran comedor. De vez en cuando tendría que volver a Colombo para ir a buscar provisiones y hacer acto de presencia. No tenían teléfono, salvo el móvil de Sarath que no siempre funcionaba, y se sentían aislados del resto del país.

De hecho, esa primera mañana, Ananda se había despertado temprano y se había ido a pie al mercado del pueblo más cercano. Se había comprado un *toddy* recién hecho e instalado junto al pozo público. Conversó con cualquiera que se sentara a su lado, compartió sus escasos cigarrillos y observó cómo se movía el pueblo a su derredor, con su conducta bien diferenciada, sus posturas locales y sus características faciales. Quería averiguar qué bebía la gente, si seguía una dieta concreta que hinchaba las mejillas más de lo habitual, si tenía los labios más gruesos que en Batticaloa. También los distintos tipos de peinados, la calidad de la vista. Si iban a pie o en bicicleta. Si se echaban aceite de coco en la comida o en el pelo. Tras pasar todo el día en el pueblo, se fue a los campos donde llenó tres sacos de barro. Iba a mezclar los dos marrones y el negro para conseguir distintas tonalidades. Después compró varias botellas de arac en el pueblo y volvió al *walawwa*.

Se levantaba al amanecer, se ponía al sol y se movía con él, como un gato. Puede que mirara el cráneo de vez en cuando, pero no más. Iba al pueblo y volvía con papel de cometa de distintos colores, sebo, tintes naturales y, un día, con dos platos giratorios y una selección hecha al azar de discos de setenta y ocho revoluciones.

De todos los espacios posibles en esa enorme casa, Ananda había elegido la habitación en la que había trabajado el artista. No sabía nada de la historia del lugar, pero le gustaba la luz de esa estancia, donde estaban escritas las dos palabras MAKAMKRUKA y MADANARAGA. La habitación daba al patio donde estaba Anil. La mañana en que Ananda empezó a trabajar con el cráneo, Anil oyó música procedente de la habitación. Era un tenor que empezó a cantar con energía y, al cabo de unos segundos, fue perdiendo velocidad antes de que acabara la canción. Intrigada, Anil entró en la habitación y vio que Ananda le estaba dando cuerda a un gramófono. A su lado tenía otro plato giratorio, donde moldeaba una base de arcilla, sobre la que descansaba el cráneo. Con la otra mano, giraba el plato hacia la izquierda o hacia la derecha, como un torno de alfarero. Ya iba por la garganta. Anil retrocedió y salió.

Reconoció la técnica de reconstrucción facial. Ananda había hecho una señal en los alfileres con tinta roja para representar los distintos grosores de la carne por encima del hueso, después había cubierto el cráneo con una fina capa de plastilina, haciéndola más gruesa o más delgada según las señales en los alfileres. Más adelante esculpiría la cara tapando la arcilla con capas más finas de goma de borrar. Así, con la cabeza reconstruida con diversos objetos caseros, parecería un monstruo de baratillo.

Los tres días a la semana que Sarath pasaba en Colombo, Anil apenas si se hablaba con Ananda, con el pintor de ojos convertido en minero borracho convertido en restaurador de cabezas. Se evitaban el uno al otro y daban ruidosas vueltas por la casa tras haber prescindido de las cortesías básicas desde el primer día. Anil seguía creyendo que ese proyecto era una locura de Sarath.

Por la noche Anil guardaba en el granero el material que podía estropearse con la lluvia. A esa hora Ananda ya habría empezado a beber. No fue grave hasta que se puso a trabajar con la cabeza. A partir de ese momento, se irritaba cuando alguien le tocaba la comida en la cocina o si se cortaba con el cúter, cosa que le ocurría a menudo. Una vez, al dirigirse bruscamente hacia la luz del sol vespertino, encontró a Anil midiendo unos huesos y, al pasar a su lado, rozó la mesa con el *sarong*. Ella le gruñó y él se volvió furioso y le chilló, tras lo cual, presa de una furia silenciosa e incluso más sutil, se metió ofendido en su habitación y Anil creyó que la cabeza iba a salir rodando por la puerta en cualquier momento.

Esa noche salió a buscarlo con una linterna. Se alegró de que no se presentara a la hora de cenar (aunque cada uno se hacía su comida, siempre comían juntos, en silencio). A las diez y media, todavía no había regresado, y antes de cerrar la casa —una tarea de la que solía encargarse él—, creyó que debía tener el breve gesto de ir a buscarlo y salió a la oscuridad con la linterna. Lo encontró encima de un muro de escasa altura, sin sentido, llevaba un *sarong* y estaba desnudo de cintura para arriba. Lo levantó y volvió a la casa dando tumbos, cargando con el peso y los brazos de él.

A Anil no le gustaban los borrachos. No les veía nada cómico ni romántico. En el pasillo, adonde lo había llevado, Ananda se desplomó en el suelo y volvió a perder el sentido. Imposible despertarlo y obligarlo a moverse. Anil se fue a su habitación y volvió con el walkman y una cinta. Una pequeña venganza. Le puso los auriculares en la cabeza y encendió el aparato. La voz de Tom Waits cantando «Dig, Dig, Dig» de *Blancanieves y los siete enanitos* se encauzó hacia el interior de su cerebro, y Ananda se levantó del suelo despavorido. Seguro que creyó que lo que oía eran las voces de los muertos. Se tambaleó, como si no pudiera huir de los sonidos en su interior, hasta que al final se arrancó los cables de la cabeza.

Anil estaba sentada en la escalinata del patio. La luna contemplaba lo que en su día había sido la casa de los Wickramasinghe. Hizo avanzar la cinta hasta llegar a «Fearless Heart» de Steve Earle, con su intrincado contoneo. Nadie mejor que Steve Earle en los momentos difíciles. Cuando escuchaba cualquiera de sus canciones sobre pérdidas airadas, la sangre le latía con fuerza y sus movimientos se volvían sexuales. Atravesó el patio bailoteando, pasando al lado del esqueleto de Sailor. El cielo estaba despejado y esa noche podía dejarlo allí.

Pero al desvestirse en su habitación, se acordó de Sailor bajo la claustrofobia del plástico y salió y le quitó las láminas. Así el viento y la noche lo acariciarían. Tras los fuegos y los entierros, ahora estaba en una mesa de madera bañada por la luna. Cuando Anil volvió a su habitación, la gloria de la música se había desvanecido.

Había noches en que Cullis yacía a su lado y apenas la tocaba con la yema del dedo. Se deslizaba hacia el pie de la cama, besándole la cadera morena, el pelo, la cueva en su interior. Cuando estaban separados, él le escribía diciéndole lo mucho que adoraba el sonido de su respiración en esos momentos, cuando inspiraba y espiraba, de un modo rítmico y constante, como si se estuviera preparando, como si supiera que los aguardaba una enorme distancia. Cullis colocaba las manos en sus muslos, la cara impregnada del sabor de ella, y ella apoyaba la palma de la mano abierta en la nuca de él. O se sentaba encima de él y miraba cómo él culminaba con los rápidos movimientos de su mano. Cada uno presenciaba los sonidos exactos e inarticulados del otro.

Ananda apareció ante ella, con el cuerpo consumido por la bebida y seguía con el torso desnudo. Se frotó los brazos y el pecho huesudo y miró a su alrededor sin saber que ella estaba en un rincón oscuro.

Se acercó a la mesa de trabajo, las manos cuidadosamente detrás de la espalda para no tocar nada, y se inclinó para mirar a través de sus gruesas gafas los calibradores, los gráficos de pesos, como si estuviese en el silencio de un museo. Se inclinó un poco más y husmeó los objetos. Una mente científica, pensó Anil. El día anterior se había fijado en lo delicados que tenía los dedos, teñidos de ocre por su trabajo.

Ahora Ananda cogía el esqueleto y lo estrechaba entre sus brazos.

Al verlo, ella no se horrorizó en lo más mínimo. Hubo momentos en que, cuando estaba atrapada en sus investigaciones y demasiado absorta en las largas horas de complejidades, también ella habría necesitado tender las manos y coger a Sailor en brazos, para recordarse a sí misma que era como ella. No sólo una prueba, sino una persona con sus propias virtudes y defectos, un miembro de una familia, un habitante de un pueblo que en el repentino resplandor de la política levantó las manos en el último momento y por eso se las rompieron. Ananda sostuvo a Sailor, caminó despacio con él y volvió a ponerlo en la mesa, y entonces vio a Anil. Ella asintió imperceptiblemente para darle a entender que no estaba enfadada. Se levantó despacio y se acercó a él. Cayó una pequeña hoja amarilla que se deslizó entre las costillas del esqueleto y se quedó allí trémula.

Anil vio el reflejo de las dos lunas en las gafas de Ananda. Eran unas gafas destartaladas: los lentes estaban sujetos a la montura con un alambre y llevaba las patillas envueltas en una tela vieja, en realidad un trapo, con el que podía limpiarse o secarse los dedos. Anil deseó poder intercambiar información con él, pero hacía ya tiempo que había olvidado las sutilezas de la lengua que en su día ambos habían compartido. Le habría explicado lo que significaban las medidas de los huesos de Sailor en relación con sus posturas y su tamaño. Y él, quién sabe qué conocimientos tendría.

Por las tardes, cuando Ananda ya no podía seguir avanzando con la reconstrucción del cráneo, lo hacía añicos, rompía la arcilla. Era extraño. Para ella era una pérdida de tiempo. Pero a la mañana siguiente, a primera hora, él sabía cuál era el grosor y la textura exactos a los que debía volver, y en veinte minutos rehacía el trabajo del día anterior. Después avanzaba otro paso en la composición de la cara. Era como si para poder progresar con más seguridad hacia la incertidumbre que le esperaba, necesitara utilizar el trabajo anterior para poner manos a la obra. Así, si Anil entraba en su habitación cuando él no estaba trabajando, no veía nada. Al cabo de sólo diez días, la habitación parecía más bien un nido: llena de trapos y guata, barro y arcilla, colores embadurnados por todas partes, las grandes letras por encima de él en la pared.

Sin embargo, esa noche, sin mediar palabra, fue como si hicieran un pacto. La manera en que él respetó el orden de sus herramientas, sin tocar nada, la manera en que cogió a Sailor en brazos. Ella vio la tristeza en la cara de Ananda, más allá de lo que podrían parecer los sentimientos simples de un borracho. Las cavidades que parecían roídas. Anil tendió la mano y le tocó el antebrazo, después lo dejó solo en el patio. Al día siguiente los dos se sumieron otra vez en el silencio. A lo mejor esa noche Ananda había estado tan borracho que no se acordaba de nada. Ponía dos o tres veces al día uno de los viejos discos de setenta y ocho revoluciones y, de pie junto al umbral de la puerta, se quedaba mirando lo que fuera que ocurriera en la vida de Anil en ese patio.

A las seis de la mañana se vistió e inició la caminata de un kilómetro y medio hasta la escuela. Unos centenares de metros antes de subir la colina, la carretera se estrechaba y daba a un puente, con una laguna a un lado, un río de agua salada al otro. Era allí donde Sirissa empezaba a ver a los adolescentes, algunos con tirachinas colgados de los hombros, otros fumando. La saludaban con la mirada, pero nunca le hablaban, aunque ella siempre les decía algo. Más tarde, cuando la veían en la escuela, ni siquiera la saludaban con la mirada. Poco después de pasar a su lado en el puente, ella se volvía, sin dejar de caminar, y los cogía observándola con curiosidad. No era mucho mayor que ellos. Además ellos estaban ansiosos por encontrar una pose, y quizá sólo uno o dos ya conocieran mujer. Eran conscientes del pelo sedoso de Sirissa, de su agilidad al volverse para mirarlos mientras seguía caminando: un gesto sensual que con el tiempo acabaron esperando.

Siempre llegaba al puente a las seis y media de la mañana. Había unos cuantos barcos pesqueros de gambas, un hombre metido en el agua hasta el cuello que, con las manos sumergidas, desenredaba las redes que su hijo había calado por la noche desde un barco. El hombre se movía en silencio mientras ella pasaba a su lado. Desde ahí Sirissa tardaba diez minutos en llegar a la escuela, se cambiaba en un cuartucho, ponía los trapos a remojo en un cubo y limpiaba las pizarras. Después barría las hojas que se habían introducido por las rejillas de las ventanas si por la noche había soplado viento o estallado una tormenta. Trabajaba en la escuela vacía hasta que oía la llegada paulatina de los niños, los adolescentes, los mayores, igual que la llegada paulatina de pájaros, cuyas voces se iban volviendo más profundas, como si acudieran a una reunión convocada en el claro de una jungla. Ella se mezclaría entre ellos y limpiaría las pizarras en el extremo del patio de arena, las que empleaban los más pequeños que, sentados en el suelo delante de las maestras, aprendían cingalés, matemáticas, inglés. «El pavo real es un ave hermosa... ¡Tiene una cola muy larga!»

Durante toda la mañana reinaba una calma estricta. Después, a la una de la tarde, el patio volvía a llenarse de ruido y cuerpos, cuando la jornada escolar había llegado a su fin, y los colegiales con sus uniformes blancos se desperdigaban por los tres o cuatro poblados que surtían a la escuela y volvían a su otra vida. Ella comía junto al escritorio de la clase de matemáticas. Retiraba la hoja que envolvía la comida, la sostenía con la mano izquierda y se paseaba ante la pizarra, comiendo con los dedos, sin siquiera bajar la vista, pues miraba los números y símbolos escritos con tiza para encontrar y seguir el sendero de su razonamiento. En la escuela siempre se le habían dado bien los teoremas. Veía su lógica perfectamente. Podía coger un borde y doblarlo con cuidado para crear un isósceles. Siempre escuchaba a los maestros mientras trabajaba en los arriates o en el pasillo. Se lavó las manos y se encaminó hacia su casa; unos cuantos maestros aún estaban por el pasillo, varios pasarían después a su lado en bicicleta.

Por la noche, cuando había toque de queda, se quedaba en su habitación, con una lámpara y un libro. Su marido tenía que volver al cabo de una semana. Pasaba una página y encontraba un dibujo que Ananda había hecho de ella en un delicado papel y metido al final de la trama del libro. O un dibujo lineal de una avispa que la había disgustado, los ojos enormes. Habría preferido ir a dar un paseo por la calle después de cenar, pues le encantaba la hora del cierre de los comercios. Las calles oscuras, la luz eléctrica que se iba apagando en las tiendas. Era su hora favorita, como si los sentidos se recogieran uno por uno, primero esta tienda de bebidas, después la otra de cintas de casete, aquellas cajas de verduras que retiraban, y la calle se iba sumiendo cada vez más en la oscuridad a medida que ella seguía avanzando. Y una bicicleta con tres sacos de patatas tambaleantes se alejaba para adentrarse en una oscuridad todavía más profunda. En la otra vida. Esa existencia. Porque, hoy en día, cuando nos despedimos de una persona, nunca sabemos si la volveremos a ver, ni si cuando la veamos seguirá igual. Así que a Sirissa le encantaba la calma de las calles nocturnas cuando cerraban los comercios, como un teatro después de una función. La herboristería de Vimalarajah, o la platería de su hermano Vimalarajah con una persiana que cubría su oscuridad a medias, cuya luz se eclipsaba lentamente hasta que sólo se veía una franja de un par de centímetros bajo la persiana de metal, una línea de barniz dorado, y después alguien pulsaba el interruptor y también desaparecía ese horizonte. El aire le acariciaba el vestido mientras imaginaba que caminaba sin el toque de queda. Las palomas se posaban entre las bombillas que deletreaban el nombre de Cargill. Ocurrían tantas cosas en la cresta de la noche. Las carreras frenéticas, los hombres aterro-

rizados, los asustados, los necios y los profesionales de la muerte que, cansados y furiosos, castigaban otro poblado disidente.

A las cinco y media de la mañana, Sirissa se despierta y se lava junto al pozo detrás de su casa. Se viste, come algo de fruta y se va a la escuela. Es la misma caminata de veinticinco minutos que conoce tan bien. Sabe que se volverá perezosamente tras pasar junto a los muchachos en el puente. Verá los pájaros de siempre, milanos, a lo mejor un papamoscas. La carretera se estrecha. A unos cien metros está el puente. La laguna a la izquierda. El río de agua salada a la derecha. Esta mañana no están los pescadores y la carretera está vacía. Es la primera persona que pasa por ahí, pues es la criada de la escuela. Son las seis y media de la mañana. No hay nadie hacia quien volverse, ese gesto con el que demuestra que sabe que es igual a ellos. Cuando está a unos diez metros del puente, ve las cabezas de dos estudiantes clavadas en estacas, a ambos lados del puente, una frente a otra. De diecisiete, dieciocho, diecinueve años... no lo sabe ni le importa. Ve otras dos cabezas en el extremo del puente e incluso desde allí reconoce a uno de ellos. Querría encogerse, volver sobre sus pasos, pero no puede. Siente que hay algo detrás de ella, lo que sea que hizo eso. Desea quedar reducida a la nada. Que su mente se detenga. Ni siquiera se le ocurre liberarlos de ese gesto público. No puede tocar nada porque todo parece estar vivo, con las heridas abiertas, pero vivo. Se pone a correr hacia delante, pasa ante los ojos de ellos, con los suyos bien cerrados, hasta dejarlos atrás. Sube la colina en dirección a la escuela. Sigue corriendo, y entonces ve más.

Anil estaba perdida y paralizada por la inmovilidad, con la atención centrada en un solo punto. No tenía ni idea del tiempo que llevaba en el patio, del tiempo que había estado analizando detenidamente las posibles trayectorias de Sailor, pero, cuando volvió en sí y se movió, sintió como si tuviera una flecha en el cuello.

Un axioma básico de su trabajo era que no se podía encontrar a un sospechoso hasta que no se encontrara a la víctima. Pero a pesar de que sabían que Sailor debió de haber sido asesinado en esa zona, a pesar de los detalles sobre su edad y postura, de las teorías de la altura y el peso, a pesar de la «composición de la cabeza» en la que ella tenía tan poca fe, dudaba de que lo pudieran identificar: seguían sin saber nada del mundo del que procedía.

Y, de todos modos, si conseguían identificarlo, si averiguaban los detalles de su asesinato, ¿entonces qué pasaría? Sólo era uno más entre miles de víctimas. ¿Qué cambiaría?

Se acordó de Clyde Snow, su profesor de Oklahoma, de cuando habló de los derechos humanos en el Kurdistán: «*Un poblado puede hablar en nombre de muchos poblados. Una víctima puede hablar en nombre de muchas víctimas*».

Tanto Sarath como ella sabían que en toda la turbulenta historia de las recientes guerras civiles de la isla, en todas las investigaciones policiales que se hicieron para salvar las apariencias, no se presentó ni una sola acusación por asesinato durante los disturbios. Pero esto sí que podía ser un caso muy claro contra el Gobierno.

Sin embargo, si no identificaban a Sailor, seguirían sin tener una víctima.

Anil había trabajado con profesores capaces de averiguar la profesión de una persona mediante las señales de estrés físico o los traumatismos en los huesos de un esqueleto de setecientos años. Lawrence Angel, su mentor en el Smithsonian, podía reconocer a un cantero de Pisa sólo porque tenía la columna ligeramente desviada hacia la derecha, y por las fracturas en el pulgar de un cadáver de Texas adivinaba que esa persona se había pasado largas noches en los bares montada en un toro mecánico. Kenneth Kennedy de la Universidad Cornell se acordaba de que Angel había identificado a un trompetista entre los restos desperdigados de un accidente de autobús. Y el propio Kennedy, cuando examinaba una momia de Tebas del primer milenio, descubrió claras señales en los ligamentos del flexor de las falanges por las que dedujo que el hombre era escriba y atribuyó las señales al uso del estilo.

Todo empezó con Ramazzini, cuando escribió su tratado sobre las enfermedades de los comerciantes y habló del envenenamiento por metal entre los pintores. Después, el inglés Thackrah se refirió a las deformaciones pélvicas de los tejedores que se pasaban horas sentados ante los telares. (Cabe que el trasero del tejedor, señaló Kennedy, haya dado lugar al nombre de Fondón el Tejedor de *El sueño de una noche de verano*.) Los antropólogos compararon a los lanzadores de jabalinas del Níger en el neolítico con los jugadores de golf profesionales del siglo xx porque compartían el mismo tipo de dolencias anatómicas.

Ésos eran los indicadores de ocupación...

La noche anterior, Anil había hojeado los gráficos de Kennedy en *Reconstrucción de una vida a partir de un esqueleto*, uno de sus habituales compañeros de viaje. En los huesos de Sailor no encontró ninguna señal exacta de estrés ocupacional. De pie y absolutamente inmóvil en el patio, se dio cuenta de que en el esqueleto ante ella se podían adivinar dos vidas distintas. Y, por lógica, esas dos vidas no encajaban. La primera, por lo que vio en los huesos, sugería una «actividad» llevada a cabo por encima del hombro. Había trabajado con los brazos estirados, hacia arriba o hacia delante. A lo mejor se dedicó a pintar paredes, o a tallar. Pero parecía una actividad más dura que la de pintar. Y en las articulaciones de los brazos se veía un uso simétrico, lo que significaba que empleaba los dos brazos por igual. La pelvis, el tronco y las piernas también sugerían agilidad, algo como el movimiento giratorio de un hombre en un trampolín. ¿Un acróbata? ¿Un artista de circo? ¿Un trapecista, por los brazos? Pero ¿cuántos circos circulaban por la Provincia del Sur en pleno estado de excepción? Recordó que cuando era pequeña había muchos circos ambulantes. Y que una vez vio en un libro infantil sobre animales en extinción que una de las criaturas extintas era el *acróbata*.

La otra vida de Sailor era diferente. Se había fracturado gravemente la pierna izquierda, en dos sitios. (Pero no fue cuando lo asesinaron. Anil vio que había sufrido las fracturas unos tres años antes de morir.) Y luego estaban los huesos de los talones: éstos sugerían un perfil completamente distinto, el de un hombre estático y sedentario.

En el patio, Anil miró a su alrededor. Apenas veía a Sarath, sentado a oscuras en la casa, mientras Ananda estaba cómodamente agachado ante el plato giratorio que sostenía la cabeza, con un *beedi* encendido en la boca. Anil imaginó su bizquera tras las gafas. Al dirigirse hacia los armarios del granero pasó a su lado y de pronto retrocedió.

—Sarath —dijo en voz baja, y él salió enseguida. Le notó algo en la voz. —Quiero... ¿Puedes decirle a Ananda que no se mueva? Que se quede quieto. Que voy a tocarlo, ¿de acuerdo?

Sarath la miró por encima de las gafas.

—¿Me has entendido?

—En realidad, no. ¿Dices que quieres tocarlo?

—Tú sólo dile que no se mueva, ¿de acuerdo?

En cuanto Sarath entró en la habitación, Ananda tapó la cabeza con un trapo. Sostuvieron una breve conversación y Ananda asintió con monosílabos vacilantes tras cada frase de Sarath. Anil entró despacio y se arrodilló al lado de Ananda, pero en cuanto lo tocó, Ananda se levantó de un salto.

Anil se volvió frustrada.

—*Ne, ne!*

Sarath intentó volver a explicárselo. Tardaron un rato en conseguir que Ananda se pusiera en la misma postura de antes.

—Dile que lo estire, como si estuviera trabajando.

Anil cogió el tobillo de Ananda con las dos manos. Apretó el músculo y el cartílago con los pulgares y subió unos centímetros por encima del hueso del tobillo. Ananda soltó una risa seca. Después Anil volvió a bajar hasta el tobillo.

—Pregúntale por qué trabaja así.

Sarath le explicó que lo hacía por comodidad.

—No es una postura cómoda —dijo ella—. El pie no está relajado por ningún lado. Está tenso. Está estirando el ligamento contra el hueso. Tendrá una lesión permanente. Pregúntaselo.

—¿Qué quieres que le pregunte?

—Por qué trabaja así.

—Es tallista. Es la postura en la que trabaja.

—Pero ¿siempre se agacha así?

Sarath se lo preguntó y los dos hombres intercambiaron varias frases.

—Dice que se acostumbró a trabajar agachado en las minas de piedras preciosas, donde el techo está a un metro del suelo. Trabajó allí un par de años.

—Gracias. Por favor, dale las gracias...

Estaba emocionada.

—Sailor también trabajó en una mina. Ven, fíjate en el estrechamiento en los huesos del tobillo del esqueleto: es igual al que tiene Ananda en los suyos. Yo esto lo sé. Era la especialidad de mi profesor. Fíjate en los sedimentos en el hueso, en la acumulación. Creo que Sailor trabajaba en una mina. Necesitamos un mapa de las minas de esta región.

—¿Te refieres a minas de piedras preciosas?

—Podría ser de cualquier tipo. Además, esto sólo es un aspecto de su vida, el resto es muy distinto. Antes de romperse la pierna debe de haber hecho algo más activo. ¿Lo ves? Ya tenemos una historia de su vida. Era un hombre activo, casi como un acróbata, pero se lesionó y tuvo que ponerse a trabajar en una mina. ¿Qué otras minas hay por aquí?

Después vinieron dos días de tormentas en los que no pudieron salir. En cuanto pasó el mal tiempo, Anil le pidió prestado el móvil a Sarath, encontró un paraguas y salió bajo la llovizna. Bajó por una pendiente alejándose de los árboles y se fue hasta el otro extremo de un arrozal, donde Sarath le había dicho que se captaba mejor la señal.

Necesitaba comunicarse con el mundo exterior. Tenía demasiada soledad en la cabeza. Demasiado Sarath. Demasiado Ananda.

El doctor Perera cogió el teléfono en el Hospital Kynsey Road. Tardó en acordarse de quién era ella, y se sorprendió cuando se enteró de que le estaba hablando desde un arrozal. ¿Qué quería?

Había tenido la intención de hablar con él de su padre, sabía que había estado eludiendo el recuerdo de él desde su llegada a la isla. Se disculpó por no haberlo llamado y visto antes de irse de Colombo. Pero por teléfono Perera se mostró apático y alerta.

—Parece enfermo, doctor. Debería beber mucho líquido. Así empiezan las gripes víricas.

No quiso decirle dónde estaba —Sarath la había advertido de que no lo hiciera— y cuando él se lo preguntó por segunda vez, ella fingió no oírlo, sólo dijo:

—¿Diga... diga? ¿Sigue allí? —Y colgó.

Anil se mueve en silencio, la energía contenida. El cuerpo rígido como un arma, la música brutal y atronadora en la cabeza, mientras espera que el ritmo se regularice para abrir los brazos y saltar. Y salta, echando la cabeza hacia atrás, el pelo como un penacho negro que le llega casi hasta la cintura, estira los brazos, hasta tocar el suelo y hacer una voltereta, y vuelve a estar de pie antes de que la falda haya tenido tiempo de descubrir la gravedad y caer.

Es una música ideal para bailar; la ha bailado con otros en momentos de alegría y sociabilidad, gozando en una fiesta con, aparentemente, toda la energía a flor de piel, pero esto ahora no es un baile, no contiene ni un asomo de la cordialidad ni del deseo de compartir que siempre se dan en los bailes. Está despertando cada músculo de su cuerpo, ignorando cada una de las reglas que acata, dedicando cada una de sus facultades mentales al movimiento de su cuerpo. Sólo eso la lanzará en el aire hacia atrás y le hará girar la cadera para que los pies pasen por encima de ella.

Se ha sujetado los auriculares atándose un pañuelo alrededor de la cabeza. Necesita la música para poder acceder a la extravagancia y la gracia. Quiere gracia, y eso sólo lo encontrará aquí, en mañanas como ésta o después de un chubasco a última hora de la tarde: cuando el aire está ligero y fresco, cuando además corre peligro de resbalar en las hojas mojadas. Tiene la sensación de que podría salir expulsada del cuerpo como una flecha.

Sarath la ve por la ventana del comedor. Observa a una persona a la que nunca ha visto. Una loca, un druida al claro de la luna, un ladrón untado de aceite. Esa no es la Anil que conoce. Como tampoco ella, cuando está así, se ve a sí misma, aunque es el estado que desea. No es una polilla en un club de hombres. No es la que carga con huesos y los pesa: también necesita esa faceta de ella, del mismo modo que se gusta como amante. Pero ahora es ella la que baila al son de una furiosa canción de amor capaz de expulsar la pérdida, «Coming In From the Cold», es ella la que baila la retórica de la despedida de un amante con todo su ser. Cree que cuando se trata del amor, está más cuerda si elige gestos que lo condenan a él, que la condenan a ella, a los dos juntos, frente al Eros agridulce, al que consumieron y después escupieron al final de su historia de amor. El llanto le viene con facilidad. En ese estado es como sudar, no es más que un corte en el pie que se hace mientras está bailando, y no se detendrá por ninguna de las dos razones, como tampoco se cambiaría por el aullido de un amante ni por una dulce sonrisa, ni entonces ni nunca.

No se detiene hasta que está agotada y apenas puede moverse. Entonces se agacha y se reclina, se tumba en el suelo de piedra. Cae una hoja: el sonido de un aplauso. La música prosigue furiosa, igual que la sangre de un hombre que sigue circulando unos minutos después de muerto. Acostada bajo el sonido de la música ve cómo le vuelve el cerebro, cómo enciende su vela en la oscuridad. Y Anil aspira y expulsa el aire, una y otra vez.

El fin de semana, cuando estaban en el jardín del *walawwa*, Ananda se sentó al lado de Sarath y Anil y le dijo algo a Sarath en cingalés.

—Ha terminado la cabeza —dijo Sarath, sin dejar de mirar a Ananda—. Al parecer, según él, ya está. Si hay algún problema, más vale no decir nada porque está muy borracho. Si tienes cualquier duda, cállatela ya que es capaz de dejarnos plantados.

Anil guardó silencio y los dos hombres siguieron hablando, mientras el crepúsculo se asentaba a su alrededor cerca del croar de las ranas. Se levantó y se acercó a escuchar las vibraciones y el canto de los animales. Se quedó absorta en las antifonías hasta que sintió la mano de Sarath en el hombro.

—Vamos.

—¿Antes de que pierda el conocimiento? Sí, claro. Y nada de críticas.

—Gracias.

—Tengo que seguirle la corriente a él, tengo que seguirte la corriente a ti. ¿Y a mí cuándo me toca?

—No creo que te guste que te sigan la corriente.

—Entonces me debéis un favor, algún día.

Una antorcha hecha con ramas clavada en el suelo del patio. La cabeza de Sailor en una silla. Y nada más, sólo ellos dos y la presencia de la cabeza.

A la luz del fuego la cabeza parecía moverse. Pero lo que impresionó a Anil —que creía conocer cada uno de los rasgos físicos de Sailor, que había estado a su lado en su vida postuma mientras viajaban por el país, que se había pasado toda una noche durmiendo en una silla mientras él estaba en una mesa en la fonda de Bandarawela, que conocía cada señal de los traumatismos que sufrió desde la infancia— fue que esa cabeza no sólo mostraba el posible aspecto de una persona, sino que era una persona concreta. Se veía una personalidad clara, tan real como la cabeza de Sarath. Fue como si por fin conociera a una persona de la que le habían hablado en cartas, o que ella había cogido en brazos de pequeña y que ahora era un ser adulto.

Se sentó en el escalón. Sarath caminaba hacia la cabeza y después retrocedía, alejándose de ella. De pronto se volvía, como si quisiera cogerla desprevenida. Anil sólo la miraba fijamente, para acostumbrarse a ella. Ese rostro manifestaba una serenidad que en esos tiempos no se veía muy a menudo. No tenía la menor tensión. Era un rostro satisfecho. Anil no esperaba algo así de una presencia tan dispersa e informal como la de Ananda. Cuando se volvió, vio que éste había desaparecido.

—Es tan pacífico. —Anil fue la primera en hablar.

—Sí, ése es el problema —replicó Sarath.

—No veo qué tiene de malo.

—Lo sé. Pero es lo que él quiere para los muertos.

—No me lo imaginaba tan joven. Me gusta su aspecto. ¿A qué te refieres? ¿Con «Lo que él quiere para los muertos»?

—En estos últimos años hemos visto demasiadas cabezas clavadas en estacas. El peor momento fue hace un par de años. Lo hacían por la noche y las veías a primera hora de la mañana, antes de que las familias se enteraran y las fueran a buscar para llevárselas a casa. Se las llevaban envueltas en las camisas o simplemente acunándolas. El hijo de alguien. Eran golpes terribles. Sólo había una cosa peor, y era cuando un miembro de la familia sencillamente desaparecía y no había ninguna prueba ni testimonio de que estaba vivo o muerto. En 1989, desaparecieron cuarenta y seis alumnos de la escuela del distrito de Ratnapura y algunos de los empleados que trabajaban allí. Los vehículos que se los llevaron no tenían matrículas. Alguien reconoció en la redada un Lancer amarillo que había visto antes en el campamento militar. Ocurrió en plena campaña para aplastar a los rebeldes insurgentes y sus partidarios en los poblados. La mujer de Ananda, Sirissa, también desapareció en esa época...

—Dios mío.

—Me lo contó hace poco.

—Me siento... qué vergüenza.

—Fue hace tres años. Todavía no la ha encontrado. Ananda no siempre ha sido así. Por eso la cabeza que hizo es tan pacífica.

Anil se levantó y entró en las habitaciones a oscuras. Ya no podía contemplar el rostro, sólo veía a la mujer de

Ananda en cada una de sus facetas. Se sentó en uno de los grandes sillones de mimbre del comedor y rompió a llorar. No podía mirar a Sarath a la cara. Cuando sus ojos se acostumbraron a la oscuridad, vio la forma rectangular de un cuadro y a su lado estaba Ananda inmóvil, que la contemplaba en la oscuridad.

—¿Por quién llorabas? ¿Por Ananda y su mujer?

—Sí —contestó ella—. Por Ananda, por Sailor, por sus amantes. Por tu hermano que se mata a trabajar. Aquí la única lógica que hay es una lógica de locos, y es imposible resolver nada. Me acuerdo de algo que dijo tu hermano, dijo: «Tienes que tomarte todo esto con humor; de lo contrario, no tiene sentido». Uno tiene que estar en el infierno para decir algo así en serio. Parecemos de la Edad Media. Una vez, antes de esa noche en que fuimos al hospital con Gunesena, vi a tu hermano. Me había cortado y fui a urgencias para que me cosieran el dedo. Tu hermano estaba allí, con un abrigo negro manchado de sangre, estaba todo manchado de sangre y leía un libro de bolsillo. Ahora estoy segura de que era Gamini. Después, cuando lo vi contigo, su cara me resultó familiar. En ese momento pensé que era un paciente, que había sido víctima de un intento de asesinato. Tu hermano toma anfetaminas, ¿verdad?

—Ha tomado de todo. Ahora no lo sé.

—Está tan delgado. Necesita ayuda.

—Él acepta lo que se hace a sí mismo. Ha encontrado un equilibrio.

—¿Qué vas a hacer con la cabeza?

—A lo mejor Sailor era de uno de estos poblados. Puedo intentar ver si alguien lo reconoce.

—Sarath, no puedes hacerlo. Tú mismo lo has dicho... estas comunidades han perdido a gente. Han tenido que enfrentarse a cuerpos decapitados.

—¿Para qué estamos aquí? Queremos identificarlo. Tenemos que empezar por algún sitio.

—Por favor, no lo hagas.

Él había estado de pie, escuchándolos hablar en inglés en el patio. Pero ahora se hallaba ante ella, sin saber que las lágrimas en parte eran por él. Ni que ella sabía que el rostro no era en absoluto un retrato de Sailor, sino que reflejaba una calma que Ananda había conocido en su mujer, una paz que deseaba para cualquier víctima.

Anil habría encendido la luz, pero había advertido que Ananda nunca se acercaba a las zonas iluminadas con electricidad. Cuando estaba demasiado nublado trabajaba en su habitación a la luz de antorchas. Como si la electricidad lo hubiese traicionado una vez y ya no quisiese volver a confiar en ella. O a lo mejor pertenecía a esa generación de amantes de las baterías que no estaban acostumbrados a la luz oficial. Sólo a las baterías, al fuego o a la luna.

Ananda avanzó dos pasos y con el pulgar le enjugó las lágrimas. Nadie nunca le había acariciado el rostro a Anil con tanta suavidad. Después posó la mano izquierda en el hombro con la misma ternura y formalidad que la enfermera cuando tocó a Gamini esa noche en urgencias; a lo mejor fue por eso que Anil le contó después el episodio a Sarath. Con la mano apoyada en el hombro para tranquilizarla, dirigió la otra hacia su cara, le acarició la piel para aliviar la tensión implosiva del llanto, como si también esculpiera su rostro, aunque ella sabía que no era eso lo que pretendía. Le estaba dando ternura. Después puso la otra mano en su otro hombro, el otro pulgar debajo de su ojo derecho. Ella había parado de llorar. Entonces él desapareció.

Anil pensó que en todo el tiempo que llevaba con Sarath, él apenas la había tocado. Con Sarath tenía la sensación de que sólo era una presencia a su lado. El apretón de manos de Gamini en el hospital, su cabeza apoyada en su regazo cuando se quedó dormido aquella noche, habían sido más personales. Ahora Ananda la había tocado de una manera que no recordaba que nadie hubiera hecho nunca, salvo, quizá, Lalitha. O a lo mejor su madre, en algún momento de su infancia perdida. Se fue al patio y vio que Sarath seguía ante la imagen de Sailor. Sin duda también él ya se habría dado cuenta de que nadie reconocería ese rostro. Lo que miraban no era una reconstrucción de la cara de Sailor.

Una vez Sarath y ella habían ido al monasterio del bosque de Arankale y se habían quedado allí varias horas. Un alero de uralita clavado en la entrada de una cueva la resguardaba del sol y la lluvia. Más allá, un sinuoso sendero de arena conducía a una piscina. Cada mañana un monje dedicaba dos horas a barrer el sendero y retiraba miles de hojas. A la caída de la tarde, volvía a estar cubierto de otros miles de hojas y de pequeñas ramas. Pero al mediodía la superficie estaba tan limpia y amarilla como un río. Caminar por ese sendero de arena era ya de por sí un acto de meditación.

Reinaba tanta calma en el bosque que Anil no oyó nada hasta que aguzó el oído. Entonces localizó a los autores de los ruidos a su alrededor, como si pasara un colador por el agua y atrapara los reclamos de las oropéndolas y las cotorras. «Los que no pueden amar construyen lugares como éste. Tienen que estar por encima de la pasión.» Fue prácticamente lo único que dijo Sarath ese día en Arankale. Se pasó casi todo el tiempo caminando y sumido en sus pensamientos.

Habían deambulado por el bosque y descubierto restos de ruinas. Los siguió un perro y ella se acordó de que, según los tibetanos, los monjes que no meditaban bien se convertían en perros en la otra vida. Tras dar varias vueltas regresaron al claro, un claro que parecía un *kamatha*, la era de un arrozal. En un saliente de piedra descansaba una pequeña estatua del Buda, con una hoja de plátano cortada que lo protegía del resplandor y la lluvia. El bosque descollaba sobre ellos de tal modo que tenían la sensación de estar en un profundo pozo verde. El alero de uralita de la cueva vibraba y temblaba cada vez que el viento pasaba entre los árboles.

Ella no quería irse de allí.

Los reyes y poderosos desean todo aquello que los obliga a poner los pies sobre la tierra. Honor histórico, una propiedad perfectamente delimitada, sus verdades más seguras. Pero allí en Arankale, según le había contado Sarath, a finales del siglo XII Asanga el Sabio y sus seguidores vivieron varias décadas en soledad, sin que el mundo conociera su existencia. Cuando murieron, el monasterio y después el bosque quedaron deshabitados. Y en esos años los senderos se llenaron de hojas, dejó de oírse la música de la escoba. Ya no se olió el azafrán ni la marga procedente de los baños. Puede que Arankale se volviera más hermoso, pensó Anil, y más sutil sin seres humanos en esa estructura diseñada por unos monjes apartados de las corrientes del amor.

Cuatro siglos después, los monjes volvieron a habitar las cuevas situadas por encima de lo que había sido el claro del templo. Había pasado una larga era de inhumanidad e irreligiosidad. La gente había olvidado el monasterio y el lugar se había convertido en un piélago forestal abandonado. Colonias de insectos se habían comido lo que quedaba de los altares de madera. Generaciones de polen encenagaron la piscina que después se vio invadida por la vegetación agreste, de modo que se tornó invisible para un transeúnte que ignorara su existencia y se convirtió en un refugio para las criaturas que correteaban por el calor de la roca cortada y por las plantas sin nombre en ese mundo nocturno.

Desde hace cuatrocientos años, la llamada ronca y desatendida de los pájaros. El zumbido de una abeja medieval cuando emprende el vuelo. Y en las ruinas del pozo del siglo XII, bajo el reflejo del sol, una onda de algo plateado en el agua.

La noche en Galle Face Green, Sarath dijo a Anil:

—Palipana podía recorrer los yacimientos arqueológicos como si hubiesen sido sus casas históricas en vidas pasadas; podía adivinar dónde estaba un jardín acuático, desenterrarlo, reconstruir las orillas, llenarlo de lotos blancos. Trabajó varios años en los parques reales alrededor de Anuradhapura y Kandy. Le bastaba con dar un paso imaginario y ya estaba en un siglo anterior. Cuando estaba en el Bosque de los Reyes o en una de las estructuras de roca en los monasterios del oeste, debía de costarle distinguir el presente del pasado. Se podía identificar la *estación*: la temperatura, las lluvias, la humedad, el olor de la hierba, sus tonos agostados, pero nada más. Eso era lo único que delataba una era... Por eso entendí lo que hizo. Para él sólo fue dar el siguiente paso: eliminó los límites y las categorías, lo encontró todo en un paisaje, y así descubrió la historia que no había visto antes.

«Recuerda que estaba perdiendo la vista. En los últimos años antes de quedarse ciego, creyó por fin ver esos textos interlineales semiocultos. Conforme las letras y las palabras empezaban a desaparecer bajo sus dedos y de su vista, vio otra cosa, igual que en la guerra los daltónicos pueden ver la estructura real de una figura más allá del camuflaje. Vivía solo.

Se oyó una risa de Gamini, que también lo escuchaba. Sarath hizo una pausa y después siguió.

—Cuando Palipana era joven y estudiaba pali y otras lenguas, siempre estaba solo.

—Pero le gustaban muchísimo las mujeres —intervino Gamini—. Era uno de esos hombres que tenían tres mujeres en tres montañas distintas. Pero, claro, es verdad, vivía solo... Supongo que sí que es verdad.

Al repetirlas, Gamini neutralizó el significado de sus palabras. Se recostó en la hierba y alzó la vista. El suave batir del oleaje contra el rompeolas de Galle Face Green. Como su hermano y la mujer habían callado después de que él los interrumpiera, siguió hablando.

—Éste es un país civilizado. Cuatro siglos antes de Cristo ya teníamos «salas para enfermos». Había una hermosa en Mihintale. Sarath puede llevarte a ver las ruinas. Tenía dispensarios, hospitales de maternidad. En el siglo XII, enviaron a médicos por todo el país a trabajar en pueblos remotos, incluso atendían a monjes ascetas que vivían en cuevas. Eso sí que habría sido interesante, tratar con esa gente. De todos modos, se pueden ver los nombres de los médicos en las inscripciones de unas rocas. Había pueblos para ciegos. Hay textos antiguos que describen operaciones de cerebro. Se crearon hospitales ayurvédicos que todavía existen: algún día te llevaré a verlos, en tren están aquí al lado. Siempre se nos han dado bien la enfermedad y la muerte, podríamos rugir con los mejores. Ahora tenemos que subir a los heridos sin anestesiar por la escalera porque los ascensores no funcionan.

—Creo que te conozco de antes.

—Lo dudo. Yo a ti nunca te he visto.

—¿Es que te acuerdas de todo el mundo? Tienes un abrigo negro.

Se rió.

—No tenemos tiempo para acordarnos. Pídele a Sarath que te enseñe Mihintale.

—Ah, ya me lo enseñó. Y me mostró un chiste. Al final de la escalinata que lleva al templo de la colina había un cartel en cingalés que en su día debía de decir: ATENCIÓN. CUANDO LLUEVE, ESTOS ESCALONES SON PELIGROSOS. Al verlo, Sarath se rió. Alguien había cambiado una sílaba de modo que el cartel ponía: ATENCIÓN. CUANDO LLUEVE, ESTOS ESCALONES SON HERMOSOS.

—¿Eso hizo el serio de mi hermano? En la familia es el que tiene ironía histórica. Para él, somos un ejemplo excelente de por qué las ciudades se convierten en ruinas. Las siete razones de la caída de Polonnaruwa como centro político. Las doce razones de por qué Galle se convirtió en un puerto importante y sobrevivió hasta el siglo XII. Mi hermano y yo no coincidimos en muchas cosas. Él cree que mi ex mujer fue lo mejor que me ha ocurrido en la vida. Supongo que se la quería follar. Pero no lo hizo.

—Basta ya, Gamini.

—En cualquier caso, yo no me la follé. Al menos, no lo hice muy a menudo. Me distraje. Llegaban camiones llenos de cadáveres. A ella no le gustaba el olor a jabón desinfectante en mis brazos. Ni el hecho de que recurriera a fármacos para aguantar los turnos. De modo que después, cuando estaba con ella, no estaba muy despabilado. No fue una relación amorosa idílica. En cuanto me metía en la bañera perdía el sentido. Pasé la luna de miel en un hospital base. Mientras el país se venía abajo, la familia de mi mujer se quejaba de mi falta de disponibilidad. Se suponía que tenía que ponerme una camisa recién planchada y salir a cenar, coger a mi mujer de la mano mientras esperaba que llegara el coche... A lo mejor yo también me habría reído si hubiese visto ese cartel en la escalera. Peligroso... hermoso... Qué suerte habéis tenido de haber ido. Él —Gamini señaló la oscuridad— me llevó cuando estudiaba con Palipana. Palipana me caía bien. Me gustaba su severidad. Ese hombre estaba justo en el corazón de nuestros tiempos. No tenía nada de charlatán. ¿Qué decía que era?

—Epigrafista —contestó Sarath.

—Es una habilidad... descifrar inscripciones a la luz de los relámpagos. Escribirlas bajo los truenos. ¡Qué maravilla! Estudiar la historia como si fuera un cuerpo.

—Claro que tu hermano hace lo mismo.

—Por supuesto. Y después Palipana se volvió loco. ¿Tú qué piensas, Sarath?

—Tuvo alucinaciones, quizá.

—Se volvió loco. Cuando le dio por las sobreinterpretaciones, o mejor dicho, por mentir, sobre todo ese rollo interlineal.

—No está loco.

—Vale, de acuerdo. Es como tú y yo. Pero cuando lo descubrieron ninguno de sus colegas lo apoyó. Desde luego, fue el único gran hombre que conocí, pero para mí nunca fue «sagrado». Verás, en el fondo de toda fe siempre hay una historia que nos enseña a no confiar...

—Al menos Sarath fue a verlo —le interrumpió Anil.

—¿Ah, sí?

—No, no fui hasta la semana pasada.

—Así que está solo —dijo Gamini—. Con sólo tres mujeres en tres montañas distintas.

—Vive con su sobrina. Es la hija de su hermana.

Anil despertó de un profundo sueño. Debió de haber sido por el ruido de pájaros en el techo o un camión a lo lejos. Se quitó los auriculares silenciosos del pelo, buscó a tientas su camiseta de Prince y salió al patio. Las cuatro de la madrugada. Dirigió el foco de la linterna hacia el esqueleto de Sailor. Estaba bien. Iluminó la silla y vio que la cabeza no estaba. Seguro que se la había llevado Sarath. ¿Qué fue lo que la había despertado? ¿Alguien con una pesadilla? ¿Gamini con su abrigo negro? Había soñado con él. O a lo mejor fue Cullis en la lejanía. Era más o menos la misma hora en que lo había dejado herido en Borrego. Su regalito de enamorada.

La luz había empezado a despuntar en el patio.

Oyó el batir del viento contra las tejas del tejado y las rachas más fuertes contra las copas oscuras de los árboles. Se enorgullecía de no haber puesto una foto de él cuando hizo las maletas. Se sentó en un escalón. Creyó haber oído el canto de un pájaro y aguzó el oído. Fue entonces cuando percibió el grito ahogado y se precipitó hacia la puerta de Ananda y la abrió en la oscuridad.

Eran unos sonidos que nunca había oído. Salió corriendo a buscar la linterna, gritó para avisar a Sarath y volvió a la habitación. Tumbado en un rincón, Ananda intentaba con la poca energía que le quedaba clavarse un cuchillo en la garganta. Tenía el cuchillo, los dedos y todo el brazo ensangrentados. Los ojos como los de un ciervo a la luz de la linterna. El ruido venía de Dios sabe dónde. Desde luego, no de su garganta. No podía ser. Ahora ya no.

—¿Cuánto tiempo ha pasado? —Era Sarath.

—Nada. Yo estaba fuera. Haz trapos con las sábanas.

Anil se acercó a Ananda. Él tenía los ojos muy abiertos, sin parpadear, y Anil pensó que a lo mejor ya estaba muerto. Esperó a que los moviera y, tras lo que pareció una eternidad, por fin lo hizo. Todavía tenía la mano en el aire.

—Necesito los trapos rápido, Sarath.

—De acuerdo.

Intentó quitarle el cuchillo de la mano, pero no pudo, y al final desistió. La sangre que bajaba por el codo de Ananda le manchaba el *sarong*, estaba agachada y lo suficientemente cerca para olerla, al mismo tiempo sujetaba la linterna entre los muslos, apuntando hacia arriba.

Sarath empezó a rasgar la funda de la almohada y le pasó a Anil las tiras de tela con las que ésta le cubrió el cuello. Estiró la piel cortada y se la vendó con firmeza.

—Necesito un antiséptico. ¿Sabes dónde hay? —Sarath se lo dio y Anil lo vertió en la tela empapándola bien para que llegara hasta la herida. La tráquea estaba intacta, pero tenía que tensarle la venda para detener la hemorragia, aunque Ananda ya empezaba a tener dificultades para respirar. Se inclinó hacia delante y apretó la herida con los dedos, mientras él tenía la mano que sostenía el cuchillo detrás de ella.

—Tienes que llamar a Gamini y pedirle que envíe a alguien.

—El teléfono no tiene batería. Iré al pueblo a llamar y, si no encuentro a nadie, lo llevaré a Ratnapura.

—Antes de irte, enciende una lámpara, por favor.

Sarath volvió con una lámpara de aceite. La luz que daba a esa hora era demasiado fuerte y, al ver la terrible escena ante él, bajó la mecha.

—Quiso convocar a los muertos —susurró ella.

—No. Sólo es uno de los que intentan suicidarse porque han perdido a alguien.

Anil percibió un temblor en los ojos del hombre que estaba ante ella.

Anil ni se dio cuenta de que Sarath se había ido. Se quedó con Ananda en el rincón de la habitación, la luz de la lámpara los mantenía unidos. Tenía que haber ido ella a llamar. Sarath podía hablar con él y tranquilizarlo. ¿O necesitaba silencio? Tal vez. Tal vez la presencia de una mujer lo ayudaría.

Al levantarse resbaló en la sangre, se acercó a la cama y rasgó más tiras de la funda de la almohada. Palpó un amuleto debajo de la almohada y lo cogió. Al regresar a su lado, Ananda tenía los ojos muy abiertos, parecían asimilar todo lo que ocurría. Ay, Dios mío, pero si no llevaba las gafas. No veía nada. Las encontró en el suelo, cuando empezó a suicidarse las llevaba puestas.

Tras limpiarse la sangre de las manos con el *sarong*, le puso las gafas. De pronto, a pesar de su herida, a pesar de que todavía tenía el cuchillo en la mano izquierda, de que el arma seguía amenazando, Ananda parecía haber vuelto con ella, parecía estar otra vez entre los vivos. Ella sintió que podía hablarle en cualquier idioma, que él entendería la intención de cualquier gesto. ¿Cuánto tiempo había pasado desde que conectaron, cuando él le había puesto la mano en el hombro? Sólo unas horas. Le puso el amuleto en la mano izquierda, pero él no pudo o no quiso cogerlo. Volvía a deslizarse hacia la inconsciencia o el sueño.

Pero ¿qué era un amuleto, qué era un *baila* para él ahora? O unas gafas, o un vínculo. Todo eso lo hacía para ella, para su propia paz. Anil había interrumpido su muerte. Era un obstáculo para lo que él deseaba. La venda ya estaba impregnada de sangre. Anil se levantó y atravesó el patio a toda prisa, iluminándolo con la mirada arbitraria de la linterna, entró en la cocina y se dirigió a la nevera portátil. La abrió, y en el fondo, envuelta en papel de periódico, encontró la epinefrina que siempre llevaba consigo para una emergencia. A lo mejor le cortaba la hemorragia, le contraía los vasos sanguíneos y le mantenía la tensión arterial. Calentó una ampolla frotándola con las manos. Arrodillada, junto a Ananda, introdujo la epinefrina en la jeringa. Él la miraba, parecía mirarla desde muy lejos, sin interesarse en lo que hacía. Anil apoyó la mano izquierda en el pecho de él para que no se moviera —lo empujó hacia atrás, todo lo que pudo, para que estuviera quieto, hacia el rincón de la habitación— y entonces le clavó la aguja en el brazo. Sin dejar de sujetarlo con la mano izquierda, volvió a llenar la jeringa, esta vez con otra ampolla que tenía entre las rodillas, y se la volvió a inyectar. Al alzar la vista, él seguía con la mirada perdida. Pero cuando el medicamento empezó a hacer efecto, sus ojos empezaron a peligrar. Se apagaron lentamente, como si intentaran cogerse a algo para espantar el sueño. Como si creyera que moriría si se perdía en la inmovilidad.

A las diez de la mañana oyó los pasos del capataz que llegaba a la propiedad como de costumbre. Tenía que pesar el té después de que siete trabajadores lo hubieran recogido y metido en sacos. Anil siempre salía a observar la ceremonia. Lo hacía por un recuerdo al que se había aferrado desde la infancia. Siempre le había encantado su espeso olor y sabía que no había nada más verde que esas hojas. Se acordaba de haber entrado en fabricas de té y de caucho como si fueran reinos y de haberse preguntado a cuál de esos reinos deseaba pertenecer de adulta. Un marido que se dedicara al té o un marido que se dedicara al caucho. No había otra posibilidad. Y su casa se erguiría en lo alto de una colina solitaria.

Sarath no había localizado a su hermano de modo que tuvo que llevar a Ananda al hospital de Ratnapura. Todavía no había vuelto. Anil se hallaba de pie junto al cobertizo, donde estaban las balanzas, y cuando se marcharon los recolectores de té, pisó la plataforma trémula, se inclinó y cogió varias pequeñas hojas verdes.

Antes de irse a dormir la noche anterior, había llevado un cubo de agua a la habitación y frotado el suelo a cuatro patas. Quiso hacerlo entonces, cuando él todavía estaba vivo. Si se moría por la noche, ella no podría volver a entrar en esa habitación. Estuvo media hora limpiando. Con esa luz, la sangre parecía negra. Después, en el patio, se quitó la camiseta y el *sarong* y los enjuagó. Y sólo entonces empezó a lavarse: cada centímetro de piel en la que sentía la sangre seca, cada uno de sus cabellos finos y oscuros. Se quitó la pulsera y se frotó la muñeca, después tiró la pulsera al cubo y también la lavó. Sacó varias veces el cubo lleno de agua del pozo y se lo echó por encima. Se sentía exageradamente despierta, tiritaba, tenía ganas de hablar. Dejó la ropa junto al pozo, se fue a su habitación e intentó entregarse al sueño. En medio del agotamiento, sintió que le llegaba la frialdad del agua del pozo, supo que se le había introducido en los huesos. Estaba con Sarath y Ananda, unidos por su amistad: los dos en el coche, los dos en el hospital mientras un desconocido intentaba salvar a Ananda. Tenía las manos a los lados, casi ni podía taparse con la sábana. Empezaba a amanecer y la luz entraba en la habitación. Sólo entonces se durmió, convencida de que ese hombre bueno salvaría a Ananda.

Por la tarde abrió los ojos y Sarath estaba allí.

—Se pondrá bien.

—Ah —murmuró ella. Apretó la mano de Sarath contra su mejilla.

—Lo has salvado. Como te ocupaste enseguida, luego le pusiste la venda, le diste la epinefrina... El médico dijo que no conocía a mucha gente que hubiera reaccionado igual en una crisis.

—Fue un golpe de suerte. Soy alérgica a las avispas y siempre la llevo encima. Hay gente que no puede respirar después de una picadura de avispa. Y además la epinefrina frena la hemorragia.

—Deberías quedarte a vivir aquí. En lugar de estar aquí para un trabajo más.

—¡Esto no es «un trabajo más»! Yo decidí volver. Quise volver.

Un largo camino de piedra une el *walawwa* a la carretera del pueblo. A la derecha, hay un viejo muro cubierto de vegetación. En el camino de entrada, a treinta metros, un desvío. Si uno va en coche, tiene que girar a la izquierda y aparcar al lado del cobertizo de los recolectores de té. Si va en bicicleta o a pie, deberá torcer hacia la derecha, hasta llegar a la casa, y entrar por una pequeña puerta que da al este.

Es una construcción clásica, de doscientos años, donde vivió la familia desde hacía cinco generaciones. La casa no es en absoluto desmedida ni pretenciosa. Su emplazamiento y ubicación, el cuidadoso uso de la distancia —la distancia a la que uno tiene que alejarse de la casa para poder verla, la ausencia de grandes vistas de las tierras de los demás propietarios— obligan a uno a la introspección en lugar de querer dominar el mundo a su alrededor. Siempre pareció un lugar escondido que uno descubría por casualidad, un *grand meaulne*.

Tras pasar por la cancela con su barra superior peculiarmente torcida, se entra en un jardín tapiado, con el suelo de tierra apisonada y de color arenoso. Aquí hay dos lugares con sombra. Está la sombra del porche y la del gran árbol rojo. Debajo del árbol hay un banco de piedra de escasa altura. Anil pasa gran parte del día allí, bajo el árbol inclinado como un arpa eolia que arroja cien texturas distintas de sombras sobre la tierra arenosa.

¿Qué edad tenía el pintor de la familia Wickramasinghe cuando murió? ¿Qué edad tiene Ananda? ¿Y qué edad tenía Anil, cuando en una ocasión en un aeropuerto no pudo expresar con un grito el dolor de su deseo no correspondido y frustrado? ¿Qué era lo que les faltaba a los hombres que los hacía ir por la vida como criaturas mudas y cordialmente infieles? Si dos amantes creían que podían suicidarse por una pérdida o por el deseo, ¿qué pasaba con el resto de seres anónimos? Con los que no estaban enamorados en lo más mínimo y a los que los ambiciosos y presumidos conducían y enviaban a los campamentos enemigos...

Anil estaba en el jardín al lado del árbol *moonamal* y del *kohomba*. Cuando caían, las flores del *moonamal* siempre se volvían hacia la luna. Anil partía y deshojaba las ramitas del *kohomba* para limpiarse los dientes, o las quemaba para ahuyentar a los mosquitos. Aquello parecía el jardín de un príncipe sabio. Pero el príncipe sabio se había suicidado.

La estética del *walawwa* nunca salió a relucir en las conversaciones entre los tres. Había sido un refugio y un lugar que inspiraba miedo, pese a las sombras serenas y constantes, la escasa altura del muro, los árboles que florecían a la altura de la cara. Pero la casa, el jardín con el suelo arenoso, los árboles, se habían introducido dentro de ellos. Anil nunca olvidaría el tiempo que pasó allí. Años después, a lo mejor al ver un grabado o un dibujo, sin saber por qué, entendería algo sobre la casa; a menos que le hubieran dicho que el *walawwa* en el que vivió había pertenecido a la familia del artista y que el artista también había vivido allí. ¿Pero qué tenía el dibujo? Por ejemplo, esas sencillas líneas que representaban a un portador de agua desnudo, y la distancia exacta entre el hombre y el árbol cuyo tronco arqueado recordaba la forma de un arpa.

Uno puede morir de penas privadas con la misma facilidad que de las públicas. Aquí varias familias se habían sentido solas, a lo mejor empezaron hablando para sí en voz baja mientras alguien le sacaba punta a un lápiz. O escuchaban un transistor, captando una señal muy débil que la antena apenas recibía. Cuando se agotaban las pilas a veces tardaban una semana en ir al pueblo, ¡ese mar de luz eléctrica! Porque era una gran casa construida en la era de las lámparas de aceite, cuando sólo parecía posible tener penas privadas. Pero fue allí donde los tres buscaron una historia pública. «El drama de nuestros tiempos —observó el poeta Robert Duncan— es que todos los hombres están abocados a un solo destino.»

La tormenta viene del norte. El cielo está encapotado y el fuerte viento agita las ramas y las sombras mientras ellos están sentados bajo el árbol rojo. Sarath no se inmuta por la tormenta y sus ojos buscan algo en la distancia mientras conversa con Anil.

—Vamos, entremos...

—Quédate —dice él—. Total, ya nos hemos mojado.

Anil toma asiento en el banco de piedra frente a él y ve que la lluvia le ha alborotado a Sarath el pelo cuidadosamente peinado. Sentada así, bajo la tormenta, se siente irresponsable. Eso es algo que habría hecho de pequeña. Oye el redoble del tambor en el pueblo, apenas audible tras el ruido de la lluvia.

—Así, despeinado, te pareces a tu hermano. De hecho, tu hermano me cae bien. —Se inclina hacia delante—. Voy a entrar.

Se dirige al porche y sube los escalones alejándose del barro, se sacude el pelo y se lo escurre como un trapo. Mira hacia atrás. Sarath está con la cabeza gacha y mueve los labios, como si hablara con alguien. Anil sabe que es imposible llegar hasta él, averiguar en qué estará pensando. ¿En su mujer? ¿Un fresco en una cueva? ¿El rebote de la lluvia ante él? Se seca los brazos en la oscuridad del comedor, se lleva la mano izquierda a la boca para chupar la lluvia de la pulsera.

Bajo la lluvia él se acuerda de lo que iba a decirle de Ananda. Se le ocurrió cuando regresaba del hospital. No, era de Sailor.

—Grafito —dice, dejando que la palabra le invada la cabeza—. A lo mejor trabajó en una mina de grafito.

Esa noche, pasada la medianoche, Anil siguió oyendo el tambor tras la lluvia. Coreografiaba y marcaba el ritmo de todo. Anil esperaba que cesase.

La cabeza de Sailor, o más bien la versión de Ananda, ya estaba en el pueblo, donde un desconocido, a quien nadie había llamado, se había sentado a su lado y puesto a tocar el tambor. Anil dudaba de que alguien la fuera a identificar. Había desaparecido demasiada gente. Sabía que lo que daría un nombre al esqueleto no sería la cabeza, sino sus indicadores de ocupación. Por eso, Sarath y ella iban a recorrer los pueblos de la región donde había minas de grafito.

El tambor siguió con su cadencia antífona e intrincada, como una escalera que bajaba al mar. El redoble sólo cesaría cuando la cabeza recibiera un nombre. Pero esa noche no cesó.

El ratón

Cuando la mujer de Gamini, Chrishanti, lo abandonó, él se quedó en la casa una semana, rodeado de todas las cosas que nunca había deseado: los últimos modelos de electrodomésticos en la cocina, los individuales con el estampado de cebra. Sin ella, ya no necesitaba al jardinero, al barrendero ni al cocinero. Despidió al chófer. Iría a los Servicios de Urgencias a pie. Al final de esa primera semana ya no volvió a la casa y se quedó en el hospital, donde sabía que siempre encontraría una cama; así podía levantarse al amanecer y enseguida estaba en el quirófano. De vez en cuando se llevaba la mano al bolsillo de la pechera para coger la estilográfica que le había regalado Chrishanti, la que había perdido, pero eran pocas las cosas que añoraba de su vida pasada.

Cuando lo llamó su hermano, preocupado, le dijo que no quería su preocupación. Ya había empezado a tomar pastillas junto con una bebida de alto contenido proteínico para estar siempre despierto entre los que morían a su alrededor. *Para diagnosticar una lesión vascular, es necesario un alto grado de desconfianza.* Si no hubiese sido tan buen médico, lo habrían denunciado por su conducta. Sabía que el único valor social que tenía era su trabajo en el hospital. Era allí donde encontraba su destino, en esa batalla entre bastidores con la guerra. No seguía las noticias de la guerra. Le dijeron que empezaba a oler mal, y por alguna razón le sentó fatal, de modo que se pertrechó de pastillas de jabón Lifebuoy y empezó a ducharse tres veces al día.

La mujer de Sarath fue a los Servicios de Urgencias a ver a Gamini y, tras cogerlo del brazo cuando salió de trabajar, le dijo que Sarath y ella querían que se fuera a vivir con ellos, que se estaba convirtiendo demasiado en un vagabundo. Era la única persona que podía hablarle así. Gamini la invitó a comer, comió más de lo que había comido en meses y dirigió la conversación hacia los intereses concretos de ella. Durante la comida no hizo más que mirarla a la cara y los brazos. Estuvo lo más amable posible, no la tocó ni una sola vez, sólo cuando se encontraron y ella lo cogió del brazo. Al despedirse, no la abrazó. Ella se habría dado cuenta de lo delgado que estaba.

No hablaron de Sarath. Sólo del trabajo de ella en la emisora de radio. Ella sabía que siempre le había gustado a Gamini. Él sabía que siempre la había querido, a ella y a sus brazos que no paraban de moverse, su extraña inseguridad a pesar de ser una persona que él consideraba con tanto talento. La conoció en una fiesta de disfraces en un jardín particular en las afueras de Colombo. Ella llevaba un esmoquin de hombre, el pelo peinado hacia atrás. Gamini entabló una conversación y bailó con ella dos veces, disfrazado, de modo que ella no sabía quién era. Ocurrió varios años antes, cuando ninguno de los dos estaba casado.

Esa noche, él era el hermano del novio de ella.

En la fiesta le propuso matrimonio dos veces. Estaban en la terraza *cadju*. Él tenía la cara pintada y la ropa hecha jirones de un *yakka*, y ella se lo tomó medio a broma y le contestó que ya estaba comprometida. Habían estado hablando de la guerra y ella creyó que la propuesta era una chanza, que él no se lo había dicho en serio. Así que él habló del tiempo que hacía que conocía los jardines donde se encontraban, de las veces que había ido allí. Seguro que conoces a mi novio, dijo ella, también viene por aquí. Pero él dijo que no recordaba su nombre. Los dos tenían calor y ella se desató la pajarita y se la dejó colgando. «Debes de tener calor, con toda esa ropa.» «Sí.» Se arrodilló junto a un estanque con un caño de bambú que se inclinaba cuando el estanque se llenaba de agua. «No manches el estanque de pintura. Hay peces.» Así que él se quitó el turbante, lo mojó y se lo pasó por la cara para limpiarse los colores. Cuando se levantó, ella vio quién era, el hermano de su novio, y entonces él volvió a pedirle que se casara con él.

Ahora, años después, cuando el matrimonio de él se había venido abajo, salieron de la cafetería a la calle donde estaba el coche de ella. Al despedirse, él mantuvo las distancias, no la tocó, sólo le dirigió su mirada hambrienta y brusca, ese gesto rudo con la mano para despedir al vehículo que se alejaba.

Gamini despertó en la sala casi vacía del hospital. Se duchó y vistió, mientras el paciente a su lado lo observaba atentamente. Todavía no había amanecido y la gran escalera estaba a oscuras. La bajó despacio, sin tocar el pasamanos, que escondía quién sabe qué en la madera antigua. Pasó por la sala de pediatría, por la de enfermedades infecciosas, por traumatología, y salió al patio delantero, compró un té y *roti* de patatas en la cantina de la calle y se los comió allí, bajo un árbol lleno de ruidosos pájaros. Salvo unos cuantos momentos como ése, pasaba casi todo el día en el hospital. Salía y se sentaba en un banco. Le decía a uno de los internos que lo despertara al cabo de una hora por si se quedaba dormido. La frontera entre el sueño y la vigilia era un hilo de algodón de un color tan claro que a menudo la atravesaba sin darse cuenta. Cuando operaba por la noche a veces sentía que cortaba carne con la única compañía de la noche y las estrellas. Tras volver en sí regresaba al edificio y veía que todo volvía a encajar a su alrededor. Sus obligaciones lo llevaban ante extraños a los que abría en canal sin siquiera saber cómo se llamaban. Apenas hablaba. Tenía la sensación de que no abordaba a nadie que no tuviera una herida, aunque no se la viera: el camillero que bostezaba en el pasillo, el político que estaba de visita y con el que Gamini se negaba a fotografiarse.

Las enfermeras le leían los gráficos mientras él se lavaba las manos. Les encantaba trabajar con él; era extrañamente popular a pesar de ser implacable. Era brutal en sus decisiones cuando se daba cuenta de que no podía salvar el cuerpo que tenía entre manos. «Ya está», decía, y se marchaba. «*Basta*»,[7] decía alguien que había estado en el extranjero, y él se echaba a reír junto a la puerta de vaivén. Casi era una conversación humana. Gamini sabía

---

[7] En español en el original. *(N. de la T.)*

que nunca había sido ameno; en su presencia las conversaciones triviales siempre se extinguían. A veces, una enfermera del turno de noche lo despertaba para pedirle ayuda. Lo hacía con cuidado, pero él enseguida se levantaba y la acompañaba vestido con un *sarong* a ponerle una intravenosa a un niño rebelde. Después volvía a su cama prestada. «Le debo un favor», decía la enfermera cuando él se iba. «No le debe ningún favor a nadie. Despiérteme siempre que necesite ayuda.»

La luz de la enfermera quedaba encendida toda la noche.

A veces aparecían cadáveres en la orilla, las olas los arrastraban hasta las playas. Hasta la costa de Matara, o en Wellawatta, o cerca del colegio de St. Thomas en Mount Lavinia donde ellos, Sarath y Gamini, habían aprendido a nadar de niños. Eran víctimas de asesinatos por razones políticas —víctimas de torturas en Gower Street o en una casa en Galle Road— a las que llevaban en helicóptero mar adentro y arrojaban hacia las profundidades del aire. Pero sólo unas pocas volvían a los brazos del país y podían ser empleadas como prueba.

En el interior del país los cadáveres bajaban por cuatro ríos principales: el Mahaveli Ganga, el Kalu Ganga, el Kelani Ganga y el Bentota Ganga. Al final todos acababan en el hospital de Dean Street. Gamini había decidido no tratar con los muertos. Evitaba los pasillos del ala sur, adonde llevaban a las víctimas de la tortura para identificarlas. Los internos hacían listas de las heridas y fotografiaban los cadáveres. Aun así, él repasaba, una vez a la semana, los informes y las fotografías de los muertos, confirmaba las suposiciones de los demás, señalaba las cicatrices recientes producidas con ácido o un objeto de metal afilado y ponía su firma. Para poder hacerlo, tenía que recurrir a la energía de las pastillas, y se ponía a hablar a toda prisa ante un magnetófono que le había dado un hombre de Amnistía. De pie, junto a las ventanas para ver mejor las terribles fotos, tapaba los rostros con la mano izquierda mientras se le aceleraba el pulso en la muñeca. Leía el número de la carpeta, interpretaba lo ocurrido y firmaba. La hora más oscura de la semana.

Se alejó de la pila de fotografías de esa semana. Las puertas se abrieron y entraron mil cuerpos, como atrapados en redes de pescadores, como si los hubieran aplastado. Mil tiburones y rayas en los pasillos, y algunos de los peces agitaban sus cuerpos de piel oscura...

Últimamente tapaban las caras de las fotografías. Así Gamini trabajaba mejor y no corría peligro de reconocer a los muertos.

Lo cómico era que había elegido la profesión médica porque creyó que tendría un ritmo decimonónico. Le gustaba su autoridad más bien propia de aficionados. Como la anécdota del doctor Spittel, cuando una noche se le fue la luz en medio de una operación en Kandy y llevó al paciente al aparcamiento del hospital, lo tumbó en un banco y lo iluminó con los faros de un coche. Ese tipo de historias servían para recordar una vida discretamente heroica. Esa era la satisfacción. Lo recordarían igual que a un jugador de críquet que una tarde de 1953 realizó un gran turno de lanzamientos y su nombre se cantó en un *baila* durante una semana o dos. Sería famoso en una canción.

De niño, en los meses en que se enfrentó a la difteria, acostado en una esterilla para dormir la siesta de la tarde, Gamini sólo deseaba vivir igual que sus padres. Fuera cual fuera la carrera que eligiera, quería que tuviera el mismo estilo y ritmo: levantarse temprano y trabajar hasta la hora de comer, después una siesta y conversar, luego volver a pasar por la oficina, esta vez poco tiempo. El bufete de abogados de su padre y su abuelo ocupaba toda un ala de la gran casa de la familia en Greenpath Road. De pequeño nunca lo dejaban entrar en la misteriosa madriguera en horas de oficina, pero a las cinco de la tarde cogía un vaso con un líquido ámbar, abría la puerta de vaivén con el pie y entraba. Había gruesos archivadores de escasa altura y pequeños ventiladores de mesa. Tras saludar al perro de su padre, dejaba el vaso en el escritorio.

En ese momento lo cogían en el aire, lo giraban y acababa sentado en el regazo de su padre, rodeado de unos brazos largos y oscuros. «Empieza por el principio», le decía, y Gamini procedía a contarle sus aventuras del día, cómo le había ido en la escuela, qué le había dicho su madre cuando llegó a casa. En esos primeros años, se sentía muy a gusto con la familia. Cuando miraba hacia atrás, no recordaba que hubiera habido ira ni nerviosismo en la casa. Se acordaba de la ternura entre sus padres. Siempre conversaban, lo compartían todo, y desde la cama oía su murmullo como si fuera un hilo que separaba la casa del mundo. Más tarde se dio cuenta de que los distintos mundos de su padre invadían toda la casa. Los clientes iban sólo a verlo a él. Tenían una pista de tenis en el jardín trasero donde los invitados se reunían con la familia los fines de semana.

Todo el mundo daba por sentado que los dos hermanos se incorporarían al bufete familiar. Pero Sarath decidió que no quería ser abogado y se fue de casa. Y pocos años después, Gamini también traicionó esas voces de la familia y se matriculó en la Facultad de Medicina.

*

Dos meses después de que su mujer lo dejara, Gamini sufrió un colapso debido al agotamiento y la administración lo obligó a coger la baja. Como había dejado su casa, no tenía a donde ir. Se dio cuenta de que, a pesar de la locura reinante, los Servicios de Urgencias se habían convertido para él en un capullo, al igual que lo había sido la casa de sus padres. Todo lo importante para él ocurría allí. Dormía en las salas, compraba la comida al vendedor ambulante justo enfrente del hospital. Ahora le pedían que se alejara del mundo en el que se había refugiado, que había creado a su alrededor, esa réplica tan peculiar del orden de su infancia.

Se fue caminando hasta Nugegoda, su antiguo barrio, y llamó a la puerta cerrada de su casa. Olía a comida. Apareció un extraño, pero no le abrió. «¿Sí?» «Soy Gamini.» «¿Y?» «Vivo aquí.» El hombre se alejó y se oyeron voces en la cocina.

Gamini tardó un tiempo en comprender que no iban a abrirle. Atravesó el pequeño jardín. El olor a comida le supo a gloria. Nunca había tenido tanta hambre. Lo que él quería no era la casa, sino una comida casera. Entró por la puerta de atrás. Tras mirar a su alrededor, se dio cuenta de que la casa estaba mucho mejor cuidada que cuando él vivía allí. El hombre que no le había abierto estaba con dos mujeres. Gamini no conocía a ninguna de esas personas. Al principio creyó que eran parientes de su mujer. «¿Puedo beber agua?».

El hombre le dio un vaso. Gamini oyó a niños en el fondo del bungalow y se alegró de que esa gente aprovechara toda la casa. Se acordó de algo y preguntó si tenía correo. Le dieron una pila de cartas. Una de su mujer, que guardó en el bolsillo. Varios talones del hospital. Los abrió, firmó un par en el reverso y se los dio a una de las mujeres. Él se quedó con los otros dos. Las mujeres le hicieron señas y él se sentó a comer con ellos. *String hoppers, pol sambol,* curri de pollo. Después se fue caminando hasta el banco con el estómago plácidamente lleno. Era un hombre rico. Llamó a Quickshaw, pidió un coche de alquiler y esperó en el vestíbulo con aire acondicionado de Grindlays.

—Lléveme a Trincomalee. Y después al Hotel Nilaveli Beach —le indicó al conductor tras sentarse a su lado.

—No, no.

Ya se lo esperaba: se suponía que era peligroso ir allí porque la guerrilla andaba por esa zona.

—No se preocupe, soy médico. A los médicos no les hacen nada, somos como prostitutas. Aquí tiene una insignia de la Cruz Roja para poner en el parabrisas. Lo contrato para una semana. No tengo que caerle bien y usted no tiene que ser amable conmigo. No soy una de esas personas que necesitan que las quieran. Pare el coche un momento.

Se bajó y se subió al asiento de atrás, pues necesitaba tumbarse. Para cuando el coche salió de Colombo, ya estaba profundamente dormido. «Coja la carretera de la costa —murmuró justo antes de dormirse—. Despiérteme en Negombo.»

Gamini y el conductor entraron en el vestíbulo oscuro de la fonda Negombo. Una pequeña lámpara junto al mostrador iluminaba al gerente, que se hallaba sentado ante un espantoso mural marino. De pronto Gamini se acordó de algo y se volvió, miró hacia la puerta y vio la misma escena, pero ésta era real. Tomaron una cerveza y prosiguieron el viaje. Cerca de Kurunegala, le indicó al conductor que cogiera una carretera secundaria. Tras recorrer unos cuantos kilómetros, Gamini se bajó del coche y le pidió al hombre que se encontrara con él en el mismo sitio a la mañana siguiente. Al conductor le costó entenderlo. En cualquier caso, Gamini quería pasar la noche allí.

Su padre lo había llevado al monasterio del bosque que estaba muy cerca de allí, en Arankale. Lo había llevado de niño, y Gamini siempre se las arreglaba para volver cada tanto tiempo. A pesar de que cuando trabajó como médico de guerra había ido perdiendo la fe, allí siempre le embargaba una gran paz. Con muy poca cosa, sólo una camiseta ligera y un pantalón, sin sombrilla para protegerse del sol, sin comida, se encaminó hacia el bosque. A veces, cuando iba veía que el lugar estaba muy cuidado; otras, lo encontraba cerrado como un ojo en el bosque.

Estaba el pozo. Estaba el techo de uralita en el porche donde dormían los viejos monjes. Podía pasar la noche allí. Por la mañana podía bañarse con el agua del pozo. Se abotonó el bolsillo de la pechera para que no se le cayeran y perdieran las gafas.

Una semana más tarde, Gamini se alejó del Hotel Nilaveli Beach y se dirigió a la playa. Estaba muy borracho. Había estado deambulando por el balneario, donde no había nadie salvo un cocinero, un gerente y dos mujeres que limpiaban las habitaciones vacías y chillaban cada vez que el cocinero intentaba tirarlas a la piscina. No paraban de pelearse por los pasillos. Gamini se durmió en la playa y, cuando despertó, se vio rodeado de hombres armados y risueños.

Se le había desatado el *sarong* y estaba medio desnudo. Dijo, con la mayor claridad y en las dos lenguas oficiales: «Soy *mé-di-co*», y volvió a perder el sentido. Cuando despertó por segunda vez, se encontró en una choza llena de muchachos heridos. De diecisiete, dieciséis años. Algunos incluso más jóvenes. Le explicó a uno de los hombres que se suponía que estaba de vacaciones.

—Me esperan para cenar a las siete. Si a las siete y media no estoy ya no me darán de comer...

—Sí, sí, pero y esto... —El hombre señaló con el brazo la larga fila de heridos en la choza—. Hay esto, ¿no?

Gamini se estaba deshabituando de las pastillas y estaba a medio camino, y como las había ido sustituyendo por el alcohol, ahora no sabía hasta qué punto estaba borracho. Había dormido mucho. A veces despertaba y veía que estaba en el jardín de un desconocido. No es que quisiera dormir, se trataba más bien de una necesidad. Soñaba que metía y sacaba cuerpos de un ascensor. Los ascensores siempre le dieron claustrofobia, aunque los prefería al vértigo irritante de las escaleras.

Cuando los guerrilleros lo encontraron acurrucado en la playa, el agua del mar le llegaba hasta los tobillos. Habían ido a buscar al turista que decían que era médico. Una de las mujeres que estaban en la piscina los había enviado a la playa.

Gamini recorrió la choza, mirando los cuerpos. Heridas vendadas con trapos, sin analgésicos, sin vendas. Le dio a un soldado la llave de la habitación del hotel y le pidió que cogiera las sábanas para hacer vendas y una bolsa de plástico con varios artículos que podían ser útiles: colonia para después del afeitado, pastillas. Cuando volvió, el guerrillero llevaba una de sus camisetas. Gamini vació el frasco con los comprimidos en la mesa y los partió en cuartos. Iban a tener un problema de comunicación. Él no sabía hablar tamil lo suficientemente bien, y ellos no hablaban cingalés. Sólo podía comunicarse en un inglés macarrónico con el líder.

Al caer la tarde, le entró hambre. Se había saltado la comida y el personal del hotel era inflexible. Pidió al líder que enviara a alguien a buscarle algo para comer. Esperaba no oír disparos a lo lejos. Puso manos a la obra y empezó a recorrer la fila de heridos.

La mayoría sobreviviría aunque perdería un brazo o tendría algún tipo de secuela. Ya había visto las señales de todas esas heridas cuando pasó por Trincomalee. Siguió avanzando por la sala improvisada con una caja *pakispetti* de madera, se sentaba al lado de un muchacho y le vendaba las heridas con trozos de sábana. A los que estaba a punto de operar los drogaba con un cuarto de sus preciadas pastillas. Se sorprendió al ver el efecto de un trozo tan pequeño de pastilla; él había estado tomándoselas enteras desde hacía más de un año. Un cuarto de hora después de darle la pastilla, tres guerrilleros sujetaban con fuerza al paciente tumbado en la cama y Gamini le suturaba una herida. Hacía tanto calor que Gamini se había quitado la camisa y se había atado trapos alrededor de las muñecas para que el sudor no le llegara a los dedos. Necesitaba dormir, se le cerraban los ojos, lo que siempre era un aviso, y seguía sin comer. Cuando sintió que estaba a punto de tener un pequeño berrinche, se tumbó junto a los cuerpos y se acurrucó hasta dormirse.

Roncó mucho. Cuando su mujer decidió dejarlo, Gamini la acusó de abandonarlo por culpa de sus ronquidos. Ahora los muchachos a su alrededor guardaban silencio para no molestarlo.

Pero lo despertaron unos gritos de dolor. Salió a lavarse la cara bajo el grifo. Para entonces habían traído al cocinero en una bicicleta y, hablando despacio, en cingalés, Gamini encargó diez abundantes raciones de comida para compartir con los demás y se aseguró de que el cocinero las cargara en su cuenta. Eso surtió efecto. Cuando llegó la comida, interrumpieron la cirugía. El personal del hotel le había enviado dos botellas de cerveza. Mientras comía, se acordó de la desaparición del doctor Linus Corea y se preguntó si él mismo volvería algún día a Colombo.

Trabajó hasta bien entrada la noche, inclinado sobre los pacientes mientras alguien sostenía una lámpara Coleman desde el otro lado de la cama. Algunos se ponían a delirar cuando se les pasaba el efecto de la pastilla. ¿Quién enviaba a un niño de trece años a pelear, y por qué furiosa causa? ¿Por un viejo líder? ¿Por una bandera deslucida? Tenía que recordarse continuamente quién era esa gente. Personas como ellos habían tirado bombas en calles atestadas de gente, en terminales de autobuses, en arrozales, en escuelas. Cientos de víctimas habían perecido tras ser atendidas por Gamini. Miles ya no podían caminar o evacuar. Pero daba igual. Él era médico. Al cabo de una semana estaría trabajando otra vez en Colombo.

Pasada la medianoche, volvió al hotel bordeando la playa acompañado de un guerrillero. En cuanto llegó, se dio cuenta de que el despertador que había comprado en Kurunegala había desaparecido. Se acostó y se durmió en su cama sin sábanas.

¿Dónde se inició la guerra secreta entre su hermano y él? Había empezado con el deseo de ser el otro, incluso con la imposibilidad de imitarlo. Gamini, al que apodaban «Meeya», el Ratón, siempre sería el más joven en espíritu, incapaz de alcanzar a su hermano. Le encantaba su falta de responsabilidad, le encantaba no estar nunca en el centro, aunque siempre estaba pendiente de lo que ocurría a su alrededor. En general, sus padres ni siquiera eran conscientes de su presencia cuando estaba medio hundido en una butaca, leyendo un libro, con las orejas levantadas, escuchando sus conversaciones con la fidelidad de un perro. A Sarath le encantaba la historia, a su padre le encantaba el Derecho, mientras que Gamini se escondía sin que nadie se diera cuenta. La madre, que de joven había querido ser bailarina, ahora dirigía los movimientos de todos. Ella siempre fue un misterio para Gamini. El amor que profesaba era un cariño general, que nunca se le tributó de manera específica a él. Le costaba imaginarla como la amante de su padre. Se notaba que no tenía hijas y se limitaba a seguir a los tres hombres de la casa: un marido parlanchín, un hijo mayor inteligente y con un futuro prometedor y un segundo hijo sigiloso. Gamini. El Ratón.

Cuando ninguno de los dos hermanos quiso seguir los pasos de su padre en el bufete familiar, la madre tuvo que defender la posición de cada uno: con un pie en el campamento de cada hijo y una mano en el hombro de su marido. De todos modos, se desperdigaron. Sarath se fue a estudiar arqueología y Gamini se lanzó de cabeza a la Facultad de Medicina, pero sobre todo a un mundo lejos de la familia. Ahora sólo recibían noticias de él cuando les llegaban los rumores de su desenfreno. Mientras que antes nunca habían sido muy conscientes de la presencia de Gamini en la casa, ahora sus padres se topaban con una legión de anécdotas desagradables sobre él. Era como si Gamini pretendiera que renunciaran a él, hasta que al final, se avergonzaron tanto, que lo consiguió.

De hecho, le encantaba el mundo de su familia. Aunque después, en sus conversaciones con la mujer de Sarath, ella le decía: «¿Qué tipo de familia llamaría a un niño "El Ratón"?». Se lo imaginaba de joven, indiferente a las preocupaciones de los adultos, con sus grandes orejas, en la enorme butaca.

Pero a él no le importaba. Creía que a todos los niños les pasaba lo mismo. Su hermano y él se habían conformado con la solitud, con no tener necesidad de hablar. «Pues a mí me da rabia —respondía la mujer de Sarath—. Me da rabia por los dos.» Cuando conversaba con ella, Gamini se sentía satisfecho con su infancia, mientras que para ella él era un alma que había sobrevivido a duras penas, sin haber gozado de la seguridad de sentirse querido. «Estaba muy mimado», decía él. «Sólo te sientes seguro cuando estás solo y haces las cosas por tu cuenta. No te mimaban, te ignoraban.» «Me niego a pasarme el resto de mi vida culpando a mi madre porque no me dio suficientes besos.» «Podrías hacerlo.»

Le había encantado su infancia, pensó para sí. Le habían encantado los salones en penumbra al atardecer, seguir los senderos de hormigas en el balcón, hacerse disfraces con la ropa que sacaba de diversos armarios, cuando se vestía y se ponía a cantar ante los espejos. Y la grandeza de esa butaca siempre lo acompañó. Quería comprarse otra idéntica, ahora, como una prerrogativa y un capricho de adulto. Cuando pensaba en el amparo, se acordaba de la silla, no de una madre o un padre. «Ya lo ves», dijo la mujer de Sarath en voz baja.

Y Sarath, para sus padres, era el preferido. Los tres se reían y discutían en la mesa mientras Gamini observaba su estilo y sus gestos. A los once años se enorgullecía de ser un buen mimo, de poder imitar, por ejemplo, las expresiones inquisitivas de un perro preocupado.

De todos modos, siguió siendo invisible, incluso para sí, pues apenas se miraba en los espejos salvo cuando se disfrazaba. Un tío suyo había dirigido producciones teatrales con actores aficionados y, una vez, cuando estaba solo en su casa, Gamini había encontrado unos disfraces. Se los probó uno por uno, dio cuerda al tocadiscos y se puso a bailar correteando por encima de los sofás, cantando canciones inventadas, hasta que llegó su tía, que sólo exclamó: «¡Ajá! Conque eso es lo que haces...». Y él se sintió terriblemente humillado y avergonzado. A partir de entonces se pasó varios años creyendo que era vanidoso y, por consiguiente, se mostró todavía menos a los demás. Se volvió más callado y apenas era consciente de los gestos más sutiles en su interior. Después sólo se mostraría vital ante los desconocidos: en el revuelo de las últimas horas de una fiesta o en el caos de las salas de urgencias. Era allí donde estaba el estado de gracia. Ésos eran los momentos en que uno podía dejarse llevar como en un baile, cuando uno estaba demasiado preocupado por sus habilidades o por sus deseos para ser consciente de su poder mientras iba en busca de una historia de amor o reaccionaba ante una emergencia. En esos momentos él podía estar en el centro y, aun así, seguir sintiéndose invisible. Fue entonces cuando empezó a ser famoso.

La barrera que lo separó de su familia en la infancia siguió allí. No quiso retirarla, no quiso que los universos se juntaran. Pero él no era consciente de ello. Se daría cuenta más tarde, en una crisis terrible y de un modo muy claro. Se aferraba a su hermano y comprendía que desde la infancia había sabido que para él ese benévolo hermano fue el catalizador de la libertad y de la intimidad que siempre había deseado. Gamini, junto a su hermano años más tarde, se lo dijo en voz alta, sorprendiéndose de su propia venganza espontánea. Cuando somos jóvenes, pensaba, lo primero que tenemos que hacer es detener las invasiones de nuestro espacio. Lo sabemos desde niños. Siempre hay esa condena susurrada a la familia, como el mar alrededor de una isla. Así, la juventud se esconde tras la forma de algo tan fino como una lanza, o de algo tan antisocial como un ladrido. Y, por lo tanto, nos sentimos más cómodos y tratamos con más familiaridad a los desconocidos.

El Ratón insistió en que quería marcharse de Colombo y pasar los últimos años de escuela en el internado de Trinity College en Kandy. Así estaba casi todo el año lejos de la familia. Le encantaba el tren que se mecía despacio mientras lo llevaba tierra adentro. Siempre le gustaron los trenes, nunca se compró un coche, nunca aprendió a conducir. A los veintitantos años se deleitaba con el viento que le acariciaba la cabeza cuando se inclinaba borracho hacia el ruido y el miedo de los túneles, rodeado de un profundo espacio. Le gustaba sostener conversaciones íntimas y divertidas con desconocidos; claro que sabía que todo eso era una enfermedad, aunque no le desagradaba tanta distancia y anonimato.

Era tierno, nervioso y sociable. Tras más de tres años en el norte, trabajando en hospitales de campaña, se volvió casi obsesivo. Su matrimonio, que tuvo lugar un año más tarde, se vino abajo prácticamente de inmediato, y a partir de entonces estuvo casi siempre solo. En el quirófano sólo quería que lo acompañara un ayudante. Los demás podían observar y aprender de lejos. Nunca fue muy elocuente cuando explicaba lo que hacía y lo que ocurría. Nunca fue un buen maestro, pero sí un buen ejemplo.

Sólo se había enamorado de una mujer, y no era la mujer con la que se había casado. Después hubo otra, una mujer casada de un hospital de campaña cerca de Polonnaruwa. Al final sintió que estaba en un barco lleno de demonios y que él era el único ser lúcido y cuerdo. Era un participante perfecto de la guerra.

Las habitaciones donde vivieron Sarath y Gamini de pequeños estaban lejos de la luz del sol de Colombo, del ruido del tráfico y los perros, de los demás niños, del sonido de la cancela de metal. Gamini se acuerda de la silla giratoria en la que daba vueltas, provocando un torbellino caótico entre los papeles y en los estantes, en la atmósfera prohibida del despacho de su padre. Para Gamini, todas las oficinas tendrían la autoridad de los secretos complejos. Incluso cuando ya de adulto entraba en esas habitaciones, se sentía indigno y transgresor. Los bancos, los bufetes de abogados, hacían resaltar su incertidumbre, le daban la sensación de estar en el despacho de un director de escuela, de que nunca le explicarían las cosas lo suficiente como para que pudiese entenderlas.

Evolucionamos de un modo tortuoso. Gamini se crió sin saber la mitad de las cosas que creía que debía saber: tuvo que trazar y descubrir relaciones extrañas porque no había conocido las rutas habituales. Casi toda su vida fue un niño que daba vueltas en una silla. Y del mismo modo que le habían ocultado las cosas, él también se convirtió en poseedor de secretos.

En la casa de su infancia acercaba el ojo derecho al pomo de la puerta, llamaba con suavidad y, si no le contestaban, entraba sigilosamente en la habitación de sus padres, en la de su hermano, de un tío, mientras dormían la siesta. Caminaba descalzo hacia la cama y contemplaba a los que dormían, después miraba por la ventana y se iba. Allí no pasaba nada. O se acercaba en silencio a un grupo de adultos. Ya se había acostumbrado a no hablar salvo para contestar a una pregunta.

Estaba pasando unos días en casa de su tía en Boralesgamuwa y, un día, ella y sus amigas jugaban al bridge en el largo porche que rodeaba la casa. Gamini se acercó con una vela encendida, protegiendo la llama con la mano. La puso en una mesita a su derecha. Nadie se fijó en él. Volvió a la casa sigilosamente. Pocos minutos después, Gamini se arrastraba por la hierba con su escopeta de aire comprimido, avanzaba desde el fondo del jardín hacia la casa. Llevaba un pequeño sombrero de camuflaje con hojas para disimular todavía más su presencia. Casi podía oír las declaraciones de las cuatro mujeres, sus conversaciones apáticas.

Calculó que estaba a unos veinte metros de ellas. Cargó la escopeta y se puso en posición de disparar, con los codos hacia abajo, las piernas formando un ángulo para procurarse equilibrio y firmeza, y apretó el gatillo. No pasó nada. Volvió a cargar y apuntó otra vez. En esta ocasión le dio a la mesita. Una de las mujeres alzó la vista y ladeó la cabeza, pero no vio nada a su alrededor. Lo que él pretendía era alcanzar la llama de la vela con un perdigón, pero el siguiente disparo fue demasiado bajo, casi a ras del suelo rojo del porche, y le dio a un tobillo.

En ese momento, justo cuando la señora Coomaraswamy soltaba un grito ahogado, su tía alzó la vista y lo vio con la escopeta de aire comprimido apoyada contra la mejilla y sobre el hombro, apuntando directamente hacia ellas.

El momento en que Gamini se sintió más feliz fue cuando pasó de la juventud caótica a la euforia del trabajo. En su primer empleo como médico, cuando fue a los hospitales del noreste, creyó que por fin realizaba un viaje decimonónico. Se acordó de las memorias que había leído del viejo doctor Peterson, donde describía ese tipo de viajes, que debió de hacer unos sesenta años antes. El libro incluía grabados —un carro recorriendo carreteras en medio de un bosque, bulbuls bebiendo de un estanque— y Gamini recordaba una frase.

Fui en tren hasta Matara y el resto del trayecto lo hice a caballo y en carro. Durante todo el camino, un hombre iba delante de nosotros tocando la corneta para ahuyentar a los animales salvajes de la carretera.

Ahora, en plena guerra civil, Gamini iba en un autobús que circulaba sin resuello casi a la misma velocidad que el carro, por casi el mismo paisaje. En una parcela pequeña y romántica de su corazón, deseaba que alguien tocara la corneta.

Sólo había cinco médicos trabajando en el noreste. Lakdasa estaba al mando y era el responsable de enviarlos a los hospitales de campaña y a las aldeas. Skanda era el cirujano principal y se encargaba de la tría cuando había una emergencia. Luego estaba el cubano, que se quedaría con ellos sólo un año. Y C—,1a oftalmóloga, que había llegado tres meses antes. «Tiene un título dudoso —dijo Lakdasa a los demás al cabo de una semana—, pero trabaja mucho, y no permitiré que se vaya.» Y el joven licenciado Gamini en su primer empleo.

Tenían que ir del hospital base en Polonnaruwa a los hospitales de campaña, donde algunos de ellos se quedarían a vivir. El anestesista acudía una vez a la semana, y ese día tocaba operar. Los demás días, si tenían que hacer una operación de urgencias, improvisaban con cloroformo o con cualquier pastilla que encontraran para dormir al paciente. Y desde el hospital base también iban a lugares de los que Gamini nunca había oído hablar y que ni siquiera salían en el mapa —Araganwila, Welikande, Palatiyawa—, a clínicas improvisadas en aulas de escuela a medio construir donde los esperaban madres y niños, enfermos de malaria y cólera.

Los médicos que sobrevivieron a esa época en el noreste después se acordarían de que nunca habían trabajado tanto, nunca habían sido tan útiles como para esos desconocidos que se curaban y deslizaban entre sus manos como grano. Ni uno solo de ellos retomó las carreras económicamente razonables de la medicina privada. Allí aprendieron todo lo que es valioso. No una cualidad moral o abstracta, sino una habilidad física que les confirió poder. No tenían periódicos, mesas lacadas ni buenos ventiladores. De vez en cuando un libro, de vez en cuando la radio con un comentarista de críquet que alternaba el inglés con el cingalés. Sólo dejaban que entrara una radio en el quirófano en ocasiones especiales o en las horas más cruciales de un partido internacional. Cuando el comentarista hablaba en inglés, Rohan, el anestesista, tenía que hacer de intérprete. Era el más bilingüe del equipo, pues había tenido que leer los textos en letra pequeña que acompañaban a las bombonas de oxígeno. (De todos modos, Rohan era un gran lector, pues a menudo se iba hasta Colombo en autobús para asistir a la presentación del último libro de un escritor local o del sur de Asia en el campus de Kelaniya.) Cuando los pacientes recobraban poco a poco el conocimiento en la sala de cirugía, a menudo lo hacían en medio del drama de un partido de críquet.

Se afeitaban por la noche a la luz de una vela y dormían como príncipes con el rostro recién rasurado. Despertaban a las cinco de la mañana, cuando todavía era de noche. Se quedaban un rato en la cama para orientarse, para intentar recordar cómo era la habitación. ¿Había una mosquitera encima de ellos o un ventilador, o sólo una espiral contra los mosquitos de la marca Lion? ¿Estaban en Polonnaruwa? Viajaban tanto, dormían en tantos lugares. Fuera se oían los pájaros *koha*. Un *bajaj*. Los altavoces que se encendían antes del amanecer y que sólo emitían un zumbido y crujidos. Los médicos abrían los ojos cuando alguien les tocaba el hombro, en silencio, como si estuvieran en territorio enemigo. Y estaba la oscuridad, y las pequeñas señales que les indicaban dónde estaban. ¿Ampara? ¿Manampitiya?

O despertaban demasiado temprano, cuando sólo eran las tres de la madrugada, y temían no volver a conciliar el sueño aunque nunca tardaban más de un minuto en volver a dormirse. En aquella época ni uno solo de ellos padecía insomnio. Dormían como pilares de piedra, sin cambiar de posición una vez acostados en la cama, el catre o la esterilla de rota, de espaldas o boca abajo, en general de espaldas porque así gozaban del placer de descansar unos segundos, con todos los sentidos despiertos, seguros de que les llegaría el sueño.

Poco después de despertar, se vestían a oscuras y se reunían en los pasillos, donde los aguardaba té caliente. Recorrerían los sesenta kilómetros hasta las clínicas, el vehículo penetraba en la oscuridad con dos débiles faros, flanqueado por la jungla y un paisaje invisible, de vez en cuando la fogata de un aldeano en el borde de la carretera. Se detenían diez minutos en un tenderete de comida. Un desayuno con croquetas de pescado en una oscuridad menos intensa. El ruido de los utensilios que se pasaban entre ellos. La tos de Lakdasa. Seguían callados. Sólo la intimidad de cruzar una carretera para llevarle una taza de té a alguien. Esas expediciones siempre parecieron significativas. Eran reyes y reinas.

Gamini estuvo más de tres años trabajando en el noreste. Lakdasa se quedó allí, montando clínicas. Y la oftalmóloga con el título dudoso nunca quiso irse de los hospitales de campaña. En las peores crisis, Gamini la había visto pasar tapones de algodón y lociones a los internos incluso cuando estaba en medio de una operación de urgencias. Lo que más le envidiaban los demás, además de su presencia de mujer atractiva, eran las señales físicas de su trabajo. A Gamini le encantaba cuando entraba en su sala y los quince pacientes de la habitación se volvían hacia la puerta, todos con el mismo parche blanco pegado a sus rostros oscuros, el mismo símbolo de que le pertenecían.

En una ocasión alguien trajo un libro sobre Jung en el que uno de ellos había encontrado y subrayado una frase. (Tenían la costumbre de escribir notas en los márgenes. Un signo de exclamación al lado de algo que no era psicológica o clínicamente aceptable. Si en una novela se describía una destreza física o una hazaña sexual poco creíble, Skanda, el cirujano, escribía en el margen justo al lado de la escena: «*Eso a mí también me pasó una vez...*» y añadía con todavía más ironía: «*Dambulla, agosto de 1978*». Una escena en que un hombre llegaba a la habitación de un hotel y lo recibía una mujer con un negligé que le servía un martini merecía comentarios similares. Cuando Skanda se fue a trabajar al departamento de oncología de Karapitiya, cerca de Galle, los demás sabían que también allí llenaría los libros de garabatos, tanto los de medicina como las novelas; de todos, era el que más pecaba de escribir notas en los márgenes.) En cualquier caso, seguramente fue el anestesista el que llevó el libro sobre Jung. Con fotos, ensayos, comentarios y una biografía. Y alguien había subrayado: «*Había una cuestión sobre la que Jung tenía toda la razón. Estamos todos poseídos por dioses. El error está en identificarnos con el dios que nos posee a nosotros*».

Fuera cual fuera su significado, parecía una advertencia seria, y dejaron que ese comentario los calase. Todos sabían que tenía que ver con la sensación de su propio valor que, en esa época, en ese lugar, se había apoderado de ellos. No estaban trabajando por una causa ni por una agenda política. Habían encontrado un lugar lejos de los gobiernos, de los medios de comunicación y de la ambición económica. En un principio habían ido al noreste a pasar un período de tres meses y, pese a la falta de material, la falta de agua, pese a que no tenían ni un solo lujo salvo alguna que otra lata de leche condensada que alguien les metía en un coche cuando estaban en medio de la jungla, se habían quedado dos o tres años, algunos más. No podían estar en un lugar mejor. Una vez, tras operar casi cinco horas seguidas, Skanda dijo: «Lo importante es poder vivir en un lugar o en una situación en que siempre tengas que usar el sexto sentido».

Gamini siempre llevó consigo la cita sobre Jung y el comentario de Skanda. Y la frase sobre el sexto sentido fue un regalo que le haría a Anil años más tarde.

Entre latidos del corazón

En los laboratorios de Arizona, Anil conoció y trabajó con una mujer llamada Leaf. Era unos años mayor que ella, y se convirtió en su mejor amiga y en una compañera inseparable. Trabajaban juntas y cuando una de ellas se iba de viaje siempre hablaban por teléfono. Leaf Niedecker —qué clase de nombre es ése, preguntó Anil— enseñó a Anil las excelencias de jugar a los bolos, de silbar con estridencia en los bares y de hacer carreras automovilísticas por las noches por el desierto dando volantazos de un lado al otro. *«Tenga cuidado con los armadillos, señorita.»*[8]

A Leaf le encantaba el cine y se llevó un disgusto cuando desaparecieron los autocines con sus películas al aire libre. «Descalzos, sin camiseta, nos revolcábamos por el asiento de cuero de un Chevy; desde entonces, no ha vuelto a haber nada parecido.» Conque dos o tres veces a la semana Anil compraba un pollo asado e iba a la casa alquilada de Leaf. Cuando llegaba, Leaf ya había instalado la televisión en el jardín, justo al lado de la yuca. Alquilaban *Centauros del desierto* o cualquier otra película

[8] En español en el original. *(N. de la T.)*

de John Ford o Fred Zinnemann. Veían *Historia de una monja*, *De aquí a la eternidad* o *Cinco días, un verano*, sentadas en las sillas de jardín de Leaf, o acurrucadas una al lado de la otra en la hamaca doble, y miraban el andar esmeradamente sexual y sereno en blanco y negro de Montgomery Clift.

Había una vez en el Oeste, las noches en el jardín de Leaf... A medianoche, el calor seguía en el aire. Paraban la película para tomarse un descanso y se refrescaban con la manguera del jardín. En tres meses consiguieron ver la filmografía completa de Angie Dickinson y Warren Oates.

—Tengo asma —dijo Leaf—. Necesito ser un vaquero.

Tras fumar un porro, se enfrascaban en las complejidades de *Río Rojo*, y se ponían a teorizar sobre el disparo extrañamente casual que recibía John Ireland antes de la última pelea entre Montgomery Clift y John Wayne. Rebobinaban el vídeo para volver a verlo. Wayne se volvía con elegancia, casi sin detenerse, para disparar a un amigo neutro que intentaba evitar una pelea. Arrodilladas en la hierba reseca junto a la pantalla del televisor, miraban la escena fotograma por fotograma en busca de una señal de indignación en el rostro de la víctima ante semejante injusticia. No veían ninguna. Era una acción menor dirigida a un personaje menor que pudo o no pudo haber acabado con la vida del hombre, y en los cinco minutos restantes de película nadie decía nada al respecto. Uno de esos finales felices jacobeos.

—No creo que la bala lo haya matado.

—Bueno, no sabemos dónde lo hirió, Hawks enseguida pasa a otro plano. Lo único que se ve es que el tío se lleva la mano al estómago y cae al suelo.

—Si le dio en el hígado, está perdido. Ten en cuenta que están en Misuri en el año mil ochocientos y pico.

—Ya. ¿Cómo se llama?

—¿Quién?

—El tío al que disparan.

—Valance. Cherry Valance.

—¿Cherry? O sea como Jerry, o Cherry, como los tomates.

—Se llama Cherry Valance, no Tomates Valance.

—Y es un amigo de Montgomery.

—Sí, se llama Cherry, y es un amigo de Montgomery.

—Hum.

—No creo que le haya dado en el hígado. Fíjate en el ángulo del disparo. La trayectoria de la bala parece ir hacia arriba. Me temo que lo hirió en una costilla, o rebotó.

—... ¿A lo mejor rebotó y mató a una mujer en la acera?

—O a Walter Brennan...

—No, a una dama en la acera a la que Howard Hawks se estaba tirando.

—Las mujeres no olvidan. ¿Es que no lo saben? Esas chicas del bar se acordarán de Cherry...

—Sabes, Leaf, deberíamos escribir un libro. *El cine desde el punto de vista de una médico forense.*

—Las películas de cine negro son muy difíciles. Siempre van con una ropa muy holgada y está todo muy oscuro.

—Yo haré *Espartaco.*

Anil le contó a Leaf que en los cines de Sri Lanka, tras una escena importante —en general un número musical o una pelea insólita—, el público se ponía a gritar: «¡Otra vez! ¡Otra vez!», o bien «¡Que la rebobinen! ¡Que la rebobinen!», hasta que al gerente del cine y al operador no les quedaba más remedio que obedecer. Ahora, a una escala más pequeña, las películas avanzaban y retrocedían a trompicones, en el jardín de Leaf, hasta que las dos entendían la acción.

La película que más les preocupaba era *A quemarropa*. Al principio, Lee Marvin (que en una ocasión encarnó a Liberty Valance, aunque éste no tiene nada que ver con el otro) está en el penal abandonado de Alcatraz con un amigo traidor que le pega un tiro. Creyendo que lo ha matado, el amigo se marcha, le quita la chica y se queda con su parte del botín. La venganza es inevitable. Anil y Leaf escribieron una carta al director de la película preguntando si, pese a los años transcurridos, se acordaba de dónde exactamente Lee Marvin tenía la herida en el torso, una herida que le permitió levantarse, caminar tambaleándose por el penal mientras salían los créditos de la película y nadar por las traicioneras aguas que separaban la isla de San Francisco.

Le dijeron al director que era una de sus películas *favoritas*, y que sólo se lo preguntaban porque eran especialistas forenses. Cuando vieron la escena más de cerca, observaron que Lee Marvin se llevaba la mano al pecho. «Lo ves, le duele el lado derecho. Después, cuando atraviesa la bahía a nado, sólo mueve el brazo izquierdo.» «Dios mío, qué película tan buena. Y tiene muy poca música. Hay mucho silencio.»

Gamini pasó el último año en el noreste trabajando en el hospital base de Polonnaruwa, adonde llevaban a los heridos más graves de toda la Provincia del Este, desde Trincomalee hasta Ampara. Asesinatos entre familias, brotes de fiebre tifoidea, heridas de granada, intentos de asesinato por parte de un bando u otro. Las salas siempre estaban sumidas en el caos: pacientes externos en cirugía general, pacientes ingresados en los pasillos, técnicos que venían de una tienda de aparatos de radio para arreglar el electrocardiógrafo.

El único lugar fresco era el banco de sangre, donde se refrigeraba el plasma. El único lugar tranquilo era la sala de reumatología, donde un hombre hacía girar lenta y silenciosamente una enorme rueda para ejercitar los hombros y los brazos, fracturados en un accidente unos meses antes, y donde una mujer solitaria estaba sentada con una mano artrítica metida en una palangana llena de cera caliente. Pero en los pasillos, cuyas paredes estaban enmohecidas por la humedad, unos hombres descargaban las bombonas de oxígeno de los carros haciéndolas rodar ruidosamente por el suelo. El oxígeno era el río esencial, que iba a parar a las salas de neonatos donde las incubadoras daban cobijo a los bebés. Fuera de allí, y más allá del caparazón del edificio del hospital, había un país guarnecido. En cuanto oscurecía, las guerrillas rebeldes se hacían con todas las carreteras, de modo que por la noche ni siquiera se movía el ejército. En la sala de pediatría, Janaka y Suriya atendían a sus pacientes —uno tenía un soplo en el corazón, otro sufría síncopes—, pero si estallaba una bomba o atacaban un pueblo, también ellos entraban a formar parte del «Escuadrón de vuelo» del hospital; incluso los que estaban en la sala de neonatos se iban a trabajar al quirófano y a la sala de la tría. Dejaban a un interno a cargo de todo.

Los especialistas que iban al norte no solían limitarse a su área concreta de conocimientos. Puede que un día estuvieran en pediatría, pero el resto de la semana podían pasarlo ayudando a contener un brote de cólera en los poblados. Si no tenían medicamentos para tratar el cólera, hacían lo que los médicos de antaño: disolvían una cucharadita de permanganato de potasio en una pinta de agua y la echaban en cada pozo o estanque. El pasado siempre ha sido útil. En una ocasión Gamini estuvo cuatro días intentando salvar la vida de un bebé. La niña lo devolvía todo: no retenía la leche de su madre, ni siquiera agua, y se estaba deshidratando. Gamini se acordó de algo, consiguió una granada y le dio de beber el jugo. La niña no lo vomitó. Fue por una canción que le había cantado su *ayah* y que decía algo de las granadas... Tradicionalmente, en el jardín de todas las casas tamiles de la península de Jaffna había tres árboles: un mango, un *murunga* y un granado. Cocían las hojas del *murunga* en los curries de cangrejo para neutralizar los venenos, ponían las del granado a remojo para el cuidado de los ojos y tomaban la fruta para favorecer la digestión. El mango lo tenían por placer.

Gamini estaba con Janaka Fonseka en el quirófano de pediatría cuando empezaron a llegar las noticias de que habían atacado un poblado. Ante él, en la mesa de operaciones, yacía un niño pequeño, desnudo salvo por un pantalón corto blanco. Los dos médicos se habían pasado toda la semana preparándose para la operación; ninguno de los dos la había hecho antes y habían leído una y otra vez la explicación del procedimiento en *Cirugía cardiaca* de Kirklan. Tenían que enfriar el cuerpo del niño hasta que alcanzara los veinticinco grados centígrados mediante una transfusión de sangre fría, reduciéndole la temperatura hasta que se le parara el corazón. En ese momento lo operarían. En cuanto se pusieron a cortar, los heridos empezaron a invadir los pasillos y los dos médicos oyeron al Escuadrón de vuelo que entraba en acción a su alrededor.

Fonseka y él se quedaron con el niño y sólo retuvieron a una enfermera. Un corazón del tamaño de una guayaba. Abrieron el atrio derecho. En todo el tiempo que pasaron allí fue lo más cerca que cualquiera de los dos estuvo de la magia. Mientras intercambiaban frases frenéticas para confirmar lo que tenían que hacer, oían los carritos que transportaban material o cuerpos, no sabían cuál de las dos cosas, y que circulaban por los pasillos a toda velocidad. Había habido una matanza, habían arrasado un pueblo a cincuenta kilómetros de allí. Alguien tenía que ir a ver si quedaban supervivientes. El niño ante ellos padecía una anomalía congénita, un niño hermoso, Gamini quería verle los ojos oscuros, que lo habían mirado llenos de confianza cuando él le clavó la aguja que lo sumió en un sueño incontrolable.

La tetralogía de Fallot. Cuatro defectos en el corazón, conque si no lo operaban entonces lo más probable era que no pasara de los primeros años de la adolescencia. Un niño hermoso. Gamini no iba a dejarlo solo, a traicionarlo en sus sueños. Obligó a Fonseka a quedarse con él, no lo dejó irse con los demás como creía que era su obligación. «Tengo que ir, no paran de llamarme.» «Ya lo sé. Sólo es un niño.» «Joder, no quise decir eso.» «Tienes que quedarte.»

La operación duró seis horas y Gamini se quedó todo el tiempo con el niño. Al cabo de tres horas, permitió que Fonseka se fuera. La enfermera tendría que ayudarlo a invertir el bypass. Gamini sabía que era una interina principiante, una tamil casada con un miembro del personal. Su marido y ella habían llegado ese mismo mes al hospital de campaña. De pie junto al niño, Gamini le explicó lo que iban a hacer. Debían volver a subirle la temperatura al niño con sangre más caliente y, en un momento determinado, retirar el bypass. *La tetralogía de Fallot*. Era la primera vez que se aplicaba ese procedimiento en el país.

Tras cinco horas, Gamini y la enfermera invirtieron el proceso que Fonseka y él habían iniciado. La joven enfermera lo observaba en busca de señales de que hacía algo mal. Pero era impecable, perfecta, parecía más tranquila que él. «¿Aquí?» «Sí. Necesito que hagas un corte de siete centímetros de largo y no muy profundo. No, más a la izquierda.» La enfermera cortó la piel del niño. «Deja la enfermería. Serías un buen médico.» Ella sonrió bajo la máscara.

En cuanto llevaron al niño a la sala de reanimación, Gamini lo dejó en manos de la enfermera. No confiaba en nadie más. Consiguió dos buscas y le dijo que se pusiera en contacto con él si surgía algún problema. Se lavó y se fue al caos de la tría. Todos salvo él estaban manchados de sangre.

Tardaron unas cuantas horas en resolver la crisis. En el quirófano llevaban botas blancas de goma y tenían todas las puertas cerradas. A veces cuando un médico no podía más de calor, se metía unos minutos en el banco de sangre refrigerado, junto con el plasma y los hemoconcentrados. Gamini se hizo cargo del quirófano. En casi todas las salas tenían un pequeño Buda iluminado con una bombilla de pocos vatios, y también había uno en el quirófano.

Para entonces ya habían llegado todos los supervivientes. Las matanzas habían tenido lugar a las dos de la madrugada en una aldea junto a la carretera principal de Batticaloa. Le habían llegado unos gemelos de nueve meses, los dos con sendas balas en las palmas de las manos y una tercera en la pierna derecha, de modo que no fue un accidente, se lo hicieron de cerca y a propósito, y los dejaron morir; a la madre la habían matado. Al cabo de un par de semanas esos dos niños serían unos seres pacíficos, llenos de luz. Uno se preguntaba: ¿qué han hecho para merecer esto? Y después: ¿qué han hecho para sobrevivir a esto? Sus heridas, que en realidad no eran graves, permanecieron dentro de él. Quizá fuera por la maldad formal de la acción, no lo sabía. Esa mañana habían asesinado a treinta personas.

Lakdasa fue a la aldea a hacer las autopsias, de lo contrario los parientes no cobrarían las indemnizaciones. Porque allí todo el mundo era pobre como la hierba. En esos pueblos, un padre de una familia de siete personas ganaba cien rupias diarias trabajando en una carpintería, lo que significaba que cada miembro de la familia podía comer una comida de cinco rupias al día. Eso era lo que costaba un caramelo. Cuando los políticos iban a las provincias acompañados de sus séquitos y los invitaban a tomar el té o a comer, la visita costaba cuarenta mil rupias.

Los médicos atendían a heridos de todos los bandos políticos y sólo tenían una mesa de operaciones. Cuando retiraban a un paciente, limpiaban la sangre con un periódico, pasaban un desinfectante por la superficie y ponían al siguiente. El problema más grave era el agua, y en los hospitales de mayor tamaño, debido a los frecuentes apagones, no paraban de tirar vacunas y otros medicamentos. Los médicos tenían que hurgar en los campos en busca de material: cubos, jabón en polvo Rinso, una lavadora. «Las pinzas quirúrgicas eran para nosotros como oro para una mujer.»

El hospital parecía un pueblo medieval. En una pizarra en la cocina tenían una lista del número de barras de pan y de fanegas de arroz necesarias para dar de comer a quinientos pacientes al día. Eso fue antes de que llegaran las víctimas de la matanza. Los médicos hicieron un fondo común para contratar a dos escribas del mercado que les hacían de secretarios, los acompañaban por las salas e iban anotando los nombres de los pacientes y sus males. Las afecciones más frecuentes eran: mordeduras de serpiente, rabia causada por zorros o mangostas, insuficiencia renal, encefalitis, diabetes, tuberculosis y la guerra.

La noche tenía su propia actividad. Nada más despertar, Gamini se unía a los ruidos del mundo. Una pelea de perros, un hombre que corría a buscar algo, un chorro de agua que caía en un recipiente. De pequeño las noches lo aterrorizaban, se quedaba con los ojos bien abiertos hasta dormirse, convencido de que su cama y él habían soltado amarras e iban a la deriva en la oscuridad. Necesitaba relojes ruidosos cerca de él. Lo ideal era que hubiera un perro en la habitación, o una persona: una tía o un *ayah* que roncara. Ahora, cuando trabajaba o dormía en los turnos de noche, se sentía seguro con la actividad humana y animal que tenía lugar más allá de la luz de la sala. Sólo cesaba la vida de los pájaros, de día tan oral y territorial, aunque en Polonnaruwa había un gallo que anunciaba amaneceres falsos a partir de las tres de la madrugada. Los internos habían intentado cargárselo.

Atravesó el hospital, de un ala a otra, por un pasillo al aire libre. Se oía el zumbido de la electricidad cerca de los charcos de luz al pasar a su lado. Sólo se percibía por la noche. Veías un arbusto y lo sentías crecer. Alguien salió, tiró sangre por la alcantarilla y tosió. Todo el mundo en Polonnaruwa tosía mucho.

Distinguía cada sonido. La pisada de un zapato o una sandalia, el ruido del muelle de la cama cuando levantaba a un paciente, el chasquido de una ampolla. Cuando dormía en las salas, tenía la sensación de que era una extremidad de una criatura enorme, unido a los demás a través del hilo de los ruidos.

Después, si no podía dormir en la residencia de médicos, recorría otra vez los doscientos metros de la calle principal, desierta por el toque de queda, para regresar al hospital. La enfermera que estaba en recepción se volvía y, al verle la mirada, le buscaba una cama. A los pocos segundos, estaba profundamente dormido.

En la clínica del pueblo esperaban veinte madres con sus bebés. Los médicos rellenaban historias clínicas y examinaban a las embarazadas para comprobar si tenían diabetes o anemia. Hablaban con cada una de las mujeres, observaban sus cuerpos mientras éstas avanzaban en la cola. En una mesa improvisada, una enfermera envolvía vitaminas en papel de periódico y se las daba a las madres. Esterilizaban las jeringas de vidrio y las agujas en una olla a presión.

En cuanto el primer bebé recibía un pinchazo empezaban los chillidos, y a los pocos segundos casi todos los bebés en la pequeña choza que hacía las veces de ambulatorio estaban berreando. Unos cinco minutos más tarde callaban de nuevo; las madres habían sacado sus pechos y ahora miraban a sus bebés con una sonrisa: una solución y una victoria para todos. Esa clínica atendía a cuatrocientas familias de la zona y a otras trescientas de la región vecina. El Ministerio de Sanidad nunca había enviado a un representante a esos pueblos remotos.

Para todos los médicos, Lakdasa era la gran fuerza moral, el hermano duro de la justicia. «El problema aquí no es el de los tamiles, es el problema humano.» Tenía treinta y siete años y el pelo cano. Cuando bebía se inventaba una compleja sucesión de fábulas, como si navegara por un puerto perfectamente trazado en un mapa. «Si bebo más de setenta y dos milímetros, tengo problemas con el hígado. Si bebo menos, entonces lo que me da problemas es el corazón.»

Lakdasa se alimentaba básicamente de *rotis* de patatas. Fumaba cigarrillos Gold Leaf en su jeep, en cuyo salpicadero había un ventilador. Guardaba el *sarong* en la guantera y dormía donde le tocara: en el despacho del director médico del distrito, en un sofá en el salón de un amigo. A veces, de pronto perdía cinco kilos en un mes. Obsesionado con la tensión arterial, se la tomaba a diario, y nada más acabar una sesión en una clínica siempre se pesaba y se medía el azúcar en la sangre. Anotaba las curvas de campana y después seguía conduciendo como siempre por la selva y las tierras guarnecidas para atender a sus pacientes. Le daba igual cómo estaba, pero tenía que saberlo.

Los sábados por la mañana Gamini y Lakdasa volvían a Polonnaruwa escuchando un partido de críquet. Un largo día en una clínica. De vez en cuando veían en la carretera unas tiras de diez metros de largo de grano puesto a secar en el asfalto, eran tan estrechas que un coche podía pasar por encima de ellas sin que las ruedas tocaran el grano. A su lado, un hombre con una escoba avisaba a los coches que tuvieran cuidado y, cuando no lo tenían, barría el grano para volver a ponerlo en el centro.

En la cafetería del hospital base —en un descanso de media hora— una mujer se sentó a la mesa de Gamini, tomó un té y comió una galleta a su lado. Eran alrededor de las cuatro de la mañana y él no la conocía. Sólo la saludó con la cabeza; se sentía huraño y estaba demasiado cansado para hablar.

—Yo te ayudé en una operación, hace unos meses. La noche de la matanza. —La mente de él retrocedió un siglo.

—Creía que te habían trasladado.

—Sí, pero he vuelto.

No la había reconocido en absoluto. Cuando compartieron las largas y cruciales horas junto al niño, ella llevaba una máscara. Y cuando no la llevaba, antes de la operación, no debió de fijarse en ella. Su camaradería había sido básicamente anónima.

—Estás casada con alguien de aquí, ¿no? —Ella asintió. Tenía una cicatriz en la muñeca. Era reciente, de lo contrario se la habría visto en el quirófano.

Gamini enseguida alzó la vista para mirarla a la cara.

—Me alegro mucho de volver a verte.

—Sí. Yo también —contestó ella.

—¿Dónde estabas?

—Mi marido... —tosió— lo enviaron a Kurunegala.

Gamini siguió observándola, la manera en que elegía las palabras con cuidado. Tenía un rostro juvenil, delgado y oscuro, y los ojos le brillaban como si fuera de día.

—De hecho, ¡nos hemos cruzado varias veces en las salas!

—Lo siento.

—No importa. Ya sé que no me reconocías. ¿Por qué habrías de hacerlo? —Una pausa. Se pasó la mano por el pelo y se quedó muy quieta. —He visto al chico.

—¿Aquel chico?

La mujer bajó la vista, ahora sonreía para sí.

—Al chico que operamos. Lo he ido a ver. Ellos... Los padres... le han cambiado el nombre, ahora se llama Gamini. Como tú. Les costó mucho, tuvieron que hacer muchos trámites.

—Qué bien. Conque tengo un heredero.

—Sí... Ahora hago horas extra en la sala de pediatría.—Iba a añadir algo, pero calló.

Él asintió, de pronto se dio cuenta de que estaba muy cansado. Sintió que lo que quería en la vida era una barbaridad. Habría involucrado la vida de otras personas, años de esfuerzos. Caos. Injusticia. Mentiras.

Ella miró su té y apuró la taza.

—Me alegro de verte.

—Yo también.

Gamini rara vez se veía a sí mismo como lo veía un extraño. Aunque la mayoría de la gente sabía quién era, se sentía invisible ante los demás. Por lo tanto, la mujer pasó a su lado y dio estrepitosas vueltas por la casa casi vacía de su corazón. Se convirtió, al igual que en la noche de la operación, en la única acompañante de sus pensamientos, de sus esfuerzos. Cuando después giró las manos de un paciente, Gamini se acordó de la cicatriz en la muñeca de la enfermera, de cómo se había pasado los dedos por el pelo, de lo que quería contarle. Pero era su corazón el que no podía salir al mundo.

En un descanso antes de la visita a la sala de las seis de la tarde, Gamini saca el diario de ingresos del estante. Desde que están los escribas, las anotaciones son mucho más claras: la letra inmaculada y pequeña, los meses y los domingos subrayados con tinta verde. Como no recuerda la fecha, busca un número de ingresos mayor del habitual, lo que coincidiría con el día de las matanzas. Después repasa la lista de los internos y las enfermeras.

Prethiko
Seela
Raduka
Buddhiya
Kaashdya

Pasa los dedos por la página mientras va mirando los nombres del personal hasta que encuentra el de ella.

Camina más de un kilómetro para ir al espectáculo, con la única americana que tiene. En el comedor acristalado de la fonda que pende por encima del agua dan de comer tan mal como siempre. Los niños esperan con las bengalas sin encender, deseosos de cualquier tipo de ceremonia. Un pastel en una mano, una bengala en la otra. Lakdasa es el encargado de organizar la exhibición de fuegos artificiales, y está en la plataforma preparando las girándulas y los cohetes. Gamini acaba de vislumbrarla a lo lejos. No la ha vuelto a ver desde que compartieron la taza de té hace dos semanas.

Después, cuando ella está cerca de él, Gamini ve los pequeños pendientes rojos contra la piel oscura. Eran de su abuela, y como tiene el pelo muy corto Gamini los ve perfectamente: la gema roja y diminuta como una mariquita en cada lóbulo. «Cuando no me los pongo los entierro», dice. Se ponen a caminar hacia las ruinas, alejándose de la fonda. Un cartel dice: POR FAVOR NO ENTREN NI PISEN LA IMAGEN NI SAQUEN FOTOGRAFÍAS.

Detrás de ella se ven antiguos fragmentos de colores, las cenefas rojas y blancas en la piedra pintada que él ve incluso a la luz de la luna. Desde el promontorio observan los primeros fuegos artificiales. Algunas de las extravagantes explosiones de repente se interrumpen y caen demasiado pronto al agua, o bien la rozan peligrosamente como piedras en llamas y se deslizan hacia la fonda.

Gamini se vuelve hacia ella. Ella lleva la chaqueta de él encima de una camisa arrugada.

Y se da cuenta de lo serias que son las emociones de ese hombre distante. Tiene que volver sobre sus pasos para salir del laberinto en el que acaban de entrar inocentemente. Él se conforma con estar cerca de ella, con la belleza de la oreja y del pendiente, primero mira un lado de la cabeza y después lo compara con el otro, la manera en que la luna está encima de ellos y también en el agua, la manera en que los lirios de la noche y su reflejo flotan en el agua. Están rodeados de alternativas falsas y verdaderas.

Ella le coge la mano y se la lleva a la frente. «Siéntelo. ¿Lo sientes?» «Sí.» «Es mi cerebro. No estoy tan borracha como tú, así que estoy más despabilada. Y aunque no estuvieras borracho, yo lo vería todo más claro que tú. Un poco más.» Después sonríe de un modo que hará que él le perdone todo lo que le diga.

Ella le habla, con más dureza que la que sugiere la cicatriz en su muñeca, con la camisa abierta formando una ola en el cuello.

—Te pareces, a veces, a la mujer de mi hermano —dice Gamini, y se ríe.

—En ese caso te trataré como si fueras el hermano de mi marido. Es un tipo de amor.

Él se reclina contra el pabellón de piedra, la montaña cósmica de alguien, y ella da un paso, él cree que hacia él, pero sólo quiere devolverle la chaqueta negra.

Gamini se acuerda de que esa noche se fue a nadar, de que se tiró al agua desnudo y se subió a la plataforma vacía de los fuegos artificiales. Ve unas cuantas siluetas en la sala acristalada por encima del agua. La reina de Inglaterra estuvo en esa fonda hace muchos años, cuando era joven. Él se queda allí sentado, intentando entender la manera en que ella desapareció entre la multitud con las cortesías más sutiles. La manera en que...

Al año siguiente volverá a Colombo y conocerá a su futura esposa. *¿Gamini?*, dirá una mujer llamada Chrishanti al acercarse a él. *Chrishanti*. Él conocía a su hermano de la escuela. Es en otra mascarada. Ninguno de los dos lleva disfraz, pero los dos están disfrazados por el pasado.

Varios pasajeros del tren estaban en cuclillas en los pasillos con fardos, pájaros domésticos.

Era a mí a quien tenía que haber querido, dijo Gamini.

Sentada a su lado, Anil supuso que iba a oír una confesión. El médico mercurial estaba a punto de abrir su corazón. Sería ese tipo de seducción. Pero en el resto del viaje —iban al hospital ayurvédico que Gamini se había ofrecido a enseñarle— no hizo ni dijo nada que llevara las riendas de la seducción. Sólo ese hablar lento mientras el tren entraba decididamente en la oscuridad de los túneles y él se miraba primero las manos y después su reflejo en el cristal. Fue así como se lo contó, bajando o apartando la vista, mientras ella sólo lo veía en una imagen reflejada y vacilante, que se perdía cuando volvían a la luz.

Nos veíamos a menudo. Más de lo que la gente creía. Como ella trabajaba en la emisora de radio, y yo trabajaba a horas extrañas, era fácil. Además, éramos «parientes»... No fue un cortejo. Eso te hace pensar en dos personas bailando. Bueno, a lo mejor bailamos una vez en mi boda, supongo. «The Air That I Breathe». ¿Te acuerdas de esa canción? Fue un momento romántico. Al fin y al cabo, era una boda, podías abrazar a todo el mundo. Era mi boda, ella ya estaba casada. Pero era a mí a quien tenía que haber querido. En aquella época, en la que nos veíamos, yo ya había empezado a tomar anfetas.

¿De quién estás hablando, Gamini?

Siempre estoy despierto. Soy un buen profesional. Así que cuando la ingresaron en el Hospital Dean Street, yo estaba allí. Había bebido lejía. Los suicidas eligen ese método porque, como es el más doloroso, a lo mejor se arrepienten en el último momento. Primero se les quema la garganta, después los órganos. Estaba inconsciente, y ni siquiera cuando despertó sabía dónde se encontraba. La llevé corriendo a la sala de urgencias con un par de enfermeras.

Con una mano le iba administrando analgésicos y con la otra, amoniaco para despertarla. Tenía que llegar hasta ella. No quería que se sintiera sola, en esa última fase. La atiborré de analgésicos, pero no quería que se durmiera. Era por puro egoísmo. Tenía que haberla dopado por completo, dejado que se fuera. Pero quería reconfortarla con mi presencia. Que supiera que era yo el que estaba allí, no él, su marido.

Le abría los párpados con los dedos. La sacudí hasta que me vio. No le importó. Estoy aquí. Te quiero, le dije. Cerró los ojos, me pareció que con asco. Entonces le volvieron los dolores.

Ya no puedo darte más, le dije, te perderé del todo. Levantó la mano y se la pasó por la garganta.

El tren entró en un túnel y avanzó en su interior, estremeciéndose en la oscuridad.

¿Quién era, Gamini? Anil no podía verlo. Le tocó el hombro y sintió que él se volvía y se acercaba a ella. Anil no veía nada a pesar del ocasional parpadeo de una luz turbia.

¿Qué harías con un nombre? Pero más que preguntarlo, lo escupió.

El tren salió unos segundos a la luz del día y volvió a internarse en la oscuridad de otro túnel.

Esa noche todas las salas estaban ocupadas, prosiguió. Víctimas de tiroteos, más pacientes para operar. En tiempos de guerra siempre hay muchos suicidas. Al principio te extraña, pero al final lo entiendes. Y creo que ella se sintió vencida por la guerra. Las enfermeras me dejaron a solas con ella y al cabo de un rato me llamaron a las salas de la tría. Ella estaba con morfina, dormida. Encontré a un niño en el pasillo y le pedí que la vigilara. Si se despertaba, tenía que ir al ala D a avisarme. Eran las tres de la madrugada. Para que no se durmiera, partí una Benzedrina y le di la mitad. Al cabo de un rato fue a buscarme y me dijo que se había despertado. Pero no pude salvarla.

Una de las ventanas del tren estaba abierta y el ruido se hizo más intenso. Anil sintió las ráfagas de viento.

¿Qué harías con su nombre? ¿Se lo dirías a mi hermano?

Alguien le dio una patada en el tobillo y ella contuvo la respiración.

Cuando Leaf se fue de Arizona, Anil no volvió a saber nada de ella hasta al cabo de seis meses. A pesar de que al despedirse le había prometido repetidas veces que escribiría. Leaf, su mejor amiga. Una vez llegó una postal de un mástil de acero inoxidable. Quemada, Nuevo México, decía el matasellos, pero no llevaba remite. Anil supuso que la había abandonado, que la había dejado por una vida nueva, por amigos nuevos. *¡Cuidado con los armadillos, señorita!* De todos modos, Anil dejó en su nevera una foto de las dos bailando en una fiesta, de esa mujer que había sido su eco, con la que veía películas en el jardín de su casa. Las dos se balanceaban en la hamaca, comían tarta de ruibarbo, se despertaban a las tres de la mañana con los brazos entrelazados, y entonces Anil regresaba a su casa atravesando con el coche las calles vacías.

La siguiente postal era de una antena parabólica. Tampoco decía nada ni llevaba una dirección. Enfadada, Anil la tiró a la basura. Unos meses después, cuando estaba trabajando en Europa, recibió la llamada. No sabía cómo Leaf la había encontrado.

—Es una llamada ilegal, así que no digas mi nombre. Estoy usando la línea de otra persona.

(De adolescente, Leaf había hecho llamadas a larga distancia usando un número de teléfono que le había robado a Sammy Davis Jr.)

—¡Ay, querida, dónde estás! Creía que me ibas a escribir.

—Lo siento. ¿Cuándo tienes vacaciones?

—En enero. Tengo un par de meses. A lo mejor después me iré a Sri Lanka.

—Si te envío un billete, ¿vendrás a verme? Estoy en Nuevo México.

—Sí, claro.

Así que Anil volvió a Estados Unidos. Y se sentó con Leaf en un establecimiento de donuts en Socorro, Nuevo México, a una hora de la Enorme Selección de Telescopios, que sacaba información del cielo minuto a minuto. Información sobre el estado de las cosas hace diez mil millones de años, y a otros tantos kilómetros. Fue allí, en ese lugar, donde se pusieron al día y descubrieron la verdad de sus vidas.

Al principio Leaf había dicho que tenía un asma terrible, por eso se había ido un año al desierto y desaparecido de la vida de Anil. Se había involucrado con Earthworks[9] y trasladado a *El campo de relámpagos* en Quemado, Nuevo México. En 1977, el artista Walter de Maria había plantado cuatrocientos mástiles de acero inoxidable en medio del desierto, en una llanura de casi dos kilómetros de largo. El primer trabajo de Leaf consistió en cuidar de la casa del guarda. Fuertes vientos llegaban del desierto y ella se vio en medio de varias tormentas porque en verano los mástiles

---

[9] Estilo artístico de las décadas de 1960 y 1970 que aprovecha los elementos de la naturaleza. *(N. de la T.)*

atraían los rayos a la llanura. Estuvo allí, rodeada de electricidad, al tiempo que los truenos retumbaban a su alrededor. Sólo había querido ser vaquero. Le encantaba el sudoeste.

Ahora Leaf se encontró con Anil cerca de la Enorme Selección: el conjunto de telescopios que recogía lenguajes informativos sobre el universo que estaba justo encima del desierto. Vivía al lado de esos receptores de la incomensurable historia del cielo. ¿Quién estaba por allí? ¿A qué distancia estaba esa señal? ¿Quién se estaba muriendo con las amarras sueltas?

Bueno, pues era Leaf.

Comían todos los días en el Pequod sentadas frente a frente. Anil pensó que los telescopios gigantes en medio del desierto pertenecían al mismo género que los autocines que Leaf tanto adoraba. Las dos hablaban y se escuchaban la una a la otra. Leaf quería a Anil. Y sabía que Anil la quería a ella. Hermana y hermana. Pero Leaf estaba enferma. E iba a empeorar.

—¿A qué te refieres?

—No paro de... olvidarme de las cosas . Ya me lo he diagnosticado. Tengo Alzheimer. Ya sé que soy demasiado joven, pero es que de niña tuve encefalitis.

Nadie se había dado cuenta de que estaba enferma cuando trabajaban en Arizona. Hermana y hermana. Y se había marchado sin decirle a Anil la verdadera razón por la que lo hacía. Con toda la energía que pudo reunir en su soledad, se había ido al este, a los desiertos de Nuevo México. Tengo asma, dijo. Empezaba a perder la memoria, a luchar por su vida.

Sentadas en el Pequod en Socorro, conversaron en voz baja hasta bien entrada la tarde.

—Leaf, escucha. ¿Te acuerdas? ¿Quién mató a Cherry Valance?

—¿Qué?

Anil repitió la pregunta despacio.

—Cherry Valance —dijo Leaf—. Yo...

—Lo mató John Wayne. Acuérdate.

—¿Eso yo lo sabía?

—¿Conoces a John Wayne?

—No, cariño.

¡Cariño!

—¿Crees que nos oyen? —preguntó Leaf—. Esa enorme oreja metálica en el desierto. ¿También nos capta a nosotras? Sólo soy un detalle del argumento secundario, ¿verdad?

En ese momento le volvió un atisbo de memoria y añadió, de un modo terrible:

—En fin, tú siempre creíste que Cherry Valance se moriría.

—¿Y ella? ¿También se murió? —había preguntado Sarath, cuando Anil le habló de su amiga Leaf.

—No, me llamó por teléfono esa noche cuando tuve fiebre, cuando estábamos en el Sur. Siempre nos llamábamos por teléfono y hablábamos hasta quedarnos dormidas, nos reíamos o llorábamos, e intercambiábamos historias. No. Está con su hermana, no muy lejos de esos telescopios de Nuevo México.

Apreciado señor Boorman:

Aunque no tengo su dirección, un tal señor Walter Donahue de Faber & Faber se ha ofrecido a enviarle esta carta. Le escribo en nombre mío y de mi colega Leaf Niedecker sobre una escena en una de sus primeras películas: A quemarropa.

Al principio de la película, en el prólogo por así decirlo, le pegan un tiro a Lee Marvin a una distancia de aproximadamente un metro o metro y medio. Cae fulminado en una celda y es posible que esté muerto, pero al cabo de un rato vuelve en sí, se marcha de Alcatraz, cruza el estrecho a nado y llega a San Francisco.

Somos médicos forenses y hemos estado discutiendo acerca de la parte del cuerpo en que la bala hirió al señor Marvin. Mi amiga cree que fue un golpe con efecto en las costillas y que, aparte de la fractura, la herida no reviste mayor importancia. Yo creo que es más grave. Ya sé que han pasado muchos años, pero a lo mejor, si lo intenta, podría recordar y decirnos exactamente por dónde entró y salió la bala y evocar sus conversaciones con el señor Marvin, cuando hablaban de cómo debía reaccionar y moverse más adelante en la película, cuando ya había transcurrido cierto tiempo y el personaje se había recuperado.

Atentamente,

Anil Tissera

Una conversación en el *walawwa* una noche de lluvia.

—Te gusta ser nebuloso, verdad, incluso para ti mismo.

—No creo que la claridad tenga que ver necesariamente con la verdad. Eso es más bien simplicidad, ¿no te parece?

—Necesito saber qué piensas. Necesito desglosarlo todo para poder conocer a una persona. Eso también es una manera de aceptar la complejidad. Los secretos pierden todo su poder cuando salen a la luz.

—Los secretos políticos nunca pierden poder, sean del tipo que sean —dijo él.

—Pero la tensión y el peligro que los rodea sí, uno puede hacerlos desaparecer. Tú eres arqueólogo. Al final la verdad siempre sale a la luz. Está en los huesos y el sedimento.

—Está en el carácter, el matiz y el modo.

—Eso es lo que gobierna nuestras vidas, no es la verdad.

—Para los vivos sí que lo es —musitó él.

—¿Por qué te metiste en esto?

—Me encanta la historia, la familiaridad con la que uno se interna en todos esos paisajes. Es como internarse en un sueño. En cuanto alguien aparta una piedra aparece una historia.

—Un secreto.

—Sí, un secreto... Me seleccionaron para ir a China a estudiar y me quedé allí un año. Lo único que vi del país fue una zona que no era mayor que un prado, no estuve en ningún otro sitio. Allí fue donde viví y trabajé. Al parecer, mientras los aldeanos despejaban una loma encontraron tierra de un color distinto, se presentaron varios equipos de arqueólogos y, bajo la tierra de un gris diferente, encontraron losas de piedra y, debajo, vigas de madera: enormes vigas cortadas, decapadas y unidas como si formaran el gran suelo de un salón de banquetes. Sólo que, por supuesto, era un *techo*.

»Así que, como te he dicho, fue como una especie de ejercicio en un sueño en que te ves obligado a profundizar y a ir cada vez más lejos. Trajeron grúas para sacar las vigas y debajo descubrieron agua: una tumba de agua. Tres piscinas gigantescas. Y en medio flotaba un ataúd lacado de un antiguo dirigente. También encontraron ataúdes con los cadáveres de veinte mujeres junto con sus instrumentos. Verás, eran músicas y su misión era acompañar al dirigente. Con cítaras, flautas, zampoñas, tambores, campanas de hierro. Estaban entregándolo a sus antepasados. Cuando sacaron los esqueletos de los ataúdes y los examinaron, no vieron ninguna lesión en los huesos que revelara cómo habían matado a esas mujeres, no tenían ni un solo hueso fracturado.

—Eso significa que las ahorcaron —dijo Anil.

—Sí. Eso dijeron.

—O las asfixiaron. O las envenenaron. Habrías averiguado la verdad mediante un estudio de los huesos. No sé si en esa época los chinos ya usaban el veneno. ¿Cuándo fue?

—En el siglo v antes de Cristo.

—Sí, ya lo conocían.

—Pusimos los ataúdes lacados a remojo en polímero para que no se desintegraran. La laca era de savia de zumaque mezclada con pigmentos de colores. Tenía cientos de capas. Después descubrieron los instrumentos musicales. Tambores. Armónicas hechas con calabaza. ¡Cítaras chinas! Pero sobre todo, campanas.

»Para entonces también habían llegado los historiadores. Especialistas en taoísmo y confucianismo, expertos en campanas musicales. Sacamos sesenta y cuatro campanas del agua. Hasta entonces nunca se habían encontrado instrumentos de ese período, aunque se sabía que la música había sido la actividad más significativa y representaba una *idea* de esa civilización. Hasta el punto de que no te enterraban con tus riquezas, sino acompañado de música. Resultó que las campanas que sacaron del agua habían sido fabricadas con las técnicas más sofisticadas. Al parecer cada región del país tenía su propia técnica. Esas regiones habían librado auténticas guerras musicales...

»No había nada más importante. La música no era un entretenimiento, era un vínculo con los antepasados que nos habían llevado hasta allí, era una fuerza moral y espiritual. La experiencia de atravesar las barreras de pizarra, madera, agua, para descubrir una orquesta de mujeres enterradas tuvo una lógica mística parecida, ¿lo entiendes? Tienes que entender cómo esas mujeres de algún modo aceptaron semejante muerte. Igual que hoy en día se puede convencer a los terroristas de que si mueren por la causa de su líder serán eternos.

»Antes de irme, al concluir el año, organizaron un espectáculo en el que todos los que habíamos trabajado allí pudimos oír el tañido de las campanas. Fue por la noche y, mientras las escuchábamos, las sentimos físicamente, sentimos cómo se alzaban hacia la oscuridad. Cada campana tenía dos notas para representar los dos lados del espíritu, representaban el equilibrio de las fuerzas opuestas. Es posible que haya decidido ser arqueólogo por esas campanas.

—Veinte mujeres asesinadas.

—Lo que se descubrió fue otro mundo con su propio sistema de valores.

—Amadme, amad mi orquesta. ¡Qué horror! Ese tipo de locura está en la estructura de todas las civilizaciones, no sólo en las culturas más remotas. Es que vosotros los chicos sois unos sentimentales. Muerte y gloria. Un tío que conozco se enamoró de mí por mi risa. Ni siquiera nos habíamos conocido ni habíamos estado en la misma habitación, sólo me había oído en una cinta.

—¿Y?

—Pues se derritió por mí como sólo lo hace un hombre casado, y consiguió que me enamorara de él. Ya sabes, la historia de siempre: de cómo una mujer inteligente se vuelve idiota y hace caso omiso de todo lo que debería seguir sabiendo. Al final ya no me reía. No sonó ninguna campana.

—¿Crees que se enamoró de ti antes de conocerte?

—Buena pregunta. A lo mejor se acostumbró a mi voz. Creo que había escuchado la cinta un par o tres de veces. Era escritor. Ay, los escritores, ésos sí que tienen tiempo para meterse en líos. Me habían pedido que hiciera de moderadora en una conferencia de un profesor mío, Larry Angel. Era un hombre maravilloso, divertido, así que de hecho me reí mucho, por su manera de pensar y cómo relacionaba las cosas con su mente no lineal. Estábamos sentados a una mesa en un escenario y lo presenté, y supongo que mi micrófono quedó encendido y se siguieron oyendo mis risas mientras él daba la conferencia. El viejo y yo siempre nos hemos llevado bien. Era una especie de tío favorito, en plan un poco sexual pero claramente platónico.

»Supongo que el escritor, el que después sería mi amigo, también tenía una mente no lineal, así que él también fue captando las bromas. Había pedido la cinta porque quería investigar los túmulos funerarios o algo así, algo bastante serio, y buscaba información, detalles. Fue así como nos conocimos. Por poderes. No fue un gran momento en medio del universo... Estuvimos en la cuerda floja los tres años que duró nuestra relación.

*

Su primera aventura juntos: Anil conducía su coche blanco, sucio y que apestaba a moho en dirección a un restaurante srilanqués. Fue pocos meses después de que Cullis la oyera en la cinta. Atravesaban el tráfico de última hora de la tarde.

—Entonces, ¿eres famoso?

—No. —Se rió.

—¿Un poco?

—Diría que unas setenta personas que no son parientes ni amigos reconocerían mi nombre.

—¿Incluso aquí?

—Lo dudo. Quién sabe. ¿Dónde estamos, en Muswell Hill?

—Archway.

Anil bajó la ventanilla y gritó.

—¡*Oigan, todos*: tengo al escritor científico Cullis Wright aquí en mi coche! ¿O es Cullis Wrong?[10] Sí, ¡es él! ¡Está aquí conmigo!

—Gracias.

Subió la ventanilla.

—Mañana podemos mirar las crónicas de sociedad, para ver si te han detenido. —Volvió a bajar la ventanilla y esta vez tocó la bocina para llamar la atención. De todos modos estaban en un atasco. A lo mejor de lejos parecía una pelea. Una mujer enfadada que sacaba medio cuerpo por la ventanilla y que hacía gestos a alguien que estaba dentro del coche, como si pretendiera poner a los transeúntes de su lado.

Cullis se acurrucó en el asiento del acompañante y observó la energía desatada de Anil, la facilidad con que se subía la falda hasta las rodillas y volvía a salir del coche tras poner el freno de mano con un gruñido. Ahora se había puesto a agitar los brazos y a golpear el techo sucio del coche.

Después Cullis recordaría otros momentos como ése: las veces en que ella intentó acabar con su prudencia,

[10] Juego de palabras con el apellido «Wright», que se pronuncia igual que el adjetivo «right» («correcto»), y «wrong», que significa «incorrecto». (*N. de la T.*)

en que intentó borrar su mirada de preocupación. Como cuando le hizo bailar en una calle oscura de Europa con un magnetófono junto al oído. «Brazil». *Acuérdate de esta canción.* La cantó con ella en esa calle de París, y mientras bailaban iban pisando la silueta pintada de un perro.

Cullis se quedó allí sentado, reclinado contra el respaldo del asiento, rodeado de tráfico, observando el torso de Anil mientras gritaba y aporreaba el techo. Se sintió encerrado en una caja de hielo o metal y que ella la golpeaba por fuera para llegar hasta él, para sacarlo de allí. La energía de su ropa revuelta, la sonrisa salvaje cuando volvió a entrar en el coche y lo besó: ella habría podido liberarlo. Pero como era un hombre casado, ya había empeñado una cuarta parte de su corazón.

Al final Anil lo abandonó en la habitación del motel Una Palma de Borrego Springs. No le dejó nada de ella a que aferrarse. Sólo la sangre negra como su pelo, la habitación oscura como su piel.

Se quedó tumbado en la habitación a oscuras observando cómo se movía el cuchillo por el temblor del músculo de su brazo. Se sumió en un estado de duermevela como un barco sin remos. Oyó toda la noche el suave zumbido del reloj del hotel. Lo que temía era que su sangre dejara de latir, que cesara el ruido en el techo del coche cuando ella se acercó a él. De vez en cuando pasaba un camión y distorsionaba la luz. Trató de luchar contra el sueño. En general le encantaba dejarse llevar. Cuando escribía, se deslizaba por la página como si fuera agua, e iba dando volteretas. Un escritor era un acróbata.

(¿Se acordaría de eso?) Y, si no, era un calderero, que llevaba un montón de cacharros, trozos sueltos de linóleo, cables, capuchas de halconero, lápices y... uno llevaba encima todas esas cosas durante años hasta que al final las metía poco a poco en un libro pequeño y modesto. El arte del envoltorio. Después tenía que volver a dar otra batida por los pantanos. Cómo se hace un libro, Anil. Me preguntaste *Cómo*, preguntaste *¿Qué es lo más importante que necesitas?* Anil, te lo diré...

Pero ella está en el autobús nocturno alejándose del valle, atrapada en el calor de su *ferren* gris, una especie de capa o mantón. Los ojos muy cerca de la ventana perciben los árboles iluminados fugazmente. Ah, él ya conocía esa mirada, cuando ella se recuperaba tras una pelea. Pero ésa iba a ser la última. No tendrían más oportunidades. Ella ya lo sabía igual que él. Su vida de amor antagonista, los intentos de abandono, los momentos buenos y los malos, todos los recuerdos analizados como si estuvieran en una mesa de laboratorio perfectamente iluminada de Oklahoma, mientras el autobús avanzaba hacia la neblina y atravesaba los pueblos de las montañas.

Anil se encorvó cuando empezó a hacer más frío. Aun así, no parpadeó, no quería perderse el menor detalle de esa última noche que pasó con él. Estaba empeñada en analizar los crímenes que cometieron el uno contra el otro, sus fracasos. Eso era de lo único que quería estar segura, aunque sabía que después surgirían otras versiones de su fatídico romance.

A excepción del conductor, ella era la única centinela. Vio la liebre. Oyó el ruido sordo de un ave nocturna que había chocado con el autobús. No se veía ninguna luz encendida en la nave flotante. Iba a pasarse cinco. días ordenando su escritorio y después se iría a Sri Lanka. En el bolso llevaba una lista con todos los números de teléfono y de fax de la isla con los que él podía ponerse en contacto con ella durante los siguientes dos meses. Había pensado dársela. Anil había estado dando vueltas en torno a la vida de mierda de Cullis, en torno a sus miedos que le atenazaban, al amor y la comodidad que él temía arrebatarle. Aun así, él había sido para ella como una casa maravillosa, llena de estancias extrañas, con todas esas posibilidades que habían ido surgiendo de un modo extraño.

El autobús se elevaba por encima del valle. Al igual que Cullis, Anil no podía dormir. Y como él, Anil seguiría en guerra. ¿Cómo iba Cullis a poder dormir cuando el nombre de Anil se interponía entre él y su mujer? Anil estaría presente incluso en las preocupaciones más íntimas de la pareja, como una sombra. Ella ya no quería eso: ser una mota o un eco, ser un compás que Cullis sólo empleaba para averiguar su paradero.

¿Y con quién hablaría Cullis sino con ella a medianoche a través de las distintas franjas horarias? Como si ella fuera la piedra de un templo empleada por los sacerdotes como objeto de confesión. Bueno, de momento, ninguno de los dos tenía un destino. Sólo debían huir del pasado. Aunque ella era incapaz de cantar, sabía la letra y el ritmo del fraseo.

> *Oh the trees grow high in New York State,*
> *They shine like gold in the autumn.*

Never had the blues whence I came,
But in New York State I caught'em.[11]

Musitó los versos, con la cabeza gacha, para sí. *Autumn. Caught'em.* Y así la rima se acurrucaba junto a su compañera.

---

[11] Ah, los árboles crecen muy altos en el estado de Nueva York, / brillan como el oro en otoño. / En el lugar donde nací no conocí la tristeza, / pero en el estado de Nueva York con ella me he encontrado. *(N. de la T.)*

La rueda de la vida

Sarath y Anil habían identificado a Sailor en el tercer poblado que tenía una mina de grafito. Se llamaba Ruwan Kumara y su primer trabajo consistía en sangrar la savia de las palmeras. Tras romperse la pierna en una caída, había trabajado en una mina local, y los aldeanos se acordaban de cuando los forasteros se lo habían llevado. Habían entrado en el túnel donde trabajaban doce hombres. Fueron acompañados de un *billa* —un miembro de la comunidad que se tapaba la cabeza con un saco de arpillera que tenía aberturas para los ojos— para que identificara anónimamente al simpatizante de los rebeldes. Un *billa* era un monstruo, un fantasma, que asustaba a los niños en los juegos, y había señalado a Ruwan Kumara y se lo habían llevado.

Ahora ya conocían la fecha exacta del secuestro. Al volver al *walawwa* planearon el siguiente paso. Según Sarath, debían ser cautelosos, reunir más pruebas, de lo contrario rechazarían su trabajo. Se ofreció a ir a Colombo y buscar el nombre de Ruwan Kumara en una lista de indeseables del Gobierno; dijo que podía conseguirla. Tardaría dos días y después volvería al *walawwa*. Le dejaría su móvil, aunque seguramente ella no podría ponerse en contacto con él, así que ya la llamaría él.

Pero a los cinco días, Sarath no había dado señales de vida.

Anil volvió a sentir todos los miedos que él le había despertado, por lo del pariente ministro y sus ideas sobre el peligro de la verdad. Se puso a dar vueltas por el *walawwa* furiosamente sola. Llegó el sexto día. Consiguió que le funcionara el móvil de Sarath y llamó al hospital de Ratnapura, pero Ananda se había ido, había vuelto a casa. No tenía a nadie con quien hablar. Estaba sola con Sailor.

Cogió el teléfono y se fue hasta el final del arrozal.

—¿Con quién hablo?

—Soy Anil Tissera, doctor.

—Ah, la desaparecida.

—Sí, la nadadora.

—No has venido a verme.

—Necesito hablar con usted.

—De qué.

—Tengo que escribir un informe y necesito ayuda.

—¿Por qué yo?

—Usted conoció a mi padre. Trabajó con él. Necesito a alguien en quien pueda confiar. Es posible que esto tenga que ver con un asesinato político.

—Estás hablando por un móvil. No digas mi nombre.

—No puedo salir de aquí y necesito ir a Colombo. ¿Puede ayudarme?

—Puedo intentarlo. ¿Dónde estás?

Era la misma pregunta que le había hecho la otra vez. Ella hizo una pausa.

—En Ekneligoda, doctor. En el *walawwa*.

—Lo conozco.

Colgó.

Un día después, Anil estaba en Colombo, en el auditorio Armoury, dentro del edificio de la unidad antiterrorista en Gregory's Road. Ya no tenía el esqueleto de Sailor. Un coche la había recogido en el *walawwa*, pero sin el doctor Perera. Cuando llegó al hospital de Colombo, el doctor Perera la recibió y la abrazó. Después comieron en la cafetería y él la escuchó cuando ella le contó lo que había hecho. Le aconsejó que no fuera más lejos. Creía que había trabajado bien, pero era peligroso. «Usted dio un discurso sobre la responsabilidad política —dijo ella—. Entonces no pensaba así.» «Eso fue un discurso», contestó él. Cuando volvieron al laboratorio, el esqueleto había desaparecido.

Ahora, de pie en el auditorio medio lleno de funcionarios, muchos de ellos militares y policías entrenados para luchar contra la subversión, se sintió perdida. Se suponía que tenía que presentar el informe y no tenía ninguna prueba. Habían conseguido desacreditar toda su investigación. Anil se hallaba junto a un antiguo esqueleto tumbado en una mesa, seguramente Tinker, y empezó a explicar los distintos métodos empleados para analizar los huesos e identificar los esqueletos relacionándolos con la ocupación y el lugar de origen, a pesar de que ése no era el esqueleto que necesitaba.

En la última fila, donde Anil no lo veía, Sarath la observaba hablar con tranquilidad, su aplomo, su calma absoluta, su rechazo a ceder al enfado o la emotividad. Su discurso parecía el razonamiento de un abogado y, lo que era más importante, el testimonio de una ciudadana; Anil ya no era sólo una autoridad extranjera. Entonces la oyó decir: «Creo que ustedes asesinaron a cientos de nosotros». *Cientos de nosotros*, pensó Sarath. Después de vivir quince años fuera, por fin dice *nosotros*.

Pero ahora los dos estaban en peligro. Se percibía la hostilidad en la sala. Él era el único que no estaba en contra de ella. Tenía que protegerse de algún modo.

Entre Anil y el esqueleto, discretamente escondido, estaba el magnetófono, que recogía cada palabra, cada opinión y cada pregunta de los funcionarios, a las que ella, de momento, respondía cortés e implacablemente. Pero él veía lo que Anil no podía ver: las miradas disimuladas en la calurosa sala (debieron de apagar el aire acondicionado treinta minutos después de iniciarse el testimonio, un viejo truco para distraer la atención); las conversaciones que se iniciaban a su alrededor. Se separó de la pared y dio un paso adelante.

—Disculpe, por favor.

Todos se volvieron hacia él. Ella alzó la vista, sorprendida de verlo allí y de que la interrumpiera.

—¿También encontró ese esqueleto en el yacimiento de Bandarawela?

—Sí —contestó ella.

—¿Y cuánta tierra había encima de él?

—Casi un metro.

—¿Puede dar una respuesta más precisa?

—No. En realidad no veo qué importancia puede tener.

—Porque en determinadas zonas en los alrededores de la cueva, donde se encontró ese esqueleto, el suelo estaba desgastado por el ganado, el comercio, las lluvias... ¿no es así? ¿Podrían encender el aire acondicionado? Es imposible pensar con este calor. ¿No es verdad que en los antiguos cementerios del siglo xix, tanto las fosas de las víctimas de asesinato como las tumbas —de hecho en casi todos los casos— estaban cubiertas por al menos medio metro de tierra?

Anil empezaba a ponerse nerviosa y decidió guardar silencio. Sarath se sintió observado, que se volvían hacia él.

Se dirigió hacia la parte delantera del auditorio y lo dejaron acercarse a ella. Cuando se encontró frente a Anil, del otro lado de la mesa, se inclinó y, con unas pinzas, sacó la piedra atrapada en el tórax.

—Esta piedra estaba en las costillas del esqueleto.

—Sí.

—Explíquenos las costumbres antiguas... Piénselo con cuidado, señorita Tissera, no teorice.

Se hizo una pausa.

—Le ruego que no me hable así, con condescendencia.

—Explíquenos lo que ocurre.

—Por lo general, cuando entierran un cuerpo suelen poner una piedra en el suelo justo encima. La piedra es como una especie de indicador que después cae cuando la carne cede.

—¿La carne cede? ¿Cómo?

—¡Espere un momento!

—¿Cuántos años tarda?

Silencio.

—¿Sí?

Silencio.

Ahora él empezó a hablar muy despacio.

—Al menos nueve años, ¿no es así? Eso es lo que tarda la piedra en caer, en caer dentro del tórax. ¿Verdad?

—Sí, pero...

—¿Verdad?

—Sí. Salvo las víctimas de fuego. Los cuerpos quemados.

—Ya, pero ni siquiera estamos seguros de eso, porque a la mayoría de los cadáveres los quemaron el siglo pasado, los que estaban en las tumbas históricas. Como ya sabe, en 1856 hubo una plaga. Y otra en 1890. A muchos de esos cadáveres los quemaron. Es muy probable que este esqueleto tenga cien años, a pesar de su excelente trabajo para averiguar su profesión, sus hábitos y su dieta...

—El esqueleto con el que sí habría podido demostrar algo ha sido confiscado.

—Veo que tenemos demasiados cadáveres. ¿Acaso éste es menos importante que el confiscado?

—Claro que no. Pero el confiscado murió hace menos de cinco años.

—El confiscado, el confiscado... ¿Quién lo confiscó? —preguntó Sarath.

—Se lo llevaron cuando yo estaba con el doctor Perera en el hospital Kynsey Road. Se perdió allí.

—O sea que lo perdió. No lo confiscaron.

—No es verdad. Se lo llevaron del laboratorio cuando estaba hablando con el doctor en la cafetería.

—Así que lo extravió. ¿Cree que el doctor Perera tuvo algo que ver?

—No lo sé. A lo mejor. Ya no lo he visto desde entonces.

—Y usted quería demostrar que ese esqueleto pertenecía a una persona que murió en fechas recientes. A pesar de que ya no tengamos la prueba.

—Señor Diyasena, quisiera recordarle que he venido aquí como miembro de una comisión de derechos humanos, como especialista forense. Yo no trabajo para ustedes, ustedes no me contrataron. Trabajo para una autoridad internacional.

Sarath se volvió y se dirigió al público.

—Esa «autoridad internacional» ha sido invitada por el Gobierno, ¿no es así? ¿Tengo razón?

—Somos una organización independiente. Realizamos informes independientes.

—Esos informes los hacen para *nosotros*. Para *este* Gobierno. Eso significa que sí que trabaja para él.

—Lo que pretendo es informar de que es posible que ciertas fuerzas gubernamentales hayan asesinado a personas inocentes. Eso es lo que estoy diciendo. Usted, como arqueólogo, debería creer en la verdad de la historia.

—Yo creo en una sociedad que vive en paz, señorita Tissera. Y lo que usted sugiere podría sembrar el caos. ¿Por qué no investiga los asesinatos de los funcionarios del Estado? ¿Serían tan amables de encender el aire acondicionado?

Se oyeron unos cuantos aplausos.

—El esqueleto que tenía era una prueba de determinado tipo de crimen. Eso es lo que importa. *«Un poblado puede hablar en nombre de muchos poblados. Una víctima puede hablar en nombre de muchas víctimas.»* ¿Se acuerda? Creía que usted representaba más de lo que representa.

—Señorita Tissera...

—Doctora.

—De acuerdo, «doctora». He traído otro esqueleto de otra necrópolis, de un siglo anterior. Me gustaría que le hiciera un estudio forense para ver la diferencia.

—Eso es ridículo.

—No es ridículo. Quisiera tener pruebas de las diferencias entre los dos cadáveres. *¡Somasena!*

Le hizo señas a alguien que estaba en el fondo de la sala. Entraron el esqueleto, envuelto en plástico, en un carrito.

—Se trata de un cadáver de doscientos años —dijo Sarath en voz alta—. Al menos, eso pensamos los arqueólogos. A lo mejor usted consigue demostrar que estamos equivocados.

Golpeteaba el lápiz sobre la mesa, como si la provocara.

—Necesito tiempo.

—Le damos cuarenta y ocho horas. Deje el esqueleto del que nos habló y vaya con el señor Somasena al vestíbulo, él la acompañará. Debo advertirle de que antes de salir tendrá que dejar todos los documentos de su investigación. Dentro de veinte minutos encontrará este esqueleto en la puerta principal.

Ella le dio la espalda y recogió sus papeles.

—Deje los papeles y el magnetófono, por favor.

Ella se detuvo un momento, después sacó el magnetófono del bolsillo donde acababa de ponerlo y lo dejó en la mesa.

—Es mío —susurró—, ¿es que ya no te acuerdas?

—Se lo devolveremos.

Anil empezó a subir la escalera que conducía a la salida. Los funcionarios apenas la miraron.

—¡Doctora Tissera!

Ella se volvió en lo alto de la escalera y lo miró, segura de que lo hacía por última vez.

—No intente volver para recuperar estos objetos. Salga del edificio. Ya la llamaremos si la necesitamos.

Anil salió y la puerta se cerró tras ella con un chasquido hermético.

Sarath se quedó allí y se puso a hablar en voz baja, dirigiéndose a todos los presentes.

Acompañado de Gunesena, empujó el carrito con los dos esqueletos por la puerta lateral y entraron en un pasillo oscuro que los conduciría al aparcamiento. Se detuvieron un momento. Gunesena no dijo nada. Pasara lo que pasara, Sarath no quería volver al auditorio. Buscó un interruptor. Se oyó el chisporroteo del neón que intentaba encenderse, ese parpadeo de luz tan habitual en esa clase de edificios.

Una fila de flechas rojas iluminaba el pasillo empinado. Empujaron el carrito con los dos esqueletos en la penumbra mientras los brazos se volvían carmesí cada vez que pasaban al lado de una flecha. Imaginó a Anil dos pisos más arriba, caminando furiosa, dando portazos. Sarath sabía que la detendrían en cada uno de los pasillos, que le pedirían la documentación una y otra vez para irritarla y humillarla. Sabía que la registrarían, que le quitarían todos los frascos y las diapositivas del maletín o los bolsillos, que la obligarían a desvestirse y volver a vestirse. Tardaría más de cuarenta minutos en salir del edificio, y al final del recorrido, lo sabía, no llevaría nada, ningún tipo de información, ni una sola fotografía personal que aquella mañana pudo haber cometido el error de llevar al edificio Armoury. Pero saldría, y eso era lo único que le importaba.

Desde la muerte de su mujer, Sarath nunca había vuelto a encontrar el viejo camino que le habría permitido regresar al mundo. Rompió con su familia política. Las cartas de condolencia quedaron sin abrir en el estudio. De todos modos, en realidad eran para ella. Volvió a la arqueología y se refugió en su trabajo. Organizó excavaciones en Chilaw. Como los jóvenes a los que enseñaba no sabían casi nada de su vida, se sentía cómodo con ellos. Les enseñó a poner tiras de yeso mojado en los huesos, a encontrar y limar mica, a saber cuándo se podían transportar los objetos y cuándo había que dejarlos donde estaban. Comía con ellos y respondía a cualquier pregunta relacionada con su trabajo. No retenía nada que supiera o que pudiera adivinar. Todos los que trabajaban con él aceptaban los fosos de intimidad que había cavado a su alrededor. Volvía cansado a su tienda tras excavar todo el día en la costa. Tenía algo más de cuarenta años, aunque sus alumnos creían que era mayor. Esperaba al anochecer, cuando los demás ya se habían dado un baño en el mar, para meterse en el agua y desaparecer en su oscuridad. A esa hora sombría, mar adentro, a veces las corrientes traviesas no te dejaban volver, insistían en alejarte. Solo entre las olas se dejaba llevar, el cuerpo se agitaba como en una danza, únicamente la cabeza, expuesta al aire, era sensible a lo que lo rodeaba, al brillo imperceptible de las grandes olas bajo las cuales se deslizaba cuando lo cubrían.

Se había criado amando el mar. En su escuela de St. Thomas, el mar estaba justo del otro lado de las líneas del ferrocarril. Y fuera cual fuera la costa donde se encontrara —en Hambantota, en Chilaw o en Trincomalee—, siempre se quedaba mirando a los pescadores cuando zarpaban con sus catamaranes a la hora del crepúsculo hasta que se desvanecían en la oscuridad, más allá de la visión de un niño. Como si partir, morir o desaparecer fuera simplemente desaparecer de la vista del espectador.

Siempre estuvo rodeado de ejemplos de muertes. En su trabajo sentía que de algún modo era el vínculo entre la mortalidad de la carne y los huesos y la inmortalidad de una imagen en la roca, o incluso, de un modo más extraño, la inmortalidad debida a la fe o a una idea. Así, la caída de una cabeza de un sabio del siglo VI, el derrumbamiento de brazos y manos debido a la fatiga de los siglos coexistieron junto con el destino del hombre. Llegó a sostener estatuas de dos mil años entre sus brazos. O a poner la mano en una roca vieja y cálida y recortada para darle forma humana. Le reconfortaba ver su piel oscura junto a la piedra. Era con eso que disfrutaba. No con las conversaciones, con la enseñanza a los demás ni con el poder, sino sencillamente cuando posaba la mano en un *gal vihara*, una piedra viva cuya temperatura dependía de la hora, cuyo aspecto poroso cambiaba según la lluvia o lo que durara el crepúsculo.

Esa mano de piedra podía haber sido la mano de su mujer. Tenía una oscuridad y una edad parecidas, una suavidad familiar. Y a él le habría sido muy fácil reproducir la vida de Ravina, los años que compartieron, a partir de los restos que quedaron de su habitación. Sólo habría necesitado dos lápices y un mantón para trazar y recordar su mundo. Pero lo que fue la vida de los dos juntos, eso seguía enterrado. Fueran cuales fueran los motivos por los que ella lo dejó, fueran cuales fueran los vicios, los defectos y las carencias de él que la ahuyentaron, Sarath nunca se molestó en averiguarlos. Era un hombre capaz de caminar por un campo e imaginar una sala reducida a cenizas seiscientos años antes; podía volverse hacia esa ausencia y con una mancha de humo, una huella dactilar, reproducir la luz y las posturas de los que se sentaron allí una noche en una ceremonia. Pero no quería desenterrar nada que tuviera que ver con Ravina. No porque estuviera enfadado con ella, sino porque era incapaz de retroceder hacia el trauma de ese lugar donde había hablado a oscuras, fingiendo que había luz. Pero, ahora, esa tarde, había vuelto a las complejidades del mundo público, con sus diversas verdades. Ésa era la perspectiva desde la que había actuado. Sabía que no se lo perdonarían.

Gunesena y él empujaron el carrito cuesta arriba. Apenas había aire en el túnel. Sarath puso el freno.

—Vete a buscar agua, Gunesena.

Gunesena asintió. El gesto formal denotó cierta irritación. Se fue, dejando a Sarath en la penumbra, y volvió al cabo de cinco minutos con un vaso de agua.

—¿Está hervida?

De nuevo Gunesena asintió. Sarath bebió y se levantó del suelo donde se había sentado.

—Lo siento, me había mareado.

—Sí, señor. Yo también bebí un vaso.

—Bien.

Se acordó de cuando Gunesena apuró la botella de cordial, de cuando Anil se la sostuvo, la noche que lo habían recogido en la carretera de Kandy.

Siguieron empujando el carrito. Abrieron las puertas de vaivén y salieron a la luz del día.

El ruido y el sol casi lo obligaron a retroceder. Estaban en el aparcamiento de los funcionarios. Unos cuantos chóferes se hallaban a la sombra del único árbol. Otros permanecían en sus coches, con el ronroneo del aire acondicionado. Sarath miró hacia la puerta principal pero no vio a Anil. Ya no estaba tan seguro de que fuera a salir. La camioneta que debía llevar el esqueleto que iban a darle a Anil se detuvo a su lado y Sarath supervisó la carga. Los jóvenes soldados querían enterarse de todo lo que ocurría. No es que desconfiaran, era por simple curiosidad. Sarath deseaba hacer una pausa o un poco de tranquilidad, pero sabía que eso era imposible. Las preguntas eran personales, no oficiales. ¿De dónde era? ¿Cuánto tiempo había estado...? La única manera de escapar era contestando. Cuando empezaron a preguntar por la figura en el carrito, agitó las manos delante de la cara y los dejó hablando con Gunesena.

Anil no había salido del edificio. Él sabía que, pasara lo que pasara, no podía entrar a buscarla. Anil tendría que vencer sola los obstáculos de insultos, humillaciones y afrentas. Había transcurrido casi una hora desde que la vio por última vez.

Necesitaba mantenerse ocupado. En el otro lado de la valla, un hombre vendía piña y Sarath compró un par de rodajas a través del alambre de espino y les espolvoreó la mezcla de sal y pimienta. Dos rodajas por una rupia. Podía entrar en el vestíbulo para resguardarse del sol, pero temía que Anil perdiera los estribos y se expusiera todavía más.

Ya había pasado una hora y media. Cuando Sarath se volvió y miró por cuarta vez, la vio en la puerta. Estaba allí de pie, inmóvil, sin saber dónde estaba ni qué hacer.

Se acercó a ella, con el puño cerrado, la cabeza dándole vueltas.

—¿Estás bien?

Ella bajó la vista, para no mirarlo.

—Anil.

Apartó el brazo. Sarath se fijó en que no llevaba el maletín. Le habían quitado todos los papeles. Y el material forense. Le palpó el pecho para ver si tenía los tubos de ensayo en el bolsillo interior del abrigo, pero no estaban. Ella no reaccionó. A pesar del estado en que estaba, al menos entendió lo que hacía.

—Te dije que volvería al *walawwa*.

—Pero no lo hiciste.

—Todo el mundo está pendiente. Ya te lo dijo mi hermano. En cuanto llegaste a Colombo, la gente ya sabía que estabas aquí.

—Maldito seas.

—Tienes que irte.

—No, gracias. Ya me has ayudado bastante.

—Coge el esqueleto que te he dado y métete en la camioneta. Vuelve al barco con Gunesena.

—Todos mis papeles están en ese edificio. Tengo que recuperarlos.

—Nunca los recuperarás. ¿Lo entiendes? Olvídate de ellos. Tendrás que volver a hacerlo todo otra vez. Y ya te comprarás el material en Europa. Podrás reponerlo casi todo. Lo importante ahora es ponerte a salvo.

—Gracias por tu ayuda. Ya puedes quedarte con tu esqueleto de mierda.

—Gunesena, trae la camioneta.

—Oye... —Alzó la mirada para fijarla en él—. Dile que me lleve a casa. No creo que pueda ir a pie. De verdad que no quiero tu ayuda de mierda. Pero no puedo caminar. Estuve... ahí dentro...

—Vete al laboratorio.

—Joder, coge tu...

Sarath la abofeteó con fuerza. Percibió la presencia de la gente a su alrededor, el grito ahogado, el rostro que parecía afiebrado.

—Vete con el esqueleto y examínalo. No tienes mucho tiempo. No me llames. Hazlo esta noche. Quieren un informe dentro de dos días, pero hazlo esta noche.

Ella se quedó tan sorprendida que se subió despacio a la camioneta aparcada a su lado. Sarath la observó y le dio a Gunesena el pase por la ventana. Antes de que la camioneta girara y se perdiera de vista, vio el rostro encendido e inclinado de Anil.

A él no lo esperaba ningún vehículo. Pasó al lado de los guardias junto a la valla, salió a la calle, paró un *bajaj* y le dio al conductor la dirección de su despacho. En un *bajaj* uno nunca podía reclinarse y relajarse; si no se concentraba corría el peligro de caerse. Pero sentado e inclinado hacia delante, con la cabeza entre las manos, intentó desconectar del mundo que lo rodeaba mientras el vehículo de tres ruedas se abría paso entre el tráfico.

Anil subió al barco y se paseó por la cubierta principal. Un puerto al atardecer. Oía los silbatos y las sirenas en la otra punta del puerto. Necesitaba estar al aire libre, no quería enfrentarse a la oscuridad de la bodega. Vislumbró, más allá en el muelle, a un hombre con una cámara y retrocedió para no tener que verlo.

Sabía que pronto se iría, ya no deseaba seguir allí. Estaba todo manchado de sangre. Las matanzas se habían convertido en algo fortuito. Se acordó de lo que le había dicho una mujer en el centro Nadesan. «Dejé el Movimiento de Derechos Civiles en parte porque ya no me acordaba de cuándo y dónde tuvo lugar determinada matanza...»

Eran alrededor de las cinco. Anil encontró la botella de arac y, tras servirse un vaso, bajó a la bodega por la escalera estrecha.

—¿Está todo bien, señorita?

—Gracias, Gunesena, puedes irte.

—Sí, señorita. —Pero Anil sabía que él se quedaría con ella, en algún lugar del barco.

Encendió una lámpara. Vio el otro juego de herramientas, el de Sarath. Oyó la puerta cerrarse tras ella.

Bebió más arac y habló en voz alta, sólo para oír el eco bajo la tenue luz y no sentirse sola con el esqueleto antiguo que le habían dado. Cortó la envoltura de plástico con un cúter y la apartó. Lo reconoció enseguida. Pero para asegurarse, deslizó la mano derecha hasta el talón y palpó la muesca que le había hecho en el hueso varias semanas antes.

Sarath había encontrado a Sailor. Lentamente, Anil lo iluminó con la lámpara. Las costillas parecían los puntales de un barco. Metió la mano entre los huesos arqueados y tocó el magnetófono que estaba allí, sin poder creérselo, todavía no, hasta que apretó el botón y las voces empezaron a llenar la habitación. Tenía la información grabada en una cinta. Las preguntas de ellos. Y tenía a Sailor. Volvió a pasar la mano entre las costillas para apretar el botón y parar la cinta, pero justo en ese momento oyó la voz de Sarath, muy clara y nítida. Debió de hablar en susurros, con el magnetófono muy cerca de la boca.

«Estoy en el túnel del edificio Armoury. Tengo poco tiempo. Como ves, éste no es cualquier esqueleto, sino Sailor. Es tu prueba del siglo xx, un muerto de hace cinco años. Borra esta cinta. Borra mis palabras. Termina el informe y prepárate para irte mañana a las cinco de la madrugada. Hay un avión a las siete. Alguien te llevará al aeropuerto. Me gustaría poder hacerlo yo, pero seguramente te acompañará Gunesena. No salgas del laboratorio ni me llames.»

Anil rebobinó la cinta. Se alejó del esqueleto y, mientras daba vueltas por la bodega, volvió a escuchar la voz de Sarath.

Volvió a escucharlo todo otra vez.

Los dos hermanos habían hablado a sus anchas en Galle Face Green sólo porque ella había estado presente. O eso le pareció a ella. No se dio cuenta hasta mucho después de que en realidad sólo hablaban entre ellos, y de que disfrutaron haciéndolo. Los dos necesitaban alinearse, ella era la arista, la excusa. En realidad eran ellos los que conversaban sobre la guerra en su país y sobre lo que cada uno de ellos había hecho y lo que no haría. Estaban, en retrospectiva, más cerca el uno del otro de lo que creían.

Si Anil fuera a iniciar otra vida cuando regresara al país que decidiera adoptar, ¿hasta qué punto Gamini y el recuerdo de Sarath formarían parte de esa vida? ¿Hablaría de ellos con sus amigos íntimos, de los dos hermanos de Colombo? ¿Y de que ella de algún modo había sido como una hermana para los dos y así evitó que uno agrediera el mundo del otro? Dondequiera que estuviera, ¿pensaría en ellos? ¿Se acordaría de la extraña pareja de hermanos de clase media que nacieron en un mundo y que en la madurez se metieron de lleno en otro?

Anil se acordaba de que aquella noche, en un momento dado, hablaron de lo mucho que amaban su país.

A pesar de todo. Ningún occidental entendería su amor por ese lugar. «Pero nunca podría marcharme de aquí», había murmurado Gamini.

—¿Te acuerdas de cómo acaban las películas americanas o los libros ingleses? —preguntó Gamini esa noche—. El americano o el inglés se sube a un avión y se marcha. Y se acabó. La cámara se va con él. El tío mira por la ventanilla en Mombasa, Vietnam o Yakarta, cualquier lugar que se vea a través de las nubes. El héroe cansado. Le dice algo a la chica sentada a su lado. Como vuelve a casa, la guerra, a efectos prácticos, ha terminado. Occidente se conforma con esa realidad. Seguro que ésa es la historia de la literatura política occidental de los últimos doscientos años. Vete a casa, escribe un libro, sal a venderlo.

El empleado de la organización de derechos civiles entró con los informes de las víctimas de ese viernes: las fotos en blanco y negro recién hechas, casi húmedas. Esa semana eran siete. Con los rostros tapados. Le dejó los informes a Gamini en su escritorio junto a la ventana y Gamini los encontró a la hora del cambio de turnos. Encendió el magnetófono y empezó a describir las heridas y sus probables causas. Cuando llegó a la tercera fotografía, reconoció las heridas, las inocentes. Dejó los informes donde los encontró, bajó una planta y echó a correr por el pasillo hasta llegar a la sala. No estaba cerrada con llave. Quitó una por una las sábanas que cubrían los cuerpos hasta que vio lo que sabía que vería. A partir del momento en que cogió la tercera fotografía, sólo pudo oír su corazón, sus latidos.

Gamini no sabía cuánto tiempo se quedó allí. Había siete cuerpos en la sala. Podía hacer algo. No lo sabía. A lo mejor sí que podía hacer algo. Veía las quemaduras producidas por el ácido, la pierna torcida. Abrió el armario donde estaban las vendas, las tablillas, el desinfectante. Primero lavó las manchas de color marrón oscuro con una loción desinfectante. Podía curar a su hermano, enderezar la pierna izquierda, tratar cada herida como si estuviera vivo, como si curándole los cientos de pequeños traumas pudiera resucitarlo.

«La cicatriz del corte en el codo que te hiciste al caerte de la bicicleta en Kandy Hill. Esta cicatriz te la hice yo cuando te pegué con una estaca de críquet. Como hermanos al final nunca nos dábamos la espalda. Siempre ejerciste demasiado de hermano mayor, Sarath. Aunque si entonces yo hubiese sido médico, te habría cosido los puntos con más cuidado que el doctor Piachaud. Han pasado treinta años, Sarath. Es tarde; todos se han ido a casa salvo yo, tu pariente menos favorito. El pariente con el que nunca puedes relajarte ni sentirte seguro. Tu triste sombra.»

Inclinado sobre el cuerpo, había empezado a vendar las heridas mientras la luz horizontal de la tarde que irrumpía en la habitación los iluminaba a los dos con un grueso rayo.

Hay todo tipo de Piedades. Gamini se acuerda de la Piedad sexual que vio una vez. Un hombre y una mujer, el hombre había culminado y la mujer le acariciaba la espalda, su rostro reflejaba la aceptación del cambio físico que había experimentado. Eran Sarath y su mujer, y en ese momento, sin dejar de acariciar el cuerpo que tenía entre sus brazos, ella había alzado la vista hacia él para verlo atrapado en su locura.

Había otras Piedades. La historia de Savitra, que luchó para apartar a su marido de los brazos de la muerte, de modo que en los asombrosos cuadros del mito ella lo abrazaba con el rostro alegre mientras que a él se le veía presa de la zozobra, en medio de su temible metamorfosis, en ese retorno al amor y a la vida.

Pero ésta era una Piedad entre hermanos. Y lo único que sabía Gamini en su estado de perturbación en el que todo se movía a cámara lenta era que eso podía ser el fin o el principio de una conversación permanente con Sarath. Si no hablaba con él ahora, si no se aceptaba a sí mismo, su hermano desaparecería de su vida. Así que también él, en ese momento, formaba parte de una Piedad.

Desabrochó la camisa y vio el pecho de su hermano. Un pecho suave, no duro y salvaje como el suyo. Era el pecho generoso de un Ganesha. Un vientre asiático. El pecho de alguien que se pasearía vestido con un *sarong* por un jardín o una veranda con su té y un periódico. Sarath siempre había eludido la violencia debido a su carácter, como si nunca hubiese habido una guerra en su interior. Enloquecía a la gente con la que trataba. Si Gamini había sido el Ratón, su hermano fue el Oso.

Gamini posó su cálida mano en el rostro inerte. Nunca se había preocupado por el destino de su hermano, siempre había creído que el desafortunado sería él. A lo mejor los dos habían supuesto que chocarían solos en la oscuridad que se habían inventado a su alrededor. Sus matrimonios, sus carreras en esa zona fronteriza de una guerra civil entre gobiernos, terroristas y rebeldes. Nunca hubo un túnel de luz que los uniera. En cambio, habían explorado y encontrado sus propios territorios. Sarath en campos bañados de sol en busca de piedras arqueológicas, Gamini en su mundo medieval de los Servicios de Urgencias. Cada uno se sentía más tranquilo, más libre, cuando no era consciente del otro. Se parecían demasiado en esencia y, por eso, eran incapaces de ceder ante el otro. Los dos se negaban a mostrar la menor vacilación o miedo, cuando estaban juntos sólo manifestaban fuerza e ira. Aquella noche en Galle Face Green, esa mujer Anil había dicho: «No puedo entender a alguien por sus puntos fuertes. Eso no demuestra nada. Sólo entiendo a la gente por sus debilidades».

El pecho de Sarath lo decía todo. Era contra eso que Gamini había luchado. Pero ahora ese cuerpo yacía en la cama indefenso. Era lo que era. Ya no era una réplica en una discusión, ya no era una opinión que Gamini se negaba a aceptar. Ah, parecía que tenía una señal igual hecha con una espada. Una herida pequeña, no muy profunda en el pecho, y Gamini la lavó y la vendó.

Había visto casos en que habían arrancado todos los dientes, cortado la nariz, mortificado los ojos con líquidos, perforado los oídos. Cuando se puso a correr por el pasillo del hospital, lo que más temió fue ver el rostro de su hermano. A veces se ensañaban con la cara. Entre las horrendas habilidades de esa gente, estaba la de descubrir la vanidad. Pero no habían tocado el rostro de Sarath.

Habían vestido a Sarath con una camisa con unas mangas enormes. Gamini supo por qué. Rasgó las mangas hasta los puños. Por debajo de los codos le habían roto los brazos en varios puntos.

Había oscurecido. La habitación parecía llena de agua gris. Se dirigió a la puerta, pulsó el interruptor y se encendieron siete luces en el techo. Volvió a sentarse junto a su hermano.

Seguía allí cuando al cabo de una hora empezaron a llegar los cuerpos de un atentado en la ciudad.

El presidente Katugala vestía un traje blanco de algodón, se le veía viejo, no como en esos carteles gigantes desperdigados por toda la ciudad que lo habían celebrado e idealizado durante años. Cuando uno miraba al hombre de verdad, el rostro delgado bajo el pelo cano y ralo, se apiadaba de él, al margen de lo que hubiera hecho. Parecía cansado y asustado. Varios días antes había estado tenso, como si en su mente hubiera un presagio, como si se hubiera puesto en marcha un mecanismo que él no podía controlar. Pero hoy era el día del Héroe Nacional. Y si había algo que el presidente de plata nunca dejaba de hacer el día del Héroe Nacional era salir al encuentro de la gente. Nunca fue capaz de renunciar a un mitin político.

La semana anterior, las fuerzas especiales de la policía y el ejército le habían advertido de que bajo ningún pretexto se mezclara con la multitud. De hecho, había prometido que no lo haría. Pero alrededor de las tres y media de la tarde, corrió la noticia de que el presidente estaba en la calle con el gentío. El jefe de la unidad especial de Katugala, acompañado de unos cuantos funcionarios, saltó a un jeep y salió en su busca. No tardaron en dar con él en las concurridas calles de Colombo y justo acababan de encontrarlo y estaban detrás de él cuando estalló la bomba.

Katugala vestía una holgada chaqueta blanca de manga larga y un *sarong*. Llevaba sandalias. Tenía un reloj en la muñeca izquierda. Se detuvo junto a Lipton Circus y pronunció un breve discurso desde su vehículo blindado.

R*** iba con pantalones cortos vaqueros y una camiseta ancha. Debajo llevaba una capa de explosivos, dos pilas Duracell y dos interruptores azules: uno para la mano izquierda, otro para la derecha, unidos mediante unos cables a los explosivos. El primer interruptor activaba la bomba. Podía dejarla encendida todo el tiempo que quisiera. Al pulsar el otro interruptor, la bomba estallaría. Para provocar la explosión tenía que pulsar los dos. Podía esperar todo el tiempo que le diera la gana antes de encender el segundo interruptor. O bien podía apagar el primero. R*** llevaba más cosas por encima del pantalón corto vaquero. Se había pegado los explosivos al cuerpo con cuatro correas de velero y, además de la dinamita, cargaba con el enorme peso de miles de bolitas de acero.

Cuando Katugala acabó de hablar en Lipton Circus, se dirigió en el Range Rover blindado hacia el gran mitin en Galle Face Green. Un año antes un adivino había dicho: «*Será destruido como un plato que cae al suelo*». Ahora transitaba lentamente por la calzada de dos direcciones, aunque no paraba de bajarse del vehículo para saludar a la multitud. R*** se abría paso en bicicleta entre el caos de gente, o a lo mejor iba a pie, y empujaba la bicicleta. En cualquier caso, Katugala estaba entre la multitud, se había detenido otra vez porque había visto una procesión de partidarios que agitaban consignas y que avanzaba hacia la calle desde una lateral. Intentó ayudar a dirigirla. Y R***, que iba a matarlo, que se había infiltrado en el círculo exterior del personal que trabajaba en la residencia de Katugala de modo que ya lo conocían, se acercó a él despacio, no se sabe si en bicicleta o a pie.

Existen unas cuantas fotografías de Katugala en su última media hora de vida escondidas en un archivo del ejército. Unas cuantas las sacó la policía desde un edificio muy alto, otras eran de periodistas a los que se las confiscaron y nunca se las devolvieron, nunca llegaron a publicarlas en los periódicos. Está con el traje blanco, tiene un aspecto frágil, y empieza a tener cara de preocupado. Pero sobre todo, se le ve mayor. En esos años los periódicos nunca publicaron fotos de él que no le favorecieran. En cambio, en éstas lo primero que llama la atención es su edad; contrasta con la imagen platónica que se ve justo detrás de él, en una enorme figura recortada de cartón, donde está radiante, con el pelo cano grueso y abundante. Y detrás también se ve el coche blindado del que se acaba de bajar por última vez.

Lo que pretendía Katugala, en sus últimos minutos de vida, era conseguir que la procesión de partidarios de su distrito electoral se mezclara con la multitud en Galle Face Green. Iba a volver a su coche, pero cambió de parecer y regresó para organizar la procesión; de ese modo se vio atrapado, junto con sus guardaespaldas, entre dos procesiones muy distintas: la de sus partidarios y la del gentío que celebraba el día del Héroe Nacional. Si alguien hubiese dicho que el presidente se encontraba entre ellos, casi todo el mundo se habría sorprendido. *¿Dónde está el presidente?* En la calle, entre la multitud, la única presencia presidencial era una figura gigante de cartón que llevaban como el accesorio de una película y que asomaba y volvía a desaparecer entre las cabezas de la multitud.

En realidad nadie sabe si R*** llegó con esa nueva procesión, aunque es lo más probable, o si ya estaba en el cruce donde el grupo se mezcló con la multitud. O a lo mejor aguardaba al lado del coche. En cualquier caso, había estado esperando ese día, cuando sabía que podría acercarse a Katugala en la calle. Le habría sido imposible introducirse en el entorno presidencial con explosivos y bolas de acero pegados al cuerpo. Los guardaespaldas eran implacables. Nunca hacían la menor excepción: examinaban cada bolígrafo y cada bolsillo. De modo que R*** tenía que abordarlo en un lugar público, con toda la parafernalia de la devastación pegada a su cuerpo. Ese hombre no sólo era el arma, sino que también era el que la asestaba. La bomba destruiría a toda persona que se encontrara ante él. Sus ojos y su cuerpo eran retículas. Se acercó a Katugala tras encender una de las pilas. Llevaba una luz azul debajo de la ropa. Cuando estaba a cinco metros de Katugala, pulsó el otro interruptor.

A las cuatro de la tarde del día del Héroe Nacional, más de cincuenta personas perecieron en el acto, incluido el presidente. La acción cortante de la explosión partió a Katugala en mil pedazos. Tras el atentado, la mayor preocupación era si alguien se había llevado al presidente, y en ese caso, si había sido la policía y las fuerzas del ejército o los terroristas. Porque el presidente no apareció por ningún lado.

¿Dónde estaba el presidente?

El jefe de la unidad del presidente, que media hora antes se había enterado de que Katugala estaba en la calle con la multitud y que se había subido a un jeep para ir a buscarlo, acababa de encontrar al presidente y le insistía en que se metiera en el coche blindado para volver a su residencia. Cuando estalló la bomba, el hombre se salvó milagrosamente. El chorro directo de bolas de acero penetró y se incrustó en el cuerpo de Katugala, o bien lo atravesó y cayó con estrépito en el asfalto detrás de él. Pero el ruido de la explosión ahogó el estruendo. Y lo que recordaría la mayoría de la gente que sobrevivió fue el horror de ese ruido.

Por lo tanto, él fue el único ser humano que quedó en el silencio que contuvo los últimos ecos de la bomba. No había nadie en un radio de veinte metros salvo la enorme réplica de Katugala, en la que los rayos de sol atravesaban los agujeros que las bolas de acero perforaron en el cartón.

Estaba rodeado de muertos. Partidarios políticos, un astrólogo, tres policías. A sólo unos cuantos metros, el Range Rover blindado salió incólume. Las ventanillas estaban manchadas de sangre. El conductor sentado en su interior también estaba ileso, a excepción de los daños en el oído ocasionados por el ruido.

Encontraron carne, seguramente del terrorista, en la pared del edificio en la acera de enfrente. El brazo derecho de Katugala descansaba en el estómago de uno de los policías muertos. La acera estaba llena de tarros de cuajada hechos añicos. Eran las cuatro de la tarde.

A las cuatro y media todos los médicos que pudieron ser localizados habían acudido a los hospitales de urgencias de Colombo. En la periferia de la matanza hubo más de cien heridos. Y pronto corrió la voz por las salas de los hospitales de que cuando estalló la bomba Katugala también se encontraba entre la multitud. Así que todos los hospitales estaban preparados y a la espera de que les llevaran su cuerpo herido. Pero nunca llegó. El cuerpo, lo que quedaba de él, no apareció hasta pasado mucho tiempo.

El gran público se enteró del asesinato cuando empezó a llamar gente de Inglaterra y Australia diciendo que había oído que Katugala había muerto. Y entonces, en una hora, la verdad se difundió por toda la ciudad.

Distancia

La estatua de trescientos cincuenta metros había estado en un campo de Buduruvagala desde hacía varias generaciones. A casi un kilómetro de allí se hallaba el muro de roca, más famoso, formado por los bodhisattvas. Uno podía caminar descalzo bajo el calor del mediodía y alzar la vista para ver las figuras. Era una región de cultivo frenético, y la aldea más cercana estaba a cinco kilómetros, de modo que esos cuerpos de piedra que se elevaban por encima de la tierra, con los rostros mirando hacia el cielo, a menudo eran lo único humano que veía un campesino en el paisaje que lo rodeaba a lo largo del día. Las estatuas contemplaban la quietud, más allá del zumbido agudo de las cigarras invisibles en la hierba agostada. Daban una sensación de permanencia a las breves vidas.

Tras la larga oscuridad de la noche, el sol naciente iluminaba primero las cabezas de los bodhisattvas y al solitario Buda, después descendía por las túnicas de roca hasta que al final, al no haber bosque, envolvía la arena, la hierba seca y la piedra, y alcanzaba a las formas humanas que caminaban con los pies descalzos y abrasados hacia las estatuas sagradas.

Tres hombres se habían pasado toda la noche caminando por los campos con una delgada escalera de bambú. De vez en cuando hablaban en voz baja, temerosos de que los vieran. Habían hecho la escalera esa misma tarde, y ahora la apoyaban contra la estatua del Buda. Uno de ellos encendió un *beedi* y se lo llevó a la boca, después subió hacia la oscuridad. Metió el rollo de dinamita en un pliegue de ropa en la estatua de piedra y encendió la mecha con el cigarrillo. Bajó de un salto y los tres se pusieron a correr, se volvieron al oír el ruido y, cogiéndose de las manos, bajaron la cabeza agachados cuando la estatua se torció, el torso cayó al suelo y el gran rostro del Buda se inclinó hacia delante y se hizo añicos en el suelo.

Los ladrones le abrieron el estómago con varas de metal, pero no encontraron ningún tesoro y se marcharon. De todos modos, era piedra rota, no era una vida humana. Por una vez no fue un acto político ni una acción cometida por una creencia en contra de otra. Esos hombres buscaban una solución para el hambre o una manera de huir de unas vidas que se desmoronaban. Y los campos «neutros» e «inocentes» alrededor de la estatua y de las esculturas de roca tal vez fueran lugares donde torturaban y enterraban a las víctimas. Como casi toda esa región estaba deshabitada, con sólo unos cuantos campesinos y peregrinos, allí llegaban camiones para quemar y esconder a las víctimas que habían recogido. Eran campos en que el budismo y sus valores se enfrentaban a los crueles acontecimientos políticos del siglo xx.

El artesano que llevaron a Buduruvagala para intentar reconstruir la estatua del Buda era un hombre del sur. Nacido en un poblado de canteros, había sido pintor de ojos. Según el Departamento de Arqueología, que se hizo cargo del proyecto, era un borracho, pero no empezaba a beber hasta la tarde. Si bien el trabajo se solapaba un poco con la bebida, el hombre sólo se volvía intratable por la noche. Había perdido a su mujer unos años antes. Era una más de los miles de desaparecidos.

Ananda Udugama llegaba al yacimiento al amanecer, clavaba el plano en el suelo y asignaba las tareas a los siete hombres que trabajaban con él. Ya habían desenterrado la base, donde se apoyaban las piernas y los muslos de la estatua, que estaban intactos. Los sacaron y guardaron en un campo lleno de abejas y los dejaron allí hasta que acabaron de reconstruir el resto del cuerpo. A menos de medio kilómetro, y al mismo tiempo que se restauraba ese gran Buda roto, habían empezado a construir otra estatua. Para sustituir al dios destruido.

Se suponía que Ananda tenía que trabajar bajo la autoridad y la tutela de especialistas extranjeros, pero al final esas celebridades nunca llegaron. Había demasiada agitación política, y era peligroso. Cada día encontraban cadáveres, ni siquiera enterrados, en los campos contiguos. Las víctimas eran recogidas en lugares tan alejados como Kalutara y las llevaban hasta allí, donde estarían fuera del alcance de sus familiares. Ananda parecía verlo todo sin inmutarse. Encargó a dos de los hombres del equipo que se ocuparan de los cuerpos; debían ponerles etiquetas y avisar a los responsables de los derechos civiles. Cuando llegó el monzón, los asesinatos disminuyeron, o al menos dejaron de usar esa zona como campo de matanzas o cementerio.

Más tarde se reconocería el carácter complejo e innovador del trabajo de Ananda. A lo largo de las diversas estaciones de calor, en los tiempos de los monzones y sus tormentas, supervisó el trabajo en una zanja de barro, que parecía un ataúd de treinta metros, una estructura a la que iban tirando los fragmentos de piedra encontrados. Dentro de la zanja había una cuadrícula con cuadrados de treinta centímetros cada uno y, después de que la persona encargada identificara la parte del cuerpo a la que debía de pertenecer la piedra, las ponían en la sección correspondiente. Era todo provisional, aproximado. Tenían piedras grandes como una roca y cascos del tamaño de un nudillo. La clasificación se hizo en el peor momento de los monzones de mayo, de modo que los trozos de roca caían en charcos de agua.

Ananda contrató a varios aldeanos, a otros diez hombres. Les convenía que los vieran trabajando en un proyecto como ése, de lo contrario podían reclutarlos para el ejército o detenerlos en una redada por sospechosos. Involucró al poblado, tanto a las mujeres como a los hombres. Daba trabajo a quien se lo pidiera. Empezaban a las cinco de la mañana y trabajaban hasta las dos de la tarde, hora a la que Ananda Udugama tenía sus propios planes para pasar el resto del día.

Las mujeres clasificaban las piedras, que se deslizaban mojadas de las manos y caían en la cuadrícula. Llovió durante más de un mes. Cuando paraba, salía vapor del suelo a su alrededor y por fin podían oírse entre ellos y hablar, y en un cuarto de hora se les secaba la ropa. Entonces volvía a llover y se sumergían otra vez en el ruido, todos callados, solos en el campo atestado, mientras el viento azotaba e intentaba arrancar un techo de uralita de un cobertizo. Tardaron varias semanas en clasificar las piedras, y cuando llegó la estación seca ya habían reunido casi todas las partes del cuerpo. Tenían un brazo, de quince metros de largo, una oreja. Las piernas seguían a buen recaudo en el campo de abejas. Juntaron las distintas secciones sobre la hierba de las cigarras. Llegaron los ingenieros y con una perforadora de seis metros horadaron las suelas de los pies y recorrieron las extremidades del cuerpo, trazando un sendero por el que se verterían los huesos de metal, un túnel entre las caderas y el torso, otro entre los hombros y el cuello hasta la cabeza.

Durante esos meses, Ananda se había dedicado casi exclusivamente a la cabeza. Con otros dos hombres empleó un sistema para fundir la roca. De cerca el rostro parecía lleno de grietas. Al principio tuvo la intención de alisar la piedra, de fusionar la cara para crear una unidad, pero cuando la vio así decidió no tocarla. En cambio se dedicó a la expresión y a los rasgos del rostro.

En el horizonte, la otra estatua del Buda se iba elevando poco a poco hacia el cielo, mientras la reconstrucción de Ananda se extendía por un sendero de arena. Como el sendero estaba empinado, la cabeza seguía siendo la parte más baja del cuerpo, lo que era esencial para juntar las partes.

Cinco calderos de hierro hirviendo silbaban bajo la llovizna. Los hombres trajeron unos canalones de uralita que tenían preparados donde vertieron el hierro y lo vieron desaparecer por los pies de la estatua, vieron cómo el metal rojo se escurría por el sendero perforado en el cuerpo: las gigantescas venas rojas se deslizaron por los treinta metros de largo. En cuanto se endureciera, las extremidades quedarían soldadas. Entonces volvió a llover, esta vez dos días seguidos, y enviaron a casa a los trabajadores del pueblo. Todo el mundo se marchó.

Ananda se sentó en una silla junto a la cabeza. Alzó la vista hacia el cielo, hacia el origen de la tormenta. Habían construido un andamio de bambú a tres metros del suelo. De pronto, este hombre de cuarenta y cinco años se levantó y se subió al andamio para mirar la cara y el torso, en cuyo interior estaba el hierro rojo que empezaba a enfriarse.

A la mañana siguiente estaba allí otra vez. Seguía lloviendo, hasta que de pronto paró, y la tierra y la estatua empezaron a emanar vapor debido al calor. Ananda se quitaba y secaba las gafas sujetas con cables. Ahora se pasaba casi todo el tiempo en la plataforma, con una de las camisetas de algodón indias que Sarath le había dado unos años antes. Le pesaba el *sarong* y se le había oscurecido por la lluvia.

Estaba justo encima del rostro que habían reproducido. Había pasado mucho tiempo desde que había creído en la originalidad de los artistas. Había conocido a algunos de ellos en su juventud. Cuando uno se acostaba en la vieja cama del arte, donde habían dormido los artistas, encontraba consuelo. Veía sus días de gloria y después sus días de destierro. A Ananda siempre le habían gustado más los artistas y su arte en sus días de destierro. Incluso había dejado de crear e inventar caras. La invención era una nimiedad. De todos modos, cuando dirigió la reconstrucción de la estatua, lo hizo todo para eso: para la cara. Con los cientos de esquirlas y astillas unidas, fusionadas, bajo la sombra del bambú que le atravesaba la mejilla. Hasta entonces, la estatua nunca había recibido una sombra humana. Había contemplado, más allá de los campos calurosos, las distantes terrazas verdes en el norte. Había visto las guerras y ofrecido paz o ironía a los que murieron a sus pies. Ahora la luz del sol iluminaba las grietas de su rostro, como si se lo hubieran cosido toscamente. No pensaba ocultarlas. Vio los ojos grises con sus párpados tallados por alguien en otro siglo, esa mirada desgarrada por su enorme aceptación; ahora Ananda se hallaba cerca de los ojos, sin la perspectiva de la distancia, como un animal en un jardín de piedra, como un viejo en el futuro. Pocos días después el rostro estaría en el cielo, ya no debajo de él mientras caminaba por ese andamio, mientras su sombra se deslizaba por la cara y los huecos retenían la lluvia de modo que podía inclinarse y beberla, como si fuera comida, un tesoro. Miró los ojos que en su día pertenecieron a un dios. Era eso lo que sentía. Aunque como artífice ya no celebrara la grandeza de una fe, sabía que si no seguía siendo artífice se convertiría en demonio. La guerra a su alrededor tenía que ver con demonios, espectros de las represalias.

Era la víspera de la ceremonia del Nētra Mangala para la nueva estatua del Buda y los habitantes de los poblados vecinos traían las ofrendas. La figura estaba erguida, descollaba por encima de las hogueras, como si se apoyara en la oscuridad. A las tres de la mañana los cánticos habían dado paso a la recitación de *slokas* acompañados de un suave redoble de tambor. Ananda oía las recitaciones del *Kosala-bimba-varanana*, también oía los insectos de la noche que chirriaban junto a los senderos de luz irradiados desde la estatua, como rayos hacia los campos, y que conducían a las hogueras donde los niños y las madres dormían o esperaban sentados el amanecer. Los tamborileros regresaban sudorosos tras su actuación atravesando la fría oscuridad, recorriendo los senderos con los pies iluminados por las lámparas de aceite.

Como habían terminado las estatuas con pocos días de diferencia, de pronto parecía que había dos figuras —una de roca gris llena de cicatrices, otra de yeso blanco— erguidas en el valle abierto, a una distancia de medio kilómetro la una de la otra.

Ananda estaba sentado en una silla de teca, donde lo vestían y pintaban. Tenía que celebrar la ceremonia del ojo en la estatua nueva. La oscuridad a su alrededor había borrado siglos de historia. En los tiempos de los viejos reyes, como Parakrama Bahu, cuando sólo ellos realizaban la ceremonia, unas bailarinas del templo se habrían puesto a bailar y cantar las Melodías, como si eso fuera el paraíso.

Poco antes de las cuatro y media, los hombres trajeron dos largas escaleras de bambú de los campos oscuros y, tras entrar en el anillo de hogueras, las alzaron y reclinaron contra la estatua. Cuando saliera el sol se vería que las habían apoyado en los hombros de la enorme figura.

Ananda Udugama y su sobrino ya habían empezado a subir las escaleras internándose en la noche. Los dos vestían túnicas, y Ananda estaba tocado con un turbante de seda fina. Los dos llevaban unos bolsos de tela.

En el frío del mundo, cuando estaba en la mitad de la escalera, le pareció que lo único que lo unía a la tierra era el fuego en el suelo. Después, al contemplar la oscuridad, vio que el alba se imponía en el horizonte, se elevaba por encima del bosque. El sol iluminó el bambú verde de la escalera. Sintió su calidez en los brazos, vio que le iluminaba el traje de brocado que llevaba por encima de la camisa de Sarath: la que se había prometido a sí mismo ponerse para la ceremonia de esa mañana. Él y esa mujer Anil siempre llevarían dentro de sí el fantasma de Sarath Diyasena.

Llegó a la cabeza pocos minutos antes de la hora exacta en que debía iniciarse la ceremonia del ojo. Su sobrino ya estaba allí, esperándolo. Ananda había subido esa escalera el día anterior, de modo que sabía que estaría más cómodo y trabajaría mejor en el antepenúltimo peldaño. Se ató a la escalera con una faja y después su sobrino le pasó los cinceles y los pinceles. Por debajo de ellos cesó el repique de tambores. El muchacho sostuvo el espejo de metal para que reflejara la mirada vacía de la estatua. Los ojos sin formar, invidentes. Y hasta que no tuviera los ojos —que siempre era lo último que se pintaba o esculpía— no sería el Buda.

Ananda empezó a cincelar. Limpió con una cáscara de coco el polvo procedente del enorme agujero que había hecho, si bien desde abajo no sería más que una delicada línea de la expresión. El muchacho y él no hablaban. De vez en cuando Ananda se inclinaba hacia delante, hacia la escalera, y bajaba los brazos para que circulara la sangre. Pero los dos trabajaban a un buen ritmo, ya que pronto llegaría el rigor de la luz del sol.

Cuando iba por el segundo ojo, estaba empapado de sudor bajo el traje de brocado, a pesar de que sólo era el calor del amanecer. Lo único que lo sujetaba a la escalera era la faja. El polvo del yeso lo cubría todo: las mejillas y los hombros de la estatua, la ropa de Ananda, el muchacho. Ananda estaba muy cansado. Tenía la sensación de que toda su sangre se había infiltrado por arte de magia en ese cuerpo. Pronto, sin embargo, llegaría ese momento final en que los ojos, reflejados en el espejo, lo verían, lo penetrarían. Sería la primera y última mirada dirigida a alguien tan cerca. Después la estatua sólo podría ver figuras a lo lejos.

El muchacho lo observaba. Ananda asintió para darle a entender que estaba bien. No hablaban. Todavía le faltaba cerca de una hora para acabar.

El ruido del martilleo cesó y sólo se oyó el viento a su alrededor, sus tirones, ráfagas y silbidos. Le pasó las herramientas a su sobrino y sacó de la cartera los colores para pintar el ojo. Miró más allá de la línea vertical de la mejilla hacia el paisaje. Verdes pálidos, verdes oscuros, el movimiento de los pájaros y sus sonidos cercanos. Ésa era la imagen del mundo que siempre vería la estatua, a la luz de la lluvia y a la luz del sol, un mundo exaltado de climas incluso sin el elemento humano.

Los ojos, como los suyos en ese momento, siempre mirarían hacia el norte. Igual que el gran rostro lleno de cicatrices a casi un kilómetro de allí, que él había ayudado a componer a partir de piedras rotas, una estatua que ya no era un dios, que ya no tenía su línea grácil, sino sólo la mirada pura y triste que Ananda había encontrado.

Y ahora, con la vista humana, Ananda contemplaba todas las fibras de la historia natural de su derredor. Podía ser testigo del menor acercamiento de un pájaro, de cada uno de los movimientos de sus alas, o de una tormenta a cientos de kilómetros que descendía de las montañas junto a Gonagola y bordeaba las llanuras. Podía sentir cada corriente de aire, cada sombra verde y reticular creada por una nube. Una mujer se movía en el bosque. La lluvia a varios kilómetros de allí se acercaba deslizándose como polvo azul. Hierba quemada, bambú, el olor a gasolina y granadas. El crujido cuando se le desprendió del brazo una capa de polvo de roca por el calor. El rostro con los ojos abiertos bajo los grandes temporales de lluvia de mayo y junio. El tiempo que se crea en los templados bosques y en el mar, en los arbustos de espino detrás de él al sudeste, en las colinas cubiertas de árboles de hoja caduca, y que avanza hacia la tórrida sabana cerca de Badulla, y después por la costa con sus manglares, lagunas y deltas. Esa fuerte agitación del tiempo por encima de la tierra.

Ananda tuvo una visión fugaz de esa perspectiva del mundo. Allí vio una seducción. Se la mostraron los ojos que había recortado y definido con el cincel de su padre. ¡Los pájaros se lanzaban en picado hacia los claros entre los árboles! Atravesaban las distintas corrientes de calor. Sus diminutos corazones latían agotados y a toda velocidad, como Sirissa cuando murió en la historia que él le había inventado en medio del vacío de su desaparición. Un corazón pequeño y valiente. En las alturas que ella amó y en la oscuridad que temió.

Sintió la mano preocupada del muchacho sobre la suya. Esa dulce caricia del mundo.

Agradecimientos

Quisiera dar las gracias a los médicos y enfermeras, arqueólogos, antropólogos forenses y miembros de las organizaciones de derechos humanos y derechos civiles con los que he estado en Sri Lanka y en otras partes del mundo. Esta novela no habría podido escribirse sin su generosidad y sin su conocimiento y experiencia en las excavaciones arqueológicas, en los hospitales del caos y la dedicación, en los archivos de la terrible tristeza. Dedico este libro a esa gente y esas organizaciones. Sobre todo a Anjalendran, a Senake y a Ian Goonetileke.

*

Gracias a las siguientes personas por su ayuda al investigar y escribir este libro: Gillian y Alwin Ratnayake, K. H. R. Karunaratne, N. P. Sumaraweera, Manel Fonseka, Suriya Wickremasinghe, Clyde Snow, Victoria Sanford, K. A. R. Kennedy, Gamini Goonetileke, Anjalendran C., Senake Bandaranayake, Radhika Coomaraswamy, Tissa Abeysekara, Jean Perera, Neil Fonseka, L. K. Karunaratne, R. L. Thambugale, Dehan Gunasekera, Ravindra Fernando, Roland Silva, Ananda Samarasingha, Deepika

Udagama, Gunasiri Hewepatura, Vidyapathy Somabandu, Janaka Weeratunga, Diluni Weerasena, D. S. Liyana- rachchi, Janaka Kandamby, Dominic Sansoni, Katherine Nickerson, Donya Peroff, H. Rousseau, Sara Howes, Milo Beech, David Young y Louise Dennys.

También al Hospital Kynsey Road, el Hospital Base Polonnaruwa, el Hospital General Karapitiya, el centro Nadesan, el Movimiento de Derechos Civiles de Sri Lanka, Amnistía Internacional y la Conferencia de De- rechos Humanos organizada por la Facultad de Medici- na de Colombo y el Centro Universitario de Colombo para el Estudio de los Derechos Humanos en mayo de 1996.

*

Las siguientes obras fueron inapreciables al escri- bir este libro: *The National Atlas of Sri Lanka* (Survey Department, 1988); *Cū lavaṃsa; Asiatic Art in the Rijksmu- seum, Amsterdam,* ed. Pauline Scheurleer (Rijksmuseum, 1985); *Bells of the Bronze Age,* documental producido por *Archaeological Magazine; Mediaeval Sinhalese Art* de Anan- da K. Coomaraswamy (Pantheon Books, 1956), sobre todo lo relativo a las «ceremonias del ojo»; *Reconstruction of Life from the Skeleton,* ed. Mehmet Yasar Işcam y Ken- neth A. R. Kennedy (Wiley, 1989), sobre todo el trabajo de Kennedy sobre los indicadores del estrés ocupacional; «Upper Pleistocene Fossil Hominids from Sri Lanka» de Kennedy, Deraniyagala, Roertgen, Chiment y Disotell, *American Journal of Physical Anthropology* (1987); *Stones, Bo- nes, and the Andent Cities* de Lawrence H. Robbins (St.

Martin's Press, 1990); folletos sobre la cirugía de guerra, en especial «Injuries Due to Anti-Personnel Landmines in Sri Lanka» (Heridas debidas a minas antipersona) de G. Goonetileke; «Senarat Paranavitana as a Writer of Historical Fiction in Sanskrit» de Ananda W. P. Guruge, *Vidyodaya Journal of Social Sciences* (Universidad de Sri Jayawardenapura); *Witnesses from the Grave: The Stories Bones Tell* de Christopher Joyce y Eric Stover (Little, Brown, 1991); «A Note on the Ancient Hospitals of Sri Lanka» (Departamento de Arqueología); «Restoration of a Vandalized Bodhisattva Image at Dambegoda» de Ronald Silva, Gamini Wijeysuriya y Martin Wyse (Konos Info, marzo, 1990); memorias de P. R. C. Peterson de los años que trabajó como médico en Sri Lanka, *Great Days! Memoirs of a Governmental Medical Officer of 1918*, recopilado y editado por Manel Fonseka; informes de Amnistía Internacional, Asia Watch y la Comisión de Derechos Humanos.

*

El epígrafe consiste en dos poemas del ensayo «Miner's Folk Songs of Sri Lanka» (Canciones folclóricas de mineros de Sri Lanka) de Rex A. Casinander, *Etnologiska Studier* (Goteborg), no. 35 (1981).

La lista parcial de «desaparecidos» ha sido extraída de los informes de Amnistía Internacional.

La cita de Robert Duncan es de *The HD Book*, capítulo 6, «Rites of Participation» (*Caterpillar*, octubre, 1967).

Las citas en la página 68 son de *Los miserables* de Victor Hugo y de *El hombre de la máscara de hierro* de Alexandre Dumas.

Las frases en cursiva en la página 71 son de *The King and the Corpse* de H. Zimmer (Bollingen Series XI, Princeton University Press, 1956).

La frase en cursiva en la página 169 es de *Plainwater* de Anne Carson (Knopf, 1995).

El comentario en cursiva en la página 55 es de *Great Books* de David Denby (Simon and Schuster, 1996).

El comentario sobre Jung en la página 279 es de Leonora Carrington en una entrevista con Rosemary Sullivan.

Gracias a David Thomson por su descubrimiento genealógico de los héroes del oeste estadounidense.

Un agradecimiento especial a Manel Fonseka.

También obtuve mucha información forense y médica mediante encuentros con Clyde Snow en Oklahoma y Guatemala; Gamini Goonetileke en Sri Lanka; y K. A. R. Kennedy en Ithaca, Nueva York, así como con muchas de las personas mencionadas anteriormente.

*

Gracias a Jet Fuel. A Rick/Simon y Darren Wershler-Henry y Stan Bevington en Coach House Press. A Katherine Hourigan, Anna Jardine, Debra Helfand y Leyla Aker. También a Ellen Levine, Gretchen Mullin y Tulin Valeri.

Y, por último, gracias a Ellen Seligman, Sonny Mehta, Liz Calder. Y a Linda, Griffin y Esta.

El papel utilizado para la impresión de este libro
ha sido fabricado a partir de madera procedente de bosques
y plantaciones gestionados con los más altos estándares
ambientales, garantizando una explotación de los recursos
sostenible con el medio ambiente y beneficiosa para las
personas. Por este motivo, Greenpeace acredita que este libro
cumple los requisitos ambientales y sociales necesarios para
ser considerado un libro «amigo de los bosques».
El proyecto «Libros amigos de los bosques» promueve
la conservación y el uso sostenible de los bosques,
en especial de los Bosques Primarios,
los últimos bosques vírgenes del planeta.

Papel certificado por el Forest Stewardship Council®